Nadie duerme

Barbijaputa

Nadie duerme

SUMA
de letras

Primera edición: octubre de 2019
Primera reimpresión: enero de 2020

© Barbijaputa, 2019
© 2019, Penguin Random House Grupo Editorial, S. A. U.
Travessera de Gràcia, 47-49. 08021 Barcelona

Printed in Spain – Impreso en España

ISBN: 978-84-91-29011-7
Depósito legal: B-10447-2018

Impreso en Rodesa, Villatuerta (Navarra)

SL90117

Penguin
Random House
Grupo Editorial

*A mis abuelas,
tan diferentes entre ellas
pero tan parecidas cuando me defendían.*

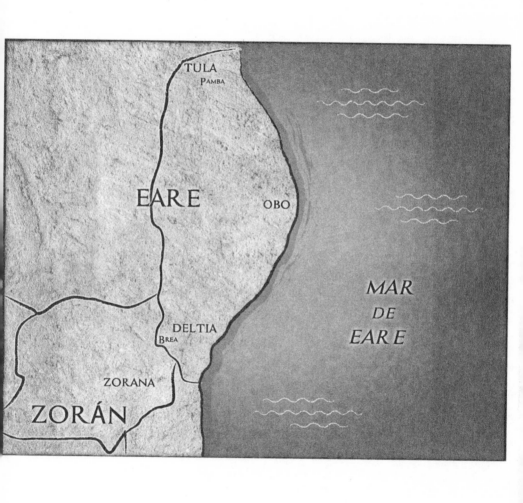

BÚHO

Ahora que ya todo ha acabado.

Ahora que se han escrito y leído todo tipo de teorías sobre cómo empezó todo y sobre qué ocurrió durante aquel periodo de tiempo.

Ahora que sé que hay personas dispuestas a escuchar.

Ahora, voy a contarles exactamente cómo ocurrieron las cosas.

Yo maté. Yo fui una de las terroristas. Lean bien cómo, cuándo y por qué la historia de este país es hoy la que es.

CAPÍTULO 1

Comenzaron a aparecer cadáveres. A plena luz del día y en los lugares más insospechados de la geografía del país.

Ni los medios de comunicación ni la policía elevaron la voz al principio. Al fin y al cabo, las víctimas no eran más que delincuentes recién salidos de prisión. Las pocas veces que se convertían en noticia, los artículos señalaban que posiblemente se tratase de «un ajuste de cuentas».

Algunos cuerpos salpicaron el norte del mapa: varios lo hicieron cerca de Tula, al norte. Otros lo hicieron en el sur, sobre todo en la capital, Deltia. Y un par más en los alrededores de Obo, en la costa. En total, sumaban diez expresidiarios asesinados en, aproximadamente, dos meses.

Fue un periódico progresista quien cantó bingo: las víctimas eran hombres que habían cumplido una pena escandalosamente corta en proporción al crimen cometido. Así es como lo escribieron en aquella primera crónica: «escandalosamente corta».

La periodista que firmó aquel artículo, lejos de condenar el hecho de que esos hombres hubieran sido asesinados, se horrorizó por lo que habían hecho en vida:

> El último asesinado de esta semana es un hombre que violó durante cinco años a su vecina, una niña que en la fecha de la denuncia contaba con tan solo diez años. Este delito le acarreó únicamente tres años y seis meses de prisión: el testimonio de la víctima fue puesto en duda por el magistrado que juzgaba el caso.

Aún recuerdo aquella sentencia. Porque hay historias que hacen que te ardan demasiado las tripas como para ser capaz de enterrarlas en tu memoria para siempre. Aquel violador, el blanco número 10, había forzado durante un lustro completo a una niña a la que nadie había sabido proteger. Después de agredirla, el tipo solía regalarle un juguete. El magistrado concluyó que si la niña seguía volviendo a casa de su agresor era porque, de alguna forma, a ella no le importaba demasiado lo que pasaba. De hecho, este juez descartó que hubiera violencia, arguyendo que la pequeña nunca se resistió. Daba por hecho que la cría debía saber que lo que aquella persona de confianza le estaba haciendo era un delito, es decir, que con cinco, seis, siete o diez años una figura de autoridad para ella no tenía derecho a tocarla.

Aquel juez entendió, y así juzgó, que la víctima no tendría que haber vuelto después de la primera vez. Que debería haberse defendido por la fuerza, conseguir alguna que otra marca o herida, y entonces catalogar así el delito como violento. Pero sin más heridas que los trastornos psicológicos graves que había desarrollado la cría a lo largo de ese periodo, su señoría dijo que no podía meter en prisión a su agresor más de tres años y seis meses. Le pareció injusto. Era fácil imaginar las elucubraciones de aquel juez: ¿cómo iba a saber el pobre hombre que una niña de cinco años no quería mantener relaciones sexuales si no le decía ni sí ni no y además aceptaba sus regalos? ¿Es que era adivino?

A partir de la difusión masiva de aquella primera crónica, los medios de comunicación y la policía se tomaron más en serio nuestros asesinatos.

Las radios y las cadenas de televisión trataban durante horas el asunto. Por no hablar de las conversaciones en las casas, en los lugares de trabajo, en las calles, en los bares...

Durante semanas no hubo acontecimiento que pudiera desbancar a las noticias sobre los «violadores asesinados». Lo cierto es que también había maltratadores y feminicidas entre las víctimas, pero el maltrato o asesinato de mujeres parecía llamar menos la atención de la sociedad: el morbo lo proporcionaban los violadores. Y en base a eso se creaban columnas de opinión y tertulias en los platós.

Los plumillas y periodistas conservadores se horrorizaron en la prensa y en los platós que les daban espacios: alguien se estaba tomando la justicia por su mano y eso era «inaceptable en una democracia». Esta frase se repitió hasta la saciedad.

En las redes sociales, sin embargo, centenas de miles de feministas del país cargaron contra aquellos columnistas y tertulianos, reprochándoles que ninguno de ellos escribiese jamás acerca de la justicia «democrática» que permitía a violadores y asesinos cumplir penas irrisorias o que, directamente, impedía que fueran condenados.

Recuerdo que al principio de nuestra actividad, durante aquellos primeros meses en que solo eliminábamos a agresores machistas, nada pasaba de rifirrafes en redes sociales, debates encendidos en televisión o reportajes en profundidad que acababan mintiendo allí donde les faltaba información.

En mi comando vivíamos las interpretaciones y mentiras del cuarto poder sin demasiada sorpresa. Antes de disparar por primera vez, ya sabíamos que aquello sería exactamente lo que nos encontraríamos. Ya intuíamos quiénes serían los primeros en cargar contra nuestras acciones y quiénes las justificarían tibiamente. También previmos que durante mucho tiempo se referirían a nosotras en masculino, dando por hecho que esa violencia no podía venir de mujeres, solo de hombres. Hombres «envenenados por el feminismo radical», por supuesto. Porque cuando los hombres mataban a sus mujeres se debía a que algo habrían hecho ellas, pero cuando supuestamente mataban a asesinos y violadores, también las mujeres teníamos la culpa. Siempre había una mujer a la que culpar.

Por primera vez, sí que había mujeres a las que señalar directamente, pero el machismo no permitía imaginarlas empuñando un arma. Y esa era nuestra baza: ningún hombre formaba parte de la organización, ni siquiera como colaborador puntual, pero la policía los buscaba más a ellos que a nosotras.

En aquellos primeros meses hicimos un seguimiento exhaustivo de todo lo que se publicaba, pero ni las elucubraciones de los tertulianos, ni las declaraciones de la policía en ruedas de prensa se acercaban siquiera a alguna de nosotras.

En aquel momento éramos solo doce mujeres repartidas por el país. La mayoría de las integrantes no teníamos más conexión entre nosotras que la pertenencia a la organización. Ni siquiera conocíamos las caras de las camaradas de otros comandos.

A pesar de que aquellos diez asesinatos dieron mucho que hablar, el ambiente que se generó fue una canción de cuna en comparación con lo que vino después.

El blanco número 11 lo cambió todo. Cambió a la sociedad y polarizó de forma extrema a la opinión pública: la distancia entre quienes estaban con nosotras y quienes estaban en contra se convirtió en un abismo insalvable.

El blanco número 11 no había cometido ningún delito, al menos conocido. El 11 era un hombre respetado por la sociedad. El 11 tenía sesenta años y era padre de tres hijas y abuelo de cinco criaturas. El blanco 11 fue el juez que dejó en libertad tras solo ocho años de cárcel al violador y asesino de Gala. Su caso conmovió a la opinión pública: ella era una estudiante que volvía a casa desde la universidad, paseando, despistada, y todo el país pudo ver en una grabación de la cámara fija de un comercio cómo su asesino, unos diez años mayor que ella, le pasaba el brazo alrededor del cuello y la forzaba a acompañarlo. Ambos se perdían a continuación en el margen de la pantalla.

El hombre acabó descuartizando a Gala para poder esconder las pruebas de la tortura a la que la había sometido en vida. Lo que le costó agredir, violar, matar y descuartizar a Gala fueron ocho años privados de libertad.

Este juez, marido, padre y abuelo, consideró que el culpable —un sobresaliente estudiante de medicina, gran deportista y un ejemplo en todo lo que hacía (por no hablar de su familia, no solo pudiente, sino muy reconocida y respetada por sus negocios en medio país)— tenía toda la vida por delante y un futuro prometedor. Consideró que encerrarlo más de ocho años por un crimen del que parecía tan arrepentido, no iba a beneficiar a nadie. Porque ella ya estaba muerta. Y él, vivo. Y los chicos como él merecían una segunda oportunidad.

Algunas de las últimas palabras pronunciadas en vida por ese juez, nuestro blanco número 11, fueron tan condescendientes e impertinentes como sus sentencias: «Baje esa arma, se le puede disparar». Lo sé porque yo estuve allí. Yo sujetaba la pistola.

«Se le puede disparar», pensé en aquella frase sin dejar de apuntarlo a la cabeza. «Tranquilícese», me decía, como si me estuviera temblando el pulso. Una mujer no podía apretar el gatillo, solo «escapársele un tiro». La realidad no era capaz de corregir su juicio sobre lo que estaba pasando.

No supe cómo tomarme aquello. Aquel encubridor colaboracionista se iba a ir al otro mundo sin haber entendido nada. Yo estaba a punto de arrebatarle la vida a un ser humano que era un peligro público, y ni siquiera iba a arrancarle un poco de miedo o algún tipo de sufrimiento. Por pequeño y breve que fuera.

No pensaba entrar en debates con aquel tipo. De hecho, lo acordado era que le disparase en la cabeza sin que le diera tiempo a verme bien y echar a correr entre la maleza. Con aquella pequeña conversación estaba saltándome una decisión meditada y tomada entre cuatro personas.

Estábamos en el parque japonés, ya había anochecido, y después de un mes observándolo, sabíamos que a aquella caminata que hacía en chándal de diez a once de la noche nunca le acompañaba nadie. Además, rara vez se topaba con alguien. Aquel parque era un lugar incómodo para salir a correr por los continuos desniveles en sus senderos. Y cruzarlo tampoco ahorraba camino para llegar a ningún sitio transitado. Como guinda, la iluminación era mala. Pero a él le venía bien porque no era corredor, solo le gustaba andar deprisa, y además estaba al lado de su casa. Y, bueno, todo sea dicho, también le gustaba mirar a las parejas que alguna vez se encontraba en los bancos junto al riachuelo, dándose el lote. Ese riachuelo era el único punto desde el que podrían vernos. Por eso el plan era esconderme tras el árbol situado justo antes del recodo que daba al cauce.

Lo vi venir a lo lejos. Luego lo oí pasar detrás de mí, con la respiración entrecortada y la pisada corta. Puse un pie en el camino y tiré del cuello de su sudadera con ambas manos hacia la maleza. Puse toda mi fuerza y mi rabia en aquel segundo. El efecto sorpresa fue decisivo para que aquel fardo de cien kilos se precipitara contra el suelo.

Esa era la parte más delicada del plan: tirar de él en el momento exacto y que no le diera tiempo a defenderse o a oponer resistencia. Lo habíamos ensayado tantas veces que cayó justo donde y como lo quería: de rodillas frente a mí. Detrás de la arboleda, tardarían más en encontrar su cuerpo y yo tendría más tiempo para huir.

Le puse el cañón de la pistola en la frente, di un paso atrás y le ordené en un susurro que no se moviera.

Allí anclado, iluminado parcialmente por la luz débil de una farola y ataviado con su ridículo atuendo de hacer deporte (pero de no hacerlo en realidad), empezó con su cantinela sobre la necesidad de calmarme. No creía que fuera a dispararle de verdad. «Todo se puede arreglar». «Dime qué puedo hacer por ti, vamos a hablar». «Si quieres dinero, vamos al cajero».

—Lo siento, ya he dictado sentencia, señor juez —le dije cuando se le acabaron las ideas.

Necesitaba ver en sus ojos que se había dado cuenta de que no iba a sobrevivir. Y que supiera por qué. Yo era consciente de que ese momento, que me estaba regalando a mí misma, era motivo suficiente para que la organización me quitara de primera línea. O para que directamente me relegara a tareas de mierda, lejos de la acción. Nadie lo sabía, pero aquel blanco, para mí, no era como los demás. Desde el primer momento en el que pedí que me asignaran aquella operación, yo ya sabía que me saltaría las partes que el cuerpo me pidiera.

El magistrado, al escucharme, abrió los ojos con una nueva mirada. Una gota de sudor le resbaló por la calva y se le metió en el ojo, pero ni siquiera sintió el escozor. Su semblante había cambiado. Supo en aquel instante que no saldría con vida de allí. Que yo no quería dinero, y que dinero era lo único que podía darme. Tampoco entonces conseguí provocarle lo que pretendía. No se derrumbó, no rogó por su vida. Muy al contrario. El odio que llevaba dentro solo lo dejó pronunciar un insulto. O casi.

«Hija de...» fueron sus dos últimas palabras. No lo dejé acabar.

CAPÍTULO 2

El día de aquel disparo —mi primer disparo a un ser vivo— yo había cumplido veintitrés años. Las únicas dudas que albergué tras aquella operación fueron: «¿Me atraparán?» y «¿Estamos lejos de nuestro objetivo final?». La segunda me preocupaba más que la primera.

Había imaginado infinidad de veces a lo largo de mi vida que mataba a aquel hombre. Mucho antes de entrar en la lucha armada. Antes incluso de que violaran y asesinaran a Gala. No tenía sentimiento de culpa. Ni miedo. Pero sí noté algo inesperado y es que, de alguna forma, sabía que nunca más volvería a ser la misma.

La organización intuía cómo iba a reaccionar el Gobierno cuando empezáramos a reivindicar los atentados. Sabíamos, sobre todo, cómo lo afrontaría de cara a la galería: poniendo el grito en el cielo. Hasta aquel momento, las únicas declaraciones que habían hecho fueron a través de Milo Lueno, su portavoz, en una rueda de prensa, donde intentó ningunearnos entre dientes.

El portavoz era un tipo bajito, con el ego machito dañado en proporción a su altura. Sobre sus zapatos con alzas, dijo: «La policía lo tiene todo controlado, estos sicarios de poca monta tienen los días contados».

Como en todo régimen capitalista, el valor de las personas lo determinaba su clase social, y el juez estaba mucho más arriba en los estratos sociales que los diez asesinados anteriores. Ver morir a diez delincuentes no le dolía al Gobierno, pero saber que habían eliminado a un juez abiertamente afín al régimen fascista que sufríamos, eso ya escocía.

Con el blanco número 11 éramos conscientes de que no solo cambiaría el talante del Gobierno, sino también el de quienes, hasta entonces, habían decidido poner más peso en los crímenes de los asesinados que en los nuestros. Aquellas justificaciones tibias de algunas plumillas iban a acabarse, por mucho que estuvieran de acuerdo con nosotras, cuando cerraran tras de sí las puertas de sus casas.

Un juez no era un asesino ni un violador. Y por mucho que fuera el máximo responsable de dejar en libertad a esos delincuentes a los pocos años, o directamente de no encarcelarlos, seguía siendo un juez de obligada respetabilidad. Poco importaba que por su culpa muchas otras mujeres hubieran sido posteriormente víctimas de los absueltos y de los excarcelados. El respeto que al parecer había que profesarle nunca se ponía en duda, aunque fuera de dominio público que en sus sentencias siempre tendía a aplicar la mínima pena de todas las posibles. Poner en peligro a la sociedad (a las mujeres, en realidad) al dejar a esa escoria pasear por las calles no quitaba que continuara siendo un juez. Y no se asesina a los jueces.

También sabíamos que esa parte anónima de la sociedad que estaba con nosotras sin fisuras, y que no tenía que ir a platós a ganarse el pan o se arriesgaba a ir a prisión por opinar en medios de comunicación, iba a quedarse a nuestro lado, porque aquel era el paso que esperaban: dejar a un lado a las pequeñas tuercas y perseguir directamente a grandes engranajes del sistema. Todas esas personas querían exactamente lo mismo que nosotras: infundir miedo a los que tenían el poder de cambiar las cosas y que no solo no cambiaban nada, sino que fomentaban que el sistema se ensañara una y otra vez contra las mismas de siempre.

El paso que dimos con el blanco número 11 fue difícil, requirió trabajo y mucha más planificación previa que las anteriores acciones. Y, definitivamente, fue mucho más arriesgado. Pero de otra forma el Gobierno no hubiera ni parpadeado. Y tanto el sistema como el Gobierno en sí mismo eran nuestro objetivo principal.

Siempre tuvimos en cuenta que para que una causa ganara no toda la sociedad tenía que estar de parte de dicha causa. Ni siquiera la mayoría era necesaria para que comenzara una revolución. Ahí estaba la Historia para recordárnoslo. Y también la mayoría de los gobiernos demostraban que lo sabían al perseguir sin piedad a activistas y a organizaciones de izquierdas por poco relevantes que fueran. Conocían su potencial revolucionario tan bien como nosotras.

Teníamos presente que el grueso de la población se rendiría ante la idea de que mantenerse con vida era mucho mejor que mover el culo y arriesgarse a acabar en la cárcel de aquel régimen. Sabíamos que el individualismo había ganado hacía mucho tiempo: sálvese quien pueda, y quien no, mala suerte. A pesar de vivir por primera vez bajo el mazo de un gobierno fascista, la mayoría se iría adaptando por miedo. La tendencia del pueblo era esa: viraba lentamente al silencio y al miedo.

Se habían dado varias causas para que la historia de Eare llegase a aquel punto que parecía de no retorno: la crisis económica mundial que había sacudido a Eare hacía ya unos años se había estancado en una especie de lenta decadencia. Tan lenta que el pueblo la había ido normalizando. Vivíamos cada vez con menos, pero no moríamos de hambre como en otros países. Y hacía poco había empezado a golpearnos una nueva crisis mundial, prometida desde hacía tiempo por economistas anticapitalistas a los que nadie daba voz.

Con aquella nueva crisis cebándose con un país que aún no se había recuperado, el feminismo, que hacía años que no navegaba ninguna ola, tuvo un nuevo resurgir. Pero la reacción del machismo fue virulenta. Tanto o más que la xenofobia que padecieron las personas que migraban hasta Eare desde países con sequías mortíferas, provocadas por el cambio climático.

Tanto el racismo como la misoginia habían estado siempre ahí, pero dormían de puro aburrimiento. Con la organización de las mujeres y la llegada de personas que buscaban refugio, despertaron. Además, la nueva crisis económica que nos volvía a regalar el capitalismo separó las clases sociales del país aún más, creando un abismo entre ricos y pobres.

El capitalismo, el cambio climático y el sistema patriarcal que asesinaba mujeres nunca habían alertado a los sucesivos gobiernos de Eare.

Lo que vendían como urgente los medios de comunicación, dirigidos por dinosaurios multimillonarios, era defenderse de las mujeres organizadas que peleaban por su liberación, de la lucha LGTBI, de los colectivos que se manifestaban por medidas que mitigaran el cambio climático, de las agrupaciones obreras y de las personas que llegaban con lo puesto a nuestras costas.

Y así es como el cuarto poder empezó a darle fuelle a un partido de extrema derecha de reciente creación, pero con mucha financiación: el TOTUM. Lo hicieron como mejor sabían, generando y alimentando miedos y fobias ante la diversidad y el progreso. Describieron la crisis económica mundial como una crisis *earense* provocada por quienes llegaban a nuestras playas con una mano delante y otra detrás. Narraron desde sus púlpitos el nuevo auge del feminismo como una lucha innecesaria de mujeres que comenzaban a creerse más importantes que los hombres. Porque ya en el pasado el feminismo había conseguido una ley contra la violencia machista, la ley del divorcio, la ley del aborto... En definitiva, ¿qué más queríamos? Ninguno dijo que todas esas leyes se habían conseguido precisamente bajo el único gobierno de izquierdas que tuvo Eare y que solo dirigió el país durante una legislatura: la IdE, Izquierda de Eare.

Los poderosos, que se nutrían, como siempre, de la crisis y eran más ricos que nunca, mientras las demás empobrecíamos día a día, se cebaron contra la lucha feminista, haciéndola pasar como una guerra de sexos que pretendía darle la vuelta al sistema y hacer a los hombres lo mismo que ellos nos habían hecho a nosotras a lo largo de toda la Historia.

En esta tesitura, el cuarto poder fue ensalzando con más intensidad a Luco Barán, el mesías del

TOTUM, cuanto más se acercaban las elecciones. La campaña al partido fascista estaba ya hecha, y los votos condenaron en las urnas la diversidad y el progreso. Los reaccionarios, homófobos, misóginos y racistas habían encontrado un lugar en el espectro político, y muchas de nosotras vimos con horror cómo ese sector era mucho mayor de lo que nunca hubiésemos imaginado.

Los derechos humanos se incumplieron de forma flagrante tan pronto el TOTUM llegó al poder. En nombre de «la defensa de la patria y del Estado del Bienestar de Eare», el partido tomó como primera medida «proteger nuestras costas», que no consistía en otra cosa que dar orden a la guardia costera para que disparara a toda lancha que tocara las aguas de Eare. Lo hacían a la línea de flotación de las lanchas, provocando que un número incalculable de cuerpos se hundieran en el mar.

Derogar las leyes que combatían el machismo y su violencia fue otra de las medidas que aplicaron los ultraderechistas nada más estrenar el Gobierno. Además, ilegalizaron el aborto y penalizaron duramente a las mujeres que interrumpieran voluntariamente su embarazo. Con solo tres años de

existencia, el TOTUM, cuyo lema era «Libertad,
Orden, Igualdad y Justicia», había conseguido mayoría absoluta y no necesitó el apoyo de ningún
otro partido político para gobernar Eare. La IdE
lideró, como siempre, la oposición. La abstención
fue la más alta de la historia de nuestro país, pero
eso no interesó a los medios. Pero para nosotras sí
se convirtió en un motivo más para creer en el éxito de nuestro objetivo: la mayoría absoluta conse-
guida por el TOTUM había sido más una con-
secuencia de las leyes electorales que un reflejo fiel
de la sociedad de Eare.

Poniendo como excusa la crisis económica,
pero sin mencionar que solo estaba golpeando a los
de abajo, el Gobierno subió los impuestos a la clase trabajadora mientras se los bajaba a las grandes
fortunas. Como buen partido fascista prohibió el
sindicalismo y las organizaciones de trabajadores.
Además, liberalizó por completo el despido, para
ayudar así a las grandes empresas a ahorrarse in-
demnizaciones. Por si fuera poco, eliminaron de
un plumazo cualquier ayuda a personas desem-
pleadas.

Como siempre, la represión que empezó a sufrir la clase trabajadora se multiplicaba si eras mu-

jer o migrante. A las personas que habían llegado a Eare antes de la entrada en el poder del TOTUM se las devolvió masivamente a sus países de origen, estuvieran en guerra o arrasados por el cambio climático.

También tuvieron tiempo de criminalizar al colectivo LGTBI, que fue acosado por leyes creadas de urgencia. El Gobierno aseguró que se perseguiría a «todo aquel que representara en público cualquier orientación que no fuera la heterosexual», ya que esto «podría confundir a los niños». En la práctica, por supuesto, la policía tenía legitimidad para detener a no heterosexuales en sus casas si recibían avisos de vecinos.

A las mujeres nos fueron mandando más mensajes con el paso de los meses: tras la ilegalización y penalización del aborto, endurecieron las penas para aquellas que denunciaran en falso a sus parejas, a pesar de que era un número casi inexistente. Además, dejaron de contabilizar los feminicidios y casos de violencia machista. Estos ya no existían y se incluían dentro de la violencia en general, por lo que fue imposible recabar los datos reales. El feminismo también era el destinatario de aquella medida. Sin duda disfrutaban dándonos una lección.

A pesar de la represión que el Gobierno estaba ejerciendo contra una multitud de sectores y colectivos, solo el feminismo se echó a la calle de forma masiva e ineludible. El pacifismo del que había hecho gala la lucha feminista dio paso entonces a casos de violencia callejera. Las manifestaciones, antes pacíficas de principio a fin, comenzaron a saldarse con escaparates rotos, contenedores que ardían y con decenas de detenidas. No teníamos miedo, pero sí una rabia que nos sobrepasaba. Sin embargo, la desproporción de la represión policial fue aplastante desde el primer día.

Recuerdo que ver un contenedor ardiendo en una manifestación te impulsaba a salir corriendo en dirección contraria, ya que la policía no necesitaba más que tu presencia allí para sacar las porras y molerte a palos. Las mujeres hospitalizadas fueron ascendiendo cada una de las veces que salíamos a manifestarnos a la calle.

Hasta que pasó lo de Luna.

CAPÍTULO 3

Luco Barán solo llevaba nueve meses en el poder cuando la policía mató a la primera compañera. Luna tenía solo dieciocho años. Mujeres de todo el país salieron entonces a la calle como nunca en Eare. La policía y los medios afines al régimen quisieron demonizar a la víctima, achacándole disturbios y delitos que nadie creyó. Aquella chica tenía demasiadas redes sociales abiertas donde se la podía ver llevando una vida completamente intachable. Su familia era de clase obrera y ella había empezado a trabajar en unos grandes almacenes para poder pagarse los estudios.

Luna tenía, además, unos rasgos muy llamativos: sus ojos, en concreto, eran negros, enormes, vivarachos. Su padre era un inmigrante nacionalizado en Eare hacía muchos años y su madre era earense. Un lunar justo entre sus cejas hacía que fuera imposible olvidar aquella mirada.

En aquella manifestación multitudinaria que se convocó como respuesta a su asesinato, sus ojos aparecieron dibujados en cada una de las pancartas. Su nombre estaba escrito en todas las camisetas y mochilas que llenaron las calles. Se mezclaban en Luna la etnia, la clase y el género, los tres elementos que armaban las luchas principales contra el TOTUM.

Aquel día, las manifestantes nos limitamos de nuevo a romper algún escaparate, a prender algún contenedor. Nunca pasábamos de ahí. Sin embargo, ese día, mataron a tres compañeras más. Dos en la calle y una en comisaría.

La demonización del feminismo en los medios fue casi absoluta —con honrosas excepciones—: fotos de mujeres con el torso desnudo y letras negras escritas sobre su piel formando consignas feministas y compañeras enfrentándose a la policía abrieron todos los diarios digitales. Los vídeos de encapuchadas tirando piedras contra edificios gubernamentales y escaparates con publicidad sexista dieron la vuelta al mundo.

Luco Barán, tras aquella revuelta que solo apoyó la IdE, dio una rueda de prensa que denominó «urgente». Después de cuatro mujeres muertas, sus declaraciones eran, de pronto, urgentes.

Barán salió a su atril y esperó unos minutos a que la prensa lo fotografiara. Su rictus ensayado se movía entre la falsa preocupación y el enfado paternalista. Sus ojos hundidos y pequeños miraban a los flashes, a los periodistas, con un silencio premeditado, como quien no encuentra las palabras a pesar de tenerlas escritas en un papel. Finalmente, habló:

—Este Gobierno no va a permitir que la violencia del llamado movimiento feminista continúe. Decenas de agentes antidisturbios han resultado heridos tras los enfrentamientos de las últimas manifestaciones. No toleraremos que estas mujeres mancillen los progresos que nuestras políticas están consiguiendo para nuestra patria. No consentiremos que ningún medio internacional retrate nunca más a nuestra sociedad como lo que no es. Un puñado de violentas no puede ensuciar la imagen que nuestra nación proyecta al exterior: una democracia sana y libre que, con menos de un año bajo nuestro mandato, ha conseguido atajar la crisis económica que la izquierda nos trajo. Una nación donde la libertad, el orden, la igualdad y la justicia empiezan a dar sus frutos de manera irrefutable. Y si para ello tenemos que acabar con los apoyos que esta violencia tiene en la oposición, así será.

Durante más de treinta minutos, el presidente del Gobierno habló de un país que no existía, de una imagen impoluta en el exterior que nunca habíamos tenido, y de un movimiento feminista que no conocía en absoluto. Ni un solo segundo fue destinado a las cuatro mujeres asesinadas por su policía. Además, deslizó una amenaza contra la Izquierda de Eare. La IdE se jugaba la ilegalización si continuaba apoyando las protestas populares.

La secretaria general de IdE, Oma Linde, era una feminista histórica muy apreciada por los movimientos sociales. Solo gobernó cuatro años, pero cambió las vidas de los sectores más oprimidos de Eare. Yo era pequeña cuando aquello ocurrió, y me resultaba indigerible que en el presente estuviéramos retrocediendo a tiempos que yo ni siquiera había vivido.

Dos semanas después de aquella rueda de prensa, vino lo que todas las que vivimos aquel año recordamos de forma cristalina: la abolición del derecho a la organización y a la reunión de las mujeres. Quedó taxativamente prohibido que más de quince mujeres se reunieran en el mismo lugar, ya fuera privado o público. Por cada quince mujeres, debía haber al menos diez hombres. A partir de las cincuenta personas, la cantidad de hombres debía ser aproximadamente la misma que la de mujeres.

No solo mataban así las manifestaciones feministas, sino también las asambleas, las asociaciones y organizaciones de mujeres, o incluso eventos tan inofensivos para el poder como una simple despedida de soltera. Depositaban así un poder extra en los hombres, haciéndolos pasar como los portavoces de la cordura frente a nosotras: la locura. Los hombres asumieron entonces el mensaje de que debíamos ser tuteladas por ellos.

Las personas que se casaban, que celebraban bautizos o incluso cumpleaños, estaban obligadas a medir bien el número de hombres que invitaban para no quedarse cortas. El TOTUM se aseguraba así que ningún grupo de mujeres se organizara políticamente disfrazando sus reuniones. No había escapatoria.

Mujeres conservadoras reprocharon al feminismo esta pérdida de libertad. Pina Batel, la líder de audiencia en televisión cada mañana desde hacía años, dedicó varios programas a cargar contra el movimiento feminista, reproduciendo en cada uno de ellos los vídeos de activistas con el torso desnudo manifestándose en la calle. Como si una mujer desnuda que lucha fuera el símbolo de lo que había que eliminar de la sociedad. Como si aquellas imágenes hablaran por sí solas para darle la razón a ella.

Las protestas se tradujeron en mucha actividad en Internet, pero poca en la calle. Nadie quería ir a la cárcel por una reunión ilegal o por asistir a manifestaciones porque, entre otros motivos, jamás volvieron a ser aprobadas por el Gobierno. Pero, sobre todo, ninguna mujer quería ser asesinada en una comisaría de policía.

Luna pareció quedar día tras día en el olvido, así como las otras tres mujeres de veintinueve, treinta y treinta y dos años que perdieron la vida un día después.

Luco Barán, que creyó las aguas ya calmadas, retransmitió un vídeo en directo desde sus redes sociales. En un ambiente distendido, desde el salón de su casa, sentado en el sofá, comenzó a hablar. Su pelo lacio, desprovisto de su habitual gomina, le caía ligeramente sobre la frente. El efecto casual de su imagen estaba milimétricamente planeado.

—Buenas noches, nación. Estaba aquí hablando con mi esposa... —Dio una palmada en el muslo de su esposa, que estaba sentada junto a él. La enfocó brevemente: vestía unos vaqueros y una camisa blanca remangada sobre los codos. Era visiblemente más joven que él, pero ya había parido cuatro hijos de aquel tipo, aunque nadie lo diría por su figura, que seguía siendo esbelta y grácil. Su melena rubia estaba recogida en una cola alta, a diferencia de la imagen que solía mostrar en actos oficiales, siempre con un complicado recogido—. Y, a pesar del dolor causado en las últimas semanas, ella me ha recordado algo que no debo ni quiero olvidar: las miles y miles de mujeres earenses que están en contra de la violencia. Mujeres trabajadoras, madres y esposas que siguen acudiendo a sus quehaceres diarios, y que no dejan desatendidos ni a sus familiares ni sus tareas. Mujeres responsables, mujeres que no asisten a las manifestaciones violentas. Estas mujeres son la mayoría en nuestra patria. Estas mujeres, a las que me debo, son parte de la valía de esta sociedad: una sociedad no sexista, que no se centra en la violencia masculina porque también le importan las demás violencias. Mujeres que no saben de qué les hablan cuando alguna provocadora grita eso de «por la liberación de la mujer». Mujeres que ya se saben libres, que no se dejan engañar. Este vídeo va para todas ellas. Hacéis esta nación grande. Gracias, de verdad.

Barán se llevó la mano libre al pecho, y cerró los ojos, emocionado por su propio discurso. Luego, él y su mujer se despidieron con una sonrisa.

Pero las aguas no estaban calmadas: hervían. Y el señor Luco Barán no sospechaba siquiera aquella noche que, con aquel discurso, con aquel vídeo en directo, acababa de encerrarnos en la olla a presión que hizo saltar todo por los aires.

Yo era una cría de veintiún años entonces, pero las tripas se me habían ido llenando de fuego mucho antes de aquel vídeo del presidente, mucho antes de Luna. Y como a mí, al resto de mujeres que conformamos el Frente Feminista Revolucionario.

CAPÍTULO 4

Mis tripas empezaron a arder incluso antes de que mi padre decidiera matar a mi madre.

Ese día mi hermana mayor, Jana, y yo nos quedamos completamente huérfanas. Para ser honesta confieso que mi padre ya había muerto para nosotras mucho tiempo atrás, aunque siguiera respirando. Y por más que esperáramos en secreto que un día se matara en un accidente de coche o de cualquier otra forma, la realidad seguía siempre otro camino. Siempre.

Le teníamos pánico desde que recordábamos. Crecí creyendo que era así en todas las familias: los padres eran queridos por los conocidos en la calle y temidos por sus mujeres e hijas en las casas.

Mica, mi mejor amiga desde que tenía memoria, vivía justo a mi lado, puerta con puerta en un bloque de nueve pisos en un barrio de la periferia de Obo. Mi único contacto con «papás dentro de

casa» eran mi padre y el suyo cuando iba a visitar-
la. Ambos daban miedo. Los dos podían enfure-
cerse en cualquier momento por cosas que no
podíamos predecir. El padre de Mica la hacía llorar,
y el mío me hacía llorar a mí. La madre de Mica
sufría y mi madre sufría. Cada una por el hombre
que habitaba su casa.

Observé y asimilé como algo normal desde
pequeña que cada padre inspiraba miedo en su propia casa, porque lo cierto es que mi madre no parecía que tuviese miedo al padre de Mica, y la madre de Mica no parecía que temiese al mío. Acabé
concluyendo que el miedo habitaba en las casas
propias, y que solo los hombres que compartían
techo contigo tenían derecho a herirte. Por eso yo
tampoco tenía miedo de que el padre de Mica pudiera hacerme daño, pero sí intentaba que mi amiga no lo enfadara para que no se lo hiciera a ella.

Esa concepción de la familia y de las casas
venía reforzada al comprobar que mi padre diver-
tía mucho a sus compañeros de trabajo, por ejemplo. También al padre de Mica lo querían cuando
cruzaba la entrada del portal, de hecho lo conside-
raban el alma de las fiestas: donde estaba él, estaban
las risas continuas.

Yo solo me sentía tranquila y confiada al lado de mi padre cuando estábamos en público. Algunas veces incluso me daba besos o me acariciaba el pelo. En los comercios, en los bares, en la playa... Fuera de casa, en definitiva. Me sonreía delante de los demás, hablaba bien de mí, me atraía hacia él mientras le decía a la gente que yo era la mejor de mi clase, aunque no fuera verdad. Desarrollé dos formas de comunicación con mi padre: la de cuando estábamos fuera y la de cuando estábamos dentro.

A veces me relajaba y al llegar a casa me permitía las mismas confianzas que él me había brindado fuera. Y cada una de esas veces me equivoqué.

El día que aprendí a dejar de equivocarme yo tenía nueve años. Mi familia y yo habíamos pasado el día en la playa de Obo con Mica y sus padres. Era agosto, y ese calor asfixiante y húmedo que siempre ponía peor a mi padre no parecía que le estuviese afectando. Estaba de un humor excelente. Hasta se bañó conmigo y jugó a lanzarme por los aires en el agua. Mica y yo pasamos el día en el mar, jugando a lo que más nos gustaba: a las rescatadoras de tesoros. Buceábamos y cogíamos puñados de tierra del fondo para descubrir, ya en la superficie, si había entre la arena mojada alguna piedra bonita o una concha de colores llamativos.

Una de las veces encontré una caracola minúscula de un color imposible con reflejos púrpura, que quisimos compartir con nuestras familias. Así que salimos del agua y corrimos hasta nuestras sombrillas.

—Sécate ya, que nos vamos —dijo mi padre al verme.

Los padres habían decidido que nos íbamos sin la opinión de las madres. Aquello no me sorprendió entonces, estaba acostumbrada a que así fuera. Pero al mirar a mi madre, que ya recogía las fiambreras, vi en sus ojos un brillo divertido.

—Qué caracola tan bonita, cariño. Venga, anda, date un último chapuzón, que lo estás deseando. Pero rápido, que ya son las cinco y juega Eare —dijo acariciándome un hombro y aprovechando para mirarme de arriba abajo, buscando algún resquicio en mi cuerpo donde la crema solar pudiera no haberme protegido de quemaduras.

Mica y yo gritamos de alegría por aquella tregua cortita que nos permitiría quizás encontrar un último tesoro. Le di a mi madre la caracola de color imposible y reflejos púrpura para que me la guardara antes de salir corriendo.

Durante el camino de vuelta en coche empezó a vencerme el sueño. Estaba tan feliz pero tan cansada, que me tumbé sobre las piernas de Jana. No le di importancia en aquel momento a su expresión preocupada, no sé por qué, la verdad, porque siempre solía ponerme en alerta aquella tensión en su boca. Quizás estaba demasiado feliz como para dejar escapar aquella emoción que solo sentía muy de vez en cuando.

Miré el perfil de mi padre mientras conducía en silencio. Se le habían sonrojado las mejillas por el sol. Estaba muy guapo. Y había estado tan divertido conmigo aquel día. Empecé a quedarme dormida mientras guardaba en mi mano la concha púrpura, que al secarse estaba adquiriendo un color más vulgar, menos llamativo. Jana siguió acariciando lentamente mi pelo con los ojos fijos en algo a través de la ventana. Recuerdo que pensé cómo me hubiese gustado tener también una hermana más pequeña que yo. Alguien más feliz y que todavía no estuviera triste por las cosas feas de la vida.

Desperté con la sensación de no saber si había dormido dos minutos o una vida. La lógica me decía que no había podido pasar mucho rato porque ya estábamos en el barrio y nunca tardábamos más de media hora en llegar desde la playa. Lo que pasó en aquel intervalo en el que dormí nunca lo sabré, aunque puedo imaginarlo.

Ajena al mundo y aún conectada a la diversión de aquel día, llegué a casa. Todos habían subido en silencio en el ascensor, y pensé que quizás estaban cansados. No había prestado demasiada atención ni al silencio de mi madre ni a los labios apretados de Jana.

Aquella tensión, como muchas otras veces, solo era la promesa de una tormenta. Mi padre estaba ansioso por cruzar la puerta para poder despacharse a gusto, mientras que mi madre y mi hermana temían claramente el momento de entrar en casa. Y sigo preguntándome hoy por qué no me di cuenta de nada. Era una adicta a los momentos felices, me costaba dejarlos marchar. De cualquier manera, yo fui la primera en sufrir las consecuencias de la ira de mi padre.

Nada más cruzar el umbral, dije lo que estaba planeando decir mientras subíamos en el ascensor.

—¡Yo, primer! —grité corriendo hacia la ducha, con la caracola apretada en mi puño, pensando que me había adelantado a todos y que por fin iba a ser la primera en quitarme el salitre y la arena tras un día de playa.

Estaba segura de que bajo el agua de la ducha, el reflejo púrpura del tesoro que había rescatado volvería a cobrar vida.

Todo se paró entonces. Noté la mano de mi padre cerrarse con fiereza sobre mi brazo. Me agarró tan fuerte que grité asustada. Me detuvo en mitad del pasillo, solo había conseguido recorrer unos metros. Lo miré con los ojos muy abiertos y él me devolvió una mirada furibunda a la que siguieron gritos graves como truenos que se me clavaron en los oídos y en la cabeza. Chillaba demasiado, no podía entender qué decía, y el brazo me dolía tanto que tuve miedo de que no lo soltara a menos que se lo quedara en la mano.

—Si yo digo que nos vamos de un sitio, ¡tú obedeces! Me habéis dejado en ridículo delante de los vecinos, ¡sinvergüenzas!

Miré un segundo a mi padre, sin abandonar mi postura, ahora encogida, con la cabeza entre los hombros. Él seguía teniendo las mejillas sonrosadas, pero ya no me pareció guapo. De hecho, me provocó una repulsión que era más grande que yo.

Todo cuadraba ahora. Los labios apretados de Jana, mi madre reprimiendo un suspiro en silencio, la mandíbula en tensión de mi padre... La culpa me inundó, no tendría que haber permitido que mi madre se la jugara así y, por supuesto, no debería haber tomado su palabra como un permiso legítimo. Había sido una egoísta, una niña caprichosa que por cinco minutos de diversión había devuelto al infierno a las que más quería.

Mi padre me zarandeó por los brazos de tal forma que me era imposible mantener la cabeza erguida, y se me iba de un lado a otro. Actuaba siempre como si necesitara toda su fuerza para reducirme. Como si no se hubiera dado cuenta nunca de que una sola de sus palabras bastaba para hacerme temblar.

Miré al suelo mientras me echaba a llorar, sin poder articular palabra. Temblaba. Más que por los gritos o por el zarandeo, creo que lo hacía por lo que sabía que vendría a continuación, por lo que nos esperaba a las tres. La experiencia me confirmaba que su rabia nunca acababa en la primera de nosotras que maltrataba.

Mi padre entonces cerró el puño, lo alzó y yo cerré los ojos. Sus nudillos se clavaron en mi coronilla y caí de culo al suelo. La pequeña caracola escapó de mi manos y fue a parar bajo uno de los muebles del salón. Podía verla desde donde estaba. Clavé los ojos en ella para no ver nada más. Pensé en ella para que no me cupieran más pensamientos. Estaba marrón, seca, y sus bordes parecían irregulares. Me sorprendí pensando en medio de la vorágine en si aquella cosa había sido bonita en algún momento o solo habían sido mis ganas de que lo fuera.

Escuché las súplicas de mi madre amortiguadas, muy a lo lejos. Pero estaba allí mismo, detrás de él. Siempre estaba detrás de él. El único pensamiento que pude construir entonces fue el de siempre: «Mamá, vete». Era un grito en mi cabeza con el que jamás conseguí llenarme la garganta. Nunca logré decirle a mi madre aquellas palabras. Aquel día en concreto ni siquiera desvié la vista de la caracola para mirarla suplicar. Tampoco me levanté para defenderla o para esconderme. Había aprendido a base de palizas que lo mejor era dejarme someter. Todo acababa antes si agachabas la cabeza. También Jana lo sabía, por eso estaba allí, pegada a la pared de la entrada al salón. Quieta, esperando su turno. Y yo seguí allí, sentada en el suelo, en el mismo punto donde mi padre me había hecho caer, con los ojos fijos bajo el mueble del salón, centrada en la caracola marrón, que parecía el vórtice de aquel caos.

Durante mi infancia deseé muchas veces que mi madre nunca me hubiera defendido, que nunca hubiera desviado los golpes hacia ella, porque así podría haberlos odiado a los dos. Desde muy pequeña aprendí a gestionar el odio que sentía por mi padre, pero no tenía ni idea de qué hacer con todo el amor que sentía por mi madre y con el pánico que me daba que sufriera.

Pero a ella debía pasarle algo parecido con Jana y conmigo, porque nunca dejó de usarse a sí misma como señuelo para desviar los golpes de mi padre. Y aquel día no fue distinto.

No fue ese el día que mi padre la mató. Esperó dos años más, pero también ocurrió en verano.

Mi abuela paterna dijo en el tanatorio, mientras lloraba desconsolada ante el cuerpo sin vida de mi madre: «Este calor..., este calor siempre lo ha vuelto loco».

CAPÍTULO 5

En el instante en el que eliminé al blanco número 11, no fui plenamente consciente de mis propias emociones. Me había concentrado durante tantas semanas en la operación que hasta que no la completara no podría permitirme pensar en otra cosa. Y la huida era una de las partes más importantes de la operación.

Me limité a obedecer las instrucciones que seguían al disparo: aprovechar la oscuridad para meter tanto el arma como la sudadera negra que llevaba en la mochila, soltarme el pelo y caminar despacio con la camiseta blanca que llevaba debajo de la sudadera. Unas letras hechas a base de lentejuelas rosas formaban la frase *«I am a princess»*. Me puse también los auriculares fingiendo que escuchaba música.

La vibración del arma aún reverberaba en mis manos. Y el sonido del disparo sonaba una y otra vez en mis oídos. Anduve por el centro de Deltia. Comencé a subir la calle Alta y saqué el móvil antes de pasar delante de la cámara de un cajero que sabíamos que funcionaba veinticuatro horas. No era mi móvil, sino un antiguo teléfono que hacía años que no funcionaba. El mío lo estaban usando mis compañeras para dejar un rastro en la factura y en el mapa que me proporcionara una coartada en caso de necesitarla.

Dilaté mis pasos al pasar frente al banco, y fingí una risa con el móvil pegado a la oreja, cubriéndome parcialmente con él, simulando que mi interlocutor era un as del humor. Como si no llevara ninguna prisa y no acabara de matar a un hombre.

No cambié ni una coma de aquellas instrucciones, porque mi vida dependía de ello. Me crucé con varias personas a lo largo de aquel trozo del camino. Hice lo acordado: evitar el contacto visual, desviando mi interés y mi cara hacia el escaparate de turno.

Unos cien metros más allá del cajero había un pequeño callejón sin salida. La puerta del tercer y último portal del edificio era en realidad una entrada trasera, la delantera daba a la calle Baja, más céntrica y transitada. Nunca supe quién vivía en aquel bloque ni por qué teníamos una copia de la llave. Por seguridad, ninguna tenía el cien por cien de la información. Quizás simplemente alguien de mi comando —o de otro— había conseguido birlar el tiempo necesario la llave de alguien y hacer una copia. ¿Quién podría saberlo? No tenía ninguna intención de preguntar.

La llave encajaba perfectamente a pesar de ser claramente nueva. Saqué enseguida la sudadera de la mochila y me la puse de nuevo. Palpé la pistola en el fondo y retiré rápidamente la mano: no quería recordar lo que acababa de pasar, tenía que estar concentrada. Esperé treinta minutos a oscuras junto a la puerta que daba a la calle Baja, y salí de allí con las manos en los bolsillos. Agradecí el calor de aquella prenda, no me había dado cuenta hasta entonces de que estaba helada.

Durante el callejeo desde la calle Baja hasta mi piso era posible que hubiese cámaras con las que no contábamos, así que dimos por hecho que alguna me captaría. Por eso no despegué la cabeza del suelo y fingí una forma de andar que nada tenía que ver con la risueña y despistada chica de la camiseta de «*I am a princess*» de antes. Además, llevaba la mochila colgada por delante y bajo la sudadera, lo que no solo me aplanaba el pecho y me hacía parecer una persona más gorda, sino que me imposibilitaba para andar de la misma manera aunque quisiera. Con suerte daba la impresión de ser un hombre si algo o alguien me grababa.

Los músculos se me fueron destensando poco a poco durante aquella parte del callejeo. Lo único que me preocupó entonces fue que había dejado hablar al blanco, y que había permitido que me viera claramente. Más me valía haberlo matado en aquel instante y no haberle dejado con un hilo de vida. Si por casualidad ese tío sobrevivía, yo corría el riesgo no solo de ser identificada, sino de ser apartada de la primera línea de la organización. Y yo necesitaba como respirar formar parte de aquella rebelión y tener exactamente aquel papel. Mi vida ya solo tenía sentido si podía golpear con mis propias manos al sistema que creaba y alimentaba a personas como el hombre que mató a mi madre. Tipos que se sentían con el derecho de romperle los huesos a sus hijas y de segar las vidas de sus mujeres. Hombres que dejaban un daño irreparable en las personas que supuestamente debían querer. Hombres que, gracias a otros hombres, conseguían después la condena más leve porque siempre había algún atenuante.

Había algo más que ninguna de mis compañeras sabía y que no permitiría que descubrieran jamás. El juez que acababa de cargarme, famoso por su condena al violador y asesino de Gala, fue el mismo que dejó libre a mi padre a los pocos años de haber estrangulado a mi madre.

CAPÍTULO 6

—Buenas noches, princesas —dije al entrar en el piso.

Aquella era la frase que esperaban mis compañeras. La que confirmaba que todo había ido como habíamos planeado.

Miré a Águila, a Mirlo y a Alondra, una por una. No iba a contarles que aquel tipo me había visto, ni tampoco que por culpa de mi miedo a fallar al FFR me tensaba y carcomía la duda de si había muerto en el momento o no.

Solté las llaves en el mueble de la entrada y dejé escapar un breve suspiro. Ellas se acercaron a mí en silencio. Mirlo me abrazó, solo un instante, con una sonrisa triste. Águila me revolvió el pelo, no había rastro de pena en su sonrisa. Me quitó la mochila con suavidad y desapareció por el pasillo. Alondra esperó su turno para cogerme del brazo y sentarme en el sofá y situarse, callada, junto a mí. Me quedé allí, con la mirada clavada en la tele y la mente en ninguna parte.

—¿Cómo estás, Búho? —me preguntó Alondra al rato, en un susurro.

Su pregunta fue lo primero que se pronunció en la casa tras el prolongado silencio que siguió a mi «buenas noches, princesas».

No supe qué contestar.

Yo pertenecía a un comando que fue de los primeros que se crearon en la organización, después se constituyeron otros, que fueron salpicando todo el país. Para cuando eliminamos al juez, la policía seguía refiriéndose a nosotras en masculino. No sabían quiénes éramos, pero no dejaban lugar a dudas en sus ruedas de prensa de que, en su imaginario, los asesinos eran hombres, peligrosos, armados y profesionales. Lo de «profesionales» nos dejó más tranquilas. Sobre todo porque ninguna teníamos experiencia ni formación suficiente en nuestros inicios, así que aquel «profesionales», más que hablar de nosotras, hablaba de la policía y de su ineficacia. Si nosotras éramos profesionales, ¿ellos qué eran?

También sabíamos que la policía no siempre decía toda la verdad, y que muchas veces, de hecho, mentía como una estrategia dirigida al secuestrador o asesino de turno.

Todas en el FFR teníamos un sobrenombre. Evitábamos activamente conocer datos de las demás compañeras que las hicieran localizables, por si en algún momento éramos interrogadas y torturadas.

Las cuatro mujeres que formábamos mi comando nos habíamos conocido en redes sociales años atrás. Éramos solo unas chicas más, unas ciberactivistas feministas cualesquiera cuando el TOTUM ganó las elecciones. Y anónimas. Éramos invisibles al seguimiento que la policía hacía en Internet antes de que todo estallara. No éramos posibles peligros para la sociedad por dos sencillos motivos: éramos mujeres y éramos educadas. Jamás amenazábamos a nadie ni usábamos palabras que no usaran miles de mujeres en todo el mundo. Éramos indetectables a sus búsquedas por palabras, que básicamente se llevaban a cabo como batidas para poder llevar a juicio a unos cuantos cientos de activistas políticos cada año. Siempre hombres. Al principio solo veían el peligro de rebelión en ellos. El machismo, por primera vez, nos beneficiaba.

Tanto antes de que el TOTUM tocara el poder como después, la policía siempre tenía puesta la atención en las luchas que no estaban lideradas por mujeres. En el fondo, aunque odiasen el auge feminista, su propia misoginia les hizo subestimarnos.

Las cuatro, como cientos de miles de feministas a lo ancho del mundo, habíamos mantenido separada nuestra actividad en redes de nuestra vida real, y jamás dimos datos personales que quedaran grabados para siempre en los buscadores. Esto no fue premeditado, simplemente habíamos nacido en una era donde ya desde pequeñas habíamos escuchado miles de historias sobre cómo Internet se había convertido en un mundo impío donde gente reaccionaria, o la misma policía, estaba dispuesta a joderte la vida por tus opiniones. Así que todas tomábamos las precauciones de seguridad que cualquiera con dos dedos de frente. Sobre todo cualquiera que se posicionara a la izquierda del espectro político.

Varios días después del famoso vídeo de Luco Barán junto a su esposa desde el sofá de su casa, recibí un mensaje privado de una de esas anónimas con las que compartía textos, noticias e inquietudes en redes sociales.

Recuerdo que aquel mensaje contenía un texto corto, algo parecido a «cómo conseguir brillo en cabellos dañados». Lo acompañaba un enlace acortado. A pesar de que siempre usábamos canales seguros todas las precauciones eran pocas. Actuábamos siempre como si el enemigo estuviera buscándonos personalmente. Solíamos desayunar con noticias de activistas confiados que habían acabado enjuiciados y encarcelados por conversaciones privadas donde no planeaban ningún atentado, pero sí los deseaban. También fueron perseguidas judicialmente personas por desear la muerte fortuita de los ultras que nos gobernaban. La ley de protección de datos fue una de las primeras cosas que se «reformó» con la llegada del TOTUM. Ni siquiera tuvieron que escudarse en la manida excusa de la seguridad nacional. Bajo la nueva ley —que no solo fue implantada en nuestro país, sino en muchos otros—, las empresas propietarias de las redes sociales estaban obligadas a dar los datos que la fiscalía requiriese si querían seguir operando.

Pinché sobre aquel «cómo conseguir brillo en cabellos dañados» sabiendo que no estaría relacionado con productos de peluquería. El enlace, que desapareció tan pronto hice clic, resultó ser el chat de un foro sobre ornitología. Aquella conversación estaba formada por tres participantes que se hacían llamar Águila, Mirlo y Alondra. No sabía de qué iba todo aquello, pero allí estaba yo, buscando en mi memoria un tipo de ave para introducir en la casilla que me permitiría entrar y leer qué se estaba diciendo allí. Búho fue la primera palabra que se me vino a la cabeza.

Esta es la verdadera historia de por qué las miembros de la organización tuvimos siempre sobrenombres relacionados con aves. Todas las teorías que corrieron más tarde eran falsas e infundadas, tanto las más románticas que aseguraban que los elegimos así porque queríamos ser libres como los pájaros, como las menos amables, que aseguraban que se trataba de una metáfora de la muerte.

Aquellas tres chicas, que conocía únicamente de haber compartido conversaciones en mis redes sociales durante los últimos años y de las que no sabía nada personalmente, me dieron la bienvenida al chat. No tardé en identificar quién era quién, a pesar de sus nuevos nombres. La que siempre sospeché que era mayor que el resto y que solía dominar la conversación sin pretenderlo, ahora se llamaba Águila. La que hacía bromas y subía vídeos de raperas ahora era Mirlo. La más callada, pero atenta a todo lo que se decía, había elegido el nombre de Alondra.

Me contaron acerca de «un grupo» que estaban montando. No especificaban de qué, más allá de decirme que era feminista. Llegué a pensar que quizás se trataba de uno de esos clubes de lectura de teorías feministas, pero no me cuadraba demasiado con el hecho de irse a pajarolandia para coordinarlo. Sobre todo si éramos tan pocas que ni se esperaba la presencia de hombres.

Sentí el impulso de preguntar más, pero algo me frenó. Fuera lo que fuera, quería darles el tiempo necesario para que fueran contándome lo que quisieran conforme fueran confiando en mí. Si no lo decían claramente, sus motivos tendrían.

Pasamos varias semanas en aquel chat privado. La conversación principalmente estaba siempre centrada en el TOTUM, en los pasos atrás que estábamos dando en cuanto a los derechos de las mujeres y en la necesidad de organizarnos, teniendo en cuenta que el simple hecho de reunirnos estaba perseguido por la ley.

Por aquel entonces yo tenía veintiún años y hacía solo uno que había dejado a mi tía y a mi hermana en Pamba, en el norte, y me había plantado en el otro extremo del país, a quinientos kilómetros al sur, en Brea, donde una empresa me había contratado como diseñadora gráfica.

La ciudad de Brea limitaba al este con Deltia, la capital del país, y al sur con Zorán, el país en el que me moría por vivir.

Zorán, a solo unos kilómetros de mí en aquel entonces, cada vez se me antojaba más atractivo, sobre todo después de que en mi propio país ganara con mayoría absoluta un partido como el TOTUM. Intenté muchas veces convencer a mi hermana y a mi tía para que nos fuéramos a vivir allí.

Zorán había vivido su propia revolución cincuenta años antes, y desde entonces era socialista. El feminismo había tenido una evolución sin cortapisas ni represión del Gobierno. Además, era de los pocos países donde no se habían cerrado las fronteras a quienes pedían refugio, aunque era un país sin costa, y apenas llegaban.

Jana y mi tía se habían negado una y otra vez a mi idea de vivir en Zorán. En el norte tenían su casa, su campo, su huerta, sus animales..., su lugar. No iban a abandonar aquello nunca, y yo en el fondo lo sabía. Además, entre ellas había un lazo irrompible de afecto, casi de necesidad. Desde que perdimos a mamá habíamos vivido con ella. Y con los años habían ido creando un vínculo que ya era indestructible. De alguna forma, yo había acabado siendo la hija de las dos.

Me dolía que mi hermana, que tenía ocho años más que yo, hubiera envejecido por dentro tan deprisa. Que no aspirara a nada más que a hacer vida junto a mi tía, a su huerta y a sus animales. Me dolía que hubiera descartado continuar con sus estudios desde lo que nos pasó, que hubiera abandonado sus sueños. Me daba la impresión de que había hecho un hoyo en la tierra y se había plantado como una de las hortalizas de su huerto. Como si aquella fuera la única manera que había encontrado de estar a salvo en el mundo.

Nunca se lo dije en voz alta. Eran sus decisiones y las respetaba. Lo que sentía por ella era un amor que me venía grande, que no sabía dónde meter. Además, siempre me acechaba la culpa por no haber sabido protegerla mejor, o curarla. Me sentía culpable, sobre todo, porque no estuve junto a ella cuando presenció la escena más terrorífica de su vida. Culpable, porque no vivirlo a mí me permitió seguir adelante. A duras penas, pero hacia adelante. Y a ella la dejó parada en el tiempo, enterrada en aquella huerta, con un semblante amable pero desprovisto de brillo, de pasión.

«A mamá la mataron porque era una mujer. Y la mató papá, porque era un hombre. Y como a ella, miles. Millones en el mundo». Fue de las pocas cosas que dijo Jana sobre la muerte de mamá. Ella era mayor y tenía más herramientas que yo en aquel entonces para buscar los porqués. Y el feminismo le dio todas las respuestas que necesitaba. Sin embargo, una vez tuvo la información imprescindible para despejar la X, una vez supo que nuestras vidas se habían truncado por algo mucho más grande que nosotras y nuestras vidas, dejó de profundizar, dejó de pensar en ello.

Toda mi adolescencia conviví con la sensación de que mi hermana vivía huyendo. Huyendo del recuerdo, de sus deseos y de sí misma.

Mi tía, por su parte, se había quedado viuda poco después de casarse. No le había dado tiempo a tener los hijos que hubiese querido. De aquello hacía muchísimo tiempo. Yo ni había nacido aún cuando su marido murió en un accidente laboral. A pesar de ser joven entonces, mi tía nunca tuvo el más mínimo interés en rehacer su vida de la forma tradicional. Y tuvo mucho menos interés cuando Jana y yo llegamos a su vida y se hizo cargo de nosotras. Ella, que no era madre de nadie, empezó a serlo de nosotras.

A veces me rompía de dolor al recordar a mamá en sus gestos, en el timbre de su voz, en cómo me miraba de reojo cuando pasaba algo gracioso para ver si me reía, con una chispa asomando a sus labios. Me acostumbré a aquel dolor, y aprendí a transformarlo, y comencé a buscar consuelo justo en esas cosas que me recordaban a mamá. Así sentí a mi tía como una parte viva de mi madre.

Zorán tendría que esperar. «Quizás en un futuro la cosa se ponga peor y no tengan más remedio que huir allí», recuerdo que pensaba a veces cuando las echaba de menos. O cuando Eare daba otro paso hacia el hundimiento.

En Brea, yo vivía en la habitación del primer piso de alquiler que encontré. Cuando entré en contacto con Águila, Alondra y Mirlo, acababa de dejar aquel primer curro por el que me había mudado para trabajar por mi cuenta. Me había dado cuenta de que con los encargos que me hacían a través de mi web personal reunía el dinero suficiente para vivir. Tenía menos dinero que trabajando ocho horas al día por cuenta ajena, pero más tiempo para mí. Me valía. Nunca había estado interesada en vender tantas horas de mi vida a una empresa que me explotaba. Tampoco me movió nunca la ambición de ganar mucho dinero o ahorrar. Vivía al día. Trabajaba menos, ganaba menos, e invertía mi tiempo en lo único que me mantenía en pie: leer, estudiar, aprender... Libros sobre Zorán, sobre feminismo, sobre socialismo y sobre todo aquello que me hiciera fantasear con un mundo digno de ser vivido.

Echaba de menos a mi tía y a mi hermana, y de vez en cuando sentía una punzada de culpa por seguir en Brea, pues las tres sabíamos que trabajando desde casa como lo hacía podía regresar a Pamba. Y, sin embargo, a pesar de que nada me ataba al sur y de que en un año no me había dado tiempo ni a querer un poco aquella ciudad, algo me impedía hacer las maletas y volver. El cuerpo me pedía viajar más al sur, a Zorán. No al norte. Pero mi conciencia solo me dejaba empezar de cero en Zorán si mi hermana venía conmigo. No podía abandonarla una vez más. De alguna forma estaba atrapada en Brea. Entre mi hermana y Zorán.

CAPÍTULO 7

Cuando Águila por fin me invitó a un café para conocernos en persona, me propuso un bar en el centro de Deltia, la capital de Eare, a solo cincuenta minutos de Brea. Respiré aliviada. Hasta ese momento no sabía ni en qué punto del mapa estaban mis amigas con nombres de pájaros.

No sabía qué aspecto o qué edad tendría Águila. Una vez sentada en la terraza del bar que me había indicado, no sabía a quién buscar con la mirada. Así que me quedé mirando la placa instalada por el Gobierno en la fachada del bar que rezaba: «Prohibidas reuniones de más de diez mujeres».

Cuando se acercó el camarero, pedí una cerveza e intenté relajarme. Le había dado a Águila una descripción de mi aspecto y mi ropa, así que solo podía esperar.

—Hola, Búho —una voz suave me sorprendió por la espalda.

No me dio tiempo a girarme, Águila me dio un beso rápido en la mejilla y se sentó junto a mí en la mesa, como si ya nos conociéramos. Como si nos hubiéramos visto el día anterior.

No sé cómo hice mi parte de fingir normalidad, de intentar pasar por dos amigas que van a contarse qué tal el día. Tenía un nudo en la garganta y traté de deshacerlo con otro trago de cerveza.

Estaba nerviosa. Si donde me estaba metiendo me decepcionaba de algún modo, o si no salía adelante, no sabía qué iba a hacer con mi vida, con la rabia reprimida y —lo peor— con la ilusión que me había ido creciendo en el pecho con el inicio de las conversaciones con aquellas chicas. Porque aun sin haberme confirmado cuáles iban a ser los medios para «pelear contra el TOTUM y el patriarcado», ya los había aceptado todos. Algo intangible me decía que no serían suaves ni instrascentes.

Águila era unos ocho o diez años mayor que yo. Eso me dio seguridad. Quizás también fuera su lenguaje corporal, su mirada tranquila y firme. Me miraba directamente a los ojos mientras me preguntaba que qué tal, que cuánto tiempo llevaba esperando, que si atendían en terraza o había que entrar a pedir. Me olvidé por completo de mí misma y me quedé prendada de ella desde aquel momento. Tenía la cabeza llena de gruesos rizos castaños sin peinar, y unas pestañas tan largas que parecían perderse en su flequillo revuelto.

—¿Has venido sola? —le pregunté para no parecer estúpida y justificar que seguía mirándola, a pesar de que ella ya no me hablaba porque buscaba con la mirada al camarero.

—Sí. Otro día vamos a casa y te presento a Mirlo y Alondra.

Quería seguir tanteándome, esta vez a solas. Me sentí como si estuviera a punto de pasar por la prueba definitiva para entrar en el grupo.

Cuando llegó su cerveza, dio un sorbo, se encendió un cigarrillo y se echó hacia atrás en el respaldo de su silla. Entonces me miró sin decir nada. Enarcó ligeramente las cejas, que desaparecieron bajo su peculiar flequillo.

Aún no lo sabía, pero muchas bromas vendrían a raíz de aquel flequillo. Cuando algo se perdía en casa, siempre había alguien que decía: «Mira a ver en el flequillo de Águila». Ella levantaba entonces ligeramente una de las comisuras de la boca, señal de que le seguía haciendo gracia aquel chiste.

Que estaba delante de una mujer capaz de ser fría y metódica, era un hecho del que no albergué ninguna duda. Ni siquiera ahora puedo imaginar cómo debería haber sido Águila para que yo me hubiera ido a casa aquel día aún más convencida de que quería formar parte del grupo.

—Búho —me dijo de pronto, y me sentí extraña al escuchar mi sobrenombre. Nunca me habían llamado así más que a través de la pantalla—, si todo va bien y seguimos entendiéndonos, quiero que comprendas lo irreversible de todo esto.

El corazón me latió con rapidez. «Irreversible». Sí. Lo entendía. Era una palabra grande, pero por mucho que pensara en ella racionalmente, imaginaba que era un concepto que asustaría a una persona cuya vida fuera digna. Una persona que no estuviera rota. Alguien que no fuera yo. A mí solo me generaba más ganas de dar el siguiente paso.

—Es que... quiero ser honesta, Águila —le dije.

Busqué bien las palabras que iba a usar. Necesitaba que si terminaban confiando en mí, fuera en el «mí» más cercano a la realidad que yo podía mostrar. Y abrirme con ella en aquel momento, teniéndola delante, me resultó mucho más fácil que

78

frente a una pantalla. Si mi yo real llegaba a asustarla, más valía que fuera ya.

—Yo no tengo una vida a la que volver. Tengo un... existir. Existo, respiro, como, trabajo, leo. Solo pelear contra el sistema que me rompió siendo una niña me devuelve un poco de vida. De ilusión. ¿Entiendes lo que quiero decir?

Águila me miró fijamente. Por momentos abrió más los ojos. La ceniza de su cigarro creció entre sus dedos sin que ella diera ni una calada.

—Tanto si contáis conmigo como si no, quiero que triunfe el hecho de que haya mujeres organizándose para intentar hacer daño al sistema que nos jode la vida. Un sistema que, además, permite que partidos como el TOTUM nos gobierne no es lugar para alguien como yo.

Ella se mantuvo en silencio un rato más. Pensaba. Yo nunca había sido tan clara como aquel día. Ni siquiera conmigo misma. Nunca le había mencionado mi infancia a nadie ni de pasada. Nada de mi vida, en realidad. Exceptuando a Lía, la terapeuta a la que mandaron tras la muerte de mi madre, y a la que seguía yendo a veces cuando iba de visita al norte.

Al rato, Águila asintió. Tuve miedo de que decidiera que estaba demasiado jodida y que no valía.

—Sé que lees por tu cuenta, pero habrá mucha más formación teórica enfocada a la práctica; asuntos que no habrás leído probablemente. Habrá también entrenamiento físico. No somos expertas ni profesionales de esto, pero nadie nace siéndolo. Va a ser duro y pesado, y antes de realizar ninguna acción, por nimia que sea, habrá mucha preparación y planificación. Otras acciones serán... lo más opuesto a «nimias» que puedas imaginar. Tendrás que armarte de valor y también de paciencia. ¿Supone algún problema?

Suspiré aliviada y sonreí. Solo lo contrario a todo aquello me hubiera supuesto un conflicto. Toda yo era valor y paciencia. Valor porque no tenía nada que perder y escondía además mucha furia de la que deshacerme. Y paciencia, porque llevaba desde los once años esperando, sin saberlo, escuchar lo que Águila acababa de proponerme. Sentía que mi existencia había sido una búsqueda constante de porqués, y conforme iba descubriéndolos, esa búsqueda se centraba en dónde podría estar la solución.

Miré a Águila y asentí. «Sí que estoy dispuesta», le dije. Pero ella ya lo sabía. Aquella chica miró tan dentro de mí que me dio vértigo.

Sentí por mis compañeras y su determinación una especie de enamoramiento. Me sentí, poco a poco, viva, útil. Y las tormentas que habían convivido conmigo se iban deshaciendo con cada paso que daba en la organización.

Estaba eufórica por haber encontrado una forma de canalizar la rabia y el dolor que habían ido creciendo en mí. Una manera de soltar los nudos que se habían ido apretando en mi interior. Además, si hacíamos daño al sistema que nos oprimía, podríamos desatar los nudos de aquellas que vivían como yo. La iniciativa que habían tenido mis compañeras debía ser seguida sin vacilaciones por más mujeres, si no, nada tendría sentido.

Aunque no sabía sus nombres, ni las fechas o ciudades donde la vida las había golpeado, sí llegué a conocer las historias que hicieron que Mirlo y Alondra se unieran a la organización.

Mirlo no tardó demasiado en contarme que había sufrido maltrato y violaciones de su novio desde los dieciséis hasta los veintidós años. Que él ingresó en prisión, no por maltratarla o violarla, sino por el robo en una tienda. Que dos años después él ya estaba pisando la calle, hecho que aprovechó para darle una última paliza por no querer volver con él. Si Mirlo ganó aquel juicio fue gracias a que un policía vio cómo aquel tipo le pateaba la barriga una vez la había dejado herida en el suelo. Y con ganar el juicio me refiero a conseguir una condena de tres meses y un día de cárcel.

La historia de Alondra me dolía especialmente. Dos familiares habían abusado de ella siendo niña. «Me intercambiaban como si fuera un cromo», me contó mientras se preparaba un batido a las pocas semanas de empezar a vivir juntas. Fue su hermano mayor quien la salvó de aquel infierno en el que estaba sumida en silencio. Y era él a quien consideraba su única familia siendo ya adulta. Nunca perdonaría a sus padres que quisieran tapar el asunto por miedo al que dirán. Me dio la impresión de que lo había superado bastante bien por cómo lo contaba, hasta que escuché sus gritos durante la noche. Las pesadillas la atormentaban casi veinte años después. Tenía la edad de Mirlo, pero parecía la más adulta de todas. A veces me veía a mí misma en su forma de reflexionar: callada, mirando sin ver y con la necesidad de ser zarandeada suavemente de vez en cuando para volver al mundo real.

CAPÍTULO 8

La noche que maté al blanco número 11 y Alondra se sentó junto a mí en el sofá una vez que llegué a casa, no supe responder a una pregunta sencilla. ¿Cómo estaba yo? Sin embargo, no era fácil contestar a eso. No había tenido tiempo para procesarlo todo.

Aún me quedaba mucho para asimilar que, por una parte, habría necesitado mucho más tiempo junto al juez para hacerle sentir lo que mi hermana y yo sufrimos cuando nos miró con desdén en el juicio y nos dijo que nuestros testimonios no servían porque estábamos «contaminadas» por nuestro amor a mamá. Que exagerábamos el maltrato. Que si todo aquello que contábamos era tal como ocurrió, por qué mi madre no había denunciado nunca. Que ya sería para menos.

Y por otra parte, tenía que asumir que yo no era la misma persona después de haber acabado con una vida. Seguía siendo yo, pero también nació una versión de mí misma que nunca esperé encontrar un segundo después de aquel disparo. Resultó que daba igual cuántas veces había deseado su muerte y cuánto creía que aquel hombre se merecía su destino. Aquella sensación lúgubre que persistió después de mi disparo se había empezado a instalar en mí sin que fuera siquiera consciente.

El piso estaba en silencio. Las cuatro nos habíamos sentado a oscuras frente al televisor esperando que saltara la noticia. No hablábamos, solo esperábamos. Cada una sumida en sus pensamientos. Únicamente nos iluminaba la luz de la pantalla, que creaba sombras danzarinas con cada cambio de imagen. Alondra y yo estábamos sentadas en el sofá de tres plazas. Un mueble desvencijado de segunda mano que pagamos en efectivo, como el resto de muebles.

Todos los gastos comunes los pagábamos así. Cada mes depositábamos nuestro sueldo íntegro en una caja fuerte instalada en el armario de Águila, y de ahí salía todo. Y sí, durante el primer año y pico de actividad del FFR seguimos trabajando. Como si eso fuera posible. Éramos autónomas, trabajábamos desde casa, y nuestra inexperiencia nos hizo creer que la guerra que habíamos comenzado era compatible con la vida laboral.

Mirlo y Águila estaban sentadas en las dos butacas que, junto a una mesita baja, daban un poco de vida al habitáculo que era nuestro salón.

De vez en cuando cruzábamos algunas miradas y éramos conscientes de que estas hablaban por sí solas. Las cuatro estábamos preocupadas por nuestra seguridad y por la escalada de persecución que se desataría a raíz de la muerte del juez. Y ahí se acababan nuestros miedos. La culpa nunca fue una de esas emociones que se nos amontonaron desde que comenzamos a actuar. Si hubiéramos sentido remordimientos por quitar de en medio a asesinos, violadores, cómplices y encubridores, nada de aquello hubiese tenido sentido.

Mientras llegaba la noticia, tuve tiempo de reflexionar. ¿Cómo estaba yo? Lía, la psicóloga de Pamba a la que me mandó mi tía cuando mi madre murió, me preguntaba siempre lo mismo al sentarme frente a ella: «¿Cómo estás?».

Nunca me dejaba contestarle con un «bien» o «mal». Insistía en que debía especificar si con «bien» me refería, por ejemplo, a alegre o tranquila o satisfecha. Si con «mal» quería decir que estaba triste, enfadada... Me obligaba así a pensar y a hurgar donde yo no quería ni mirar.

Lía, poco a poco, también me fue enseñando a hacer cosas que yo pensaba que ya había nacido sabiendo, como respirar.

La primera vez que hice aquel ejercicio, yo estaba llorando con una angustia insoportable por mamá. Y por Jana. Y por mí. Hacía poco que había pasado todo. Ni siquiera me había dado tiempo a habituarme a mi nuevo entorno en el norte, y echaba de menos cada rincón de Obo. Además de la pena desgarradora que sentía, y de la rabia, el cambio de ciudad y de vida hizo que la sensación de irrealidad y de inestabilidad creciera.

En aquella consulta, a la que asistía puntualmente cada lunes, no había mesa alguna que separara a Lía de sus pacientes. Era una habitación sencilla, con un montón de cojines sobre una alfombra enorme que cubría casi toda la superficie y un gran ventanal por donde entraba la luz directa del sol. Presidían la sala dos butacas, bien mullidas y enfrentadas entre sí. Hace muchos años que entré allí por primera vez, pero aún recuerdo que eché mucho en falta una mesa que me separara un poco de aquella extraña que me preguntaba tantas cosas.

No estaba nada convencida de poder acostumbrarme a esa cercanía, a la proximidad de nuestros cuerpos y a sus ojos sobre cualquiera de mis movimientos.

Solo con mirarme, podía ver qué estaba haciendo con mis manos, si movía rítmicamente o no una pierna o si pellizcaba mis dedos en busca de algún pellejito del que tirar. Me sentía demasiado expuesta y observada en un momento de mi vida en el que necesitaba ser invisible.

Sin embargo, tardé bien poco en apreciar el hecho de que Lía pudiera llegar a mí tan solo estirando un brazo. Porque en aquella habitación, acabé llorando tantas veces y de tal manera que su cuerpo y sus manos se convirtieron en el puerto donde todo acababa amainando. Creo que nunca se lo dije, pero cuando me abrazaba para consolarme, yo cerraba los ojos y fantaseaba con que aquella figura rolliza era la de mi madre.

—Toma aire despacio, retenlo un poquito y suéltalo poco a poco por la boca como si fueras a decir la «u» —me dijo Lía cuando me enseñó a respirar.

Aquella tarde yo había contestado a sus preguntas como una autómata, mintiendo en todo, esperando decir lo que ella quería escuchar, solo deseando que la hora acabara lo más rápido posible. Hasta que de pronto el miedo me subió por la garganta. Las crisis de angustia y de pánico hacían que me hormiguearan las piernas y las manos. La ausencia de mi madre me provocaba un dolor mental y físico, pero el porqué de la ausencia de mi madre era lo que creí que iba a acabar matándome a mí también. Era una niña aún, tenía once años, pero sentía que aquel porqué terminaría conmigo de una forma o de otra. Antes o después.

Lía insistió e insistió. «Toma aire despacio, retenlo un poquito y suéltalo poco a poco con la boca como si fueras a decir la "u"». Acabé haciéndolo solo para que dejara de repetírmelo, porque lo único que me apetecía era levantarme, gritar y tirar mi butaca por la ventana. Patalear. Morirme para dejar de sentir.

Al principio no entraba aire en mis pulmones por más que me empeñara. Lía continuó guiándome con calma, dándome instrucciones cortas que pudiera asimilar. En algún momento, el aire comenzó a entrar mejor. Recuerdo que me sorprendió la capacidad que tenía mi cuerpo para inflarse. Estaba tan acostumbrada a respirar sorbos cortos de aire que me intrigó ver cómo se llenaba mi barriga, y qué flexible era. Noté que los latidos que sentía en mis oídos eran menos molestos, que el corazón bajaba de mi boca y se situaba de nuevo en su sitio. Seguí llorando, pero no de la misma forma. Las lágrimas ya no me hacían daño en los ojos por agolparse demasiado deprisa. Con el paso de los minutos, mi forma de llorar iba cambiando hacia algo completamente nuevo. Seguía siendo llanto, pero conseguía desahogarme. Algo tan cotidiano como respirar estaba teniendo un efecto parecido a esas pastillas que me daban para dormir.

Tardé mucho tiempo en interiorizar que aquello era una herramienta muy valiosa que podía usar donde y cuando quisiera. Me costó incorporarla a mi día a día, pero una vez que formó parte de mi rutina fue un ejercicio clave para sobrellevar el dolor, la pérdida, el miedo.

—¿Cómo te sientes ahora? —me preguntó Lía aquella tarde, al cabo de no sé cuánto tiempo.

Había sido capaz de dejar los pensamientos a un lado y me había centrado en mi cuerpo, en cómo el aire entraba por mi nariz y me llenaba la tripa y los pulmones. En mis músculos, que visualizaba como una cuerda tirante que iba aflojándose lentamente. En mis manos sobre mis muslos, relajadas. En mi cuello, en mis gemelos.

—Me aprietan los zapatos —dije abriendo mucho los ojos, como quien ha visto algo a lo lejos, después de mucho esperar que cualquier cosa apareciera.

—¿Quieres descalzarte? —preguntó Lía.

Estaba tan tensa que ni había notado que aquella mañana, hacía ya horas, me había atado los cordones tan fuerte que me dolían los empeines.

Me descalcé, volví a cerrar los ojos y seguí respirando tal y como Lía me había enseñado. No quería que aquello acabara. Tenía miedo a volver a mi estado habitual.

No sé cuánto tiempo pasé así, pero sí recuerdo que era la primera vez en años que conseguía ese estado de paz. Si es que había tenido paz alguna vez. Estaba triste, pero en paz.

Mientras esperábamos a que la tele nos avisara de la última hora, respiré profundamente y cerré los ojos durante un rato. Me estaba angustiando la idea de no haber matado a aquel hombre. Necesitaba saber si había muerto en aquel instante. ¿Por qué había hablado con él? ¿Qué había ganado con eso? Si conseguía salir airosa de aquella, me prometí a mí misma seguir las instrucciones milimétricamente de ahí en adelante.

La respiración prolongada me sumergió en un extraño duermevela lleno de imágenes que pasaban rápidas, como destellos que a duras penas podía retener. Águila enseñándome a disparar. Sus frases para prepararnos: «Apunta y visualiza la cara del hombre que te ha hecho daño». La calva del juez abriéndose bajo la presión de la bala. La rabia final en sus ojos. Mi padre apretando el cuello de mi madre. La vibración de la pistola en mi mano derecha. La expresión relajada del juez una vez que la vida lo abandonó.

Tenía la intuición latente de que aquel disparo me había cambiado irremediablemente por dentro y, sin embargo, aún no sabía de qué forma lo había hecho.

A la vez, en la lejanía, podía sentir la presencia de mis compañeras, quietas, calladas.

Las cuatro nos incorporamos en nuestro asiento como resortes cuando escuchamos la sintonía del telediario.

«Encontrado el cuerpo del juez Gaune, víctima de varios disparos», dijo la presentadora.

Sentí que me hundía de alivio en el sofá. Como si el cuerpo me pesara más al destensarse. Águila me miró, sonrió ligeramente, y puso una mano en mi hombro. No dijo nada. Tampoco Mirlo ni Alondra. Eran las cinco de la mañana. Había demasiado silencio en el edificio como para ponernos a hablar. Águila cogió su cuaderno y nos escribió una nota donde nos proponía salir a pasear hasta el río. Allí aprovecharíamos el ruido del agua de fondo para conversar sin miedo a ser oídas.

No pronuncié palabra hasta llegar allí. Me limité a escuchar la charla que mantuvieron Alondra, Mirlo y Águila. Noté que me miraban de reojo de vez en cuando, y me daban algún codazo para que prestara atención a sus chascarrillos. Querían sacarme de mis pensamientos, fueran cuales fueran.

Sonreí. En aquel momento necesitaba alejarme conscientemente de todas las emociones que se me amontonaban. Estaba más tranquila ahora que sabía que el juez había muerto, pero matarlo me había hecho volver a Obo, a mi hermana, a mi madre. No quería pensar en lo que había hecho, aunque una vocecilla en mi interior me recordó que no era buena idea meter las preocupaciones bajo la alfombra indefinidamente fingiendo que no estaban.

Ya había aprendido en el pasado qué ocurría si encerraba tornados bajo llave.

Aquel pensamiento me llevó inevitablemente a Jana. Mi hermana escondía dentro de sí no solo aquella tarde de agosto, sino todo lo anterior. Para cuando yo nací, ella llevaba ocho años sufriendo terror; mientras yo aún no sabía ni hablar, ella ya conocía qué se sentía cuando nuestra madre pedía perdón por los golpes que su marido le había propinado.

Jana tenía diecinueve años aquella tarde asfixiante. Estaba haciendo la maleta para irse unos días con sus amigas a un pueblo cercano, cuyas grutas visitaba siempre que podía. Un mes más tarde iba a empezar, por fin, la universidad. Yo dormía la siesta en mi habitación. Me despertó nerviosa. Me dijo que necesitaba que le hiciera un favor mientras me incorporaba en la cama y me ponía los zapatos.

—Necesito que vayas a la farmacia, cariño. Tienes que darte prisa o perderé el autobús.

Salí volando de casa agarrada a las monedas que me había dado. Pedirme aquello, en cierta forma, me salvó la vida. Pero yo no me di cuenta hasta mucho después.

No se materializó ninguno de los planes de Jana. Ni el viaje, ni las grutas, ni la universidad. Aquella maleta no sirvió para irse de vacaciones, sino para cambiar de ciudad y vivir con nuestra tía. Nuestra casa y aquellas grutas quedaron lejos en cuestión de días.

Mi única ocupación durante las siguientes semanas a la muerte de mamá no fue adaptarme al nuevo entorno, ni pensar en qué había pasado, sino encontrar grutas cerca de Pamba para que Jana pudiera visitarlas. Era mi único tema de conversación con mi tía, solo usaba Internet para eso, y en esa búsqueda fue donde metí todo el dolor que la peor noticia de mi vida me había causado.

Puse todo mi empeño en encontrar una gruta y acabé haciéndolo, nada más y nada menos que a doscientos kilómetros al este de Pamba. Recuerdo que estallé en una especie de alegría nerviosa, ansiosa. Pensé que aquello iba a ser una especie de solución para que mi hermana saliera de la cama en la que parecía haber decidido vivir.

—No quiero volver a una gruta nunca más, cariño —me dijo despacio, en voz bajita, con los ojos clavados en algún lugar entre ella y yo. Me miraba pero no me veía, sabía de mi existencia pero no me sentía.

Mientras volvía a mi habitación noté cómo el corazón se me partía en mil pedazos. Cerré la puer-

ta tras de mí y rompí a llorar. Ll
fuerzas, con todo el cuerpo, y n
rante días. Ni ella quería volver
grutas, ni a mí, a mis once años, m
para curarla. Me di cuenta de que si no podía salvar
a Jana, ya solo me quedaba una cosa que hacer. No
tenía más excusas para seguir evitando al monstruo
que llevaba semanas persiguiéndome y llamándome
por mi nombre. Un monstruo que, cuando me atreví a mirarle a los ojos, resultó ser mucho más terro-
rífico de lo que hubiese podido imaginar.

CAPÍTULO 9

Al llegar al río aún no era completamente de día. Comprobamos por última vez las noticias desde nuestros móviles antes de ponernos a charlar. No había nada nuevo, así que los pusimos bajo la barandilla que daba al caudal, para que el sonido del agua no dejara que los teléfonos captaran nuestras voces, y nos sentamos en un banco que había a unos metros.

—¿Cómo estás, Búho? —me preguntó Águila, que estaba de pie frente a nosotras tres, que habíamos ocupado el banco.

Cuando Águila te hacía una pregunta, no era como si te la hiciera Mirlo o Alondra. Eran preguntas que tenías que responder sin evasivas. No porque te obligara activamente, sino porque era la responsable del comando, era la que más sabía y también la más fría. Y si preguntaba algo, no era casual, ni por protocolo social ni educación. Era información que necesitaba. Punto.

—No lo sé —me sinceré—. Me pasan muchas cosas por la cabeza. Tengo que ordenarme.

Águila me miró en silencio. Sacó un paquete de tabaco de su cazadora y cogió un cigarrillo. Mantuvimos silencio mientras lo encendía y le daba un par de caladas. Águila parecía no equivocarse nunca, era certera e inteligente como poca gente que yo hubiera conocido y que conocería después. Era poco habladora, y pensaba siempre muy bien su opinión antes de emitirla.

—¿Con «muchas cosas en la cabeza» te refieres a tu madre, tu hermana..., tu padre? —preguntó con cautela.

Respiré hondo antes de contestar. Siempre se me hacía extraño hablar de mi pasado con ellas. No sabían mi nombre, pero sí que mi padre había matado a mi madre. Nuestra relación era atípica, y, sin embargo, honesta y profunda. Me faltaban datos de ellas por todos lados, y aun así las consideraba parte de mi familia. No sabía cuándo eran sus cumpleaños, pero las quería como si hubiera asistido a cada uno de ellos.

—Sí. Sobre todo pienso en mi hermana.

—¿Desde cuándo no la ves? —Águila casi no me dejó acabar la frase.

—Desde hace unos meses.

—¿Crees que te ayudaría en este momento estar con ellas en el norte?

Al norte. Ni siquiera sabía exactamente dónde. De todas formas, nada me apetecía menos que ir a casa. Busqué las palabras adecuadas para explicarme.

—Prefiero mantener el contacto con ellas como hasta ahora. Teléfono y videollamadas cortas... Así controlo mucho mejor qué digo y qué hago delante de ellas. Para convivir allí unos días con ellas, tendría que mentirles demasiadas veces, y no me apetece.

Águila asintió. También Alondra y Mirlo parecieron entenderlo y estuvieron de acuerdo. Si las tres hubieran decidido que lo mejor era que me fuera unos días, tendría que haberme ido.

Nuestras vidas pertenecían a la lucha, y si la organización tomaba una decisión que te afectaba, debías obedecer. Tu opinión era tenida en cuenta, pero el objetivo del FFR era más grande que cualquiera de nosotras. Si estabas sometida a tanta presión y tenías sobre tus espaldas varios delitos, lo mejor era no ir por libre, sino dejarte guiar por el grupo en los momentos más difíciles. Era, de hecho, un alivio en algunas situaciones. Y, además, sabíamos que siempre se hacía lo necesario para equilibrar la protección de la organización y el cuidado de sus integrantes. Por coherencia y principios, los cuidados de las camaradas eran un punto vital para el FFR. ¿Qué tipo de feministas seríamos si no?

—Todavía nada —dijo Mirlo mirando su móvil.

—Que no den nueva información no significa que la policía no la tenga. Es solo que no la comparten con los medios —le recordé. Y volví a meter la barbilla en el cuello de la cazadora.

—Eso puede cambiar —dijo Águila.

Las tres la miramos al mismo tiempo desde el banco, sentadas como tres polluelos que ven llegar a su madre con lombrices nuevas.

—Tengo algo que deciros. Aunque no puedo dar demasiados detalles —dijo Águila al tiempo que tiraba el cigarrillo casi entero al río.

El corazón me empezó a latir deprisa. Ninguna queríamos detalles de nada, pero estábamos deseosas de al menos un titular.

—A partir de ahora tendremos la información real que maneja la policía.

Aquello solo podía significar una cosa. Teníamos un topo en la policía. Lo más lógico es que

fuera una «topa», claro. ¿Desde cuándo? Probablemente desde hacía mucho. ¿Qué poder tenía?
Alguno más que el de una policía rasa, o no tendría
tanta información que darnos. De cualquier forma,
aquel nuevo elemento en nuestra lucha me animó
de golpe. Notaba el júbilo subirme por la garganta.
Por primera vez, después de varias horas, no tenía
la imagen latente del juez muriendo sobre mis pies.
Los ojos de Águila brillaron al ver que mi semblante cambiaba. Nos sonrió con los ojos y las cuatro
comenzamos a reír a la vez. Como si hubiéramos
contenido durante aquel año y medio un peso que
no sabíamos cómo soltar. Nos reímos igual que si
una presa se partiera en dos por la presión del agua.

Alondra, a mi lado, comenzó a llorar de pronto. No dejó de reír, pero tampoco de llorar. La
abracé sin decir nada y ella siguió sollozando agarrada a mi cuello. Águila nos miró en silencio. El
brillo de sus ojos se fue apagando, y el rictus de su
boca volvió a ser el de la calma autoexigida.

CAPÍTULO 10

Luco Barán, erguido tras su atril, se dejó fotografiar una vez más. Sus ojos pequeños miraban a las cámaras con dureza.

Las cuatro vimos la rueda de prensa en directo. Sabíamos que no iba con nosotras, pero se podía esperar cualquier cosa.

—Se van a cargar a la Izquierda de Eare —dijo Águila en voz baja, cogiendo un cigarrillo.

Ambos partidos, la IdE y el TOTUM, llevaban desde el inicio de la legislatura librando una guerra en el Parlamento, ante el silencio cómplice del resto de partidos de centro y de derecha. Pero la acritud del TOTUM se había intensificado por la negativa de la IdE a condenar el feminismo y su lucha. El partido del Gobierno los había acusado en varias ocasiones en el Parlamento de terroristas, ya que para el TOTUM la lucha feminista y la lucha armada del FFR eran inseparables.

Barán comenzó a hablar.

—*Como saben, hemos estado sufriendo el terror de una organización asesina en nuestra patria. Y como también saben, no todos los partidos políticos están a favor de su eliminación. No podemos seguir por esta senda de destrucción y traición dentro del propio Parlamento. Es por eso que este gobierno ha procedido a la ilegalización de Izquierda de Eare, con efecto inmediato, por sus claros vínculos con una organización terrorista que opera dentro de nuestras fronteras. Desde este momento, el uso de sus siglas o la adhesión a ellas se considerará delito de asistencia a banda armada.*

—Este tío es un hijo de mil puteros babosos —exclamó Mirlo levantándose de un salto.

Parecía querer golpear algo y, a la vez, contenerse para no hacerlo.

—¿Quién coño va a creerse que entre los miembros de la IdE hay integrantes del FFR? ¿Te imaginas a Oma Linde disparando a alguien? —preguntó atónita Alondra.

—A partir de este instante, mucha gente lo creerá —contestó Águila apagando el cigarrillo al que solo le había dado una calada.

«Podemos estar hablando de mujeres. Mujeres pero feministas, claro, y vinculadas a la IdE». Esta fue la reflexión que muchos tertulianos y plumillas estaban deseando decir. Muchos ya habían incluido la palabra feminismo en sus opiniones al hablar de los asesinatos. Al final alguien lo había dicho. Y de camino, como guinda, había metido al partido Izquierda de Eare. Quien lo soltó fue una mujer, Pina Batel, la presentadora de aquel programa matinal centrado básicamente en explotar desgracias ajenas dándoles un tratamiento sensacionalista y amarillista. Uno entre muchos de los contenidos con los que los medios habían contribuido al auge del fascismo. Con nuestras acciones, obviamente, estaban haciendo caja.

En aquella época, su programa funcionaba como un generador de fascistas por sí solo. No se trataba más que del típico espacio mediocre que demonizaba cualquier tipo de lucha de los de abajo, y entrevistaba con loas a los de arriba. Un programa amigo del régimen, como tantos otros. Que lo vieran millones de personas en Eare nos obligaba a verlo a nosotras para estar al tanto de las cosas que se decían, e intentar calcular así el impacto que tendría sobre la sociedad.

Luco Barán, el presidente del Gobierno, iba a menudo por allí. Como quien va a ver a una vieja amiga. Servían café en la mesita baja del plató y se sentaban a su alrededor periodistas afines, todólogos y la propia presentadora, Pina Batel.

—Podemos estar hablando solo de mujeres —insistió Batel mirando al inspector jefe de la policía encargado de la investigación del asesinato del juez.

Quizás pensaba que si en vez de formular aquello como pregunta lo sentenciaba sin más, él no tendría escapatoria.

—No podemos ni asegurar ni desmentir este dato. De hecho, no lo vemos muy viable, Pina. De todas formas, como digo, estamos trabajando para que no haya ni una víctima más.

Batel lo miró con una media sonrisa, tratando de establecer una especie de complicidad ridícula. Quería una exclusiva como fuera. Le habría venido tan bien que aquel hombre hubiera dejado aunque fuera un resquicio de duda sobre el sexo de la autoría... Lo que obtuvo, en cambio, fue la condescendencia de aquel tipo.

—Que estén tranquilas las señoras en sus casas, y usted también, Pina. Encontraremos a los culpables, de eso no le quepa ninguna duda.

Así contestó el inspector al intento de complicidad de la presentadora. Aquel hombre estaba dando por hecho que las mujeres eran las que tenían miedo, aunque obviamente las víctimas eran solo hombres. Incluso pensaba que Pina Batel debía de estar sufriendo, cuando a todas luces le estaba dando la vida. Y más audiencia que en toda su carrera.

—¡Míralo! Está a punto de darle un calmante a la carroñera —resopló Mirlo desde la butaca del salón. Miraba la tele mientras se comía una magdalena. Los pies sobre la mesa, la camiseta llena de migas.

—Pues ya está. Ya lo ha dicho la Batel. Ahora lo vamos a escuchar en todas partes —dije cogiendo mi móvil para ver la reacción en las redes.

—Hay que ir pensando en un logo para la organización, por cierto —soltó Mirlo sin dejar de mirar la tele, y dio un último bocado a la magdalena.

Yo sabía lo que significaba aquello, y lo que implicaba. Noté cómo se me cerraba el estómago.

Habíamos hablado ya de ese momento: el instante exacto en el que íbamos a empezar a reivindicar nuestras acciones.

Habíamos pensado mucho acerca de cuándo hacerlo, y el momento perfecto era aquel, después de la acción contra el juez Gaune. En un inicio se habló de crear una web con servidores en Zorán, y que cualquiera desde su casa pudiera leer nuestro texto, pero no queríamos dejar nuestra suerte en manos de la legislación de Zorán. Aunque fuera inconcebible que aquel país colaborara con el nuestro, no necesitábamos un riesgo extra. Así que lo que la dirección de la organización aprobó finalmente fue el envío masivo de cartas a los medios con nuestro comunicado.

Reivindicar nuestras acciones era una parte esencial de nuestra lucha, de nada serviría todo aquello si no podíamos comunicar a la sociedad por qué lo estábamos haciendo y qué queríamos conseguir. Una cosa sí teníamos clara: era prioritario hacer saber que ninguna mujer sería nunca objetivo de la organización. Solo los fascistas, los agresores, violadores feminicidas y sus cómplices —fuera o dentro de la justicia y en el Gobierno— debían temer por sus vidas. Sabíamos que había mujeres fascistas y colaboracionistas del machismo con mucho poder, como la misma Pina Batel, pero el FFR decidió desde el principio que nuestra lucha también debía ser simbólica.

El logo del FFR que acompañaría al texto me lo encargaron a mí. Pensé que como diseñadora gráfica probablemente sería la creación más vista y conocida que hiciera jamás. Y por la que menos cobraría, claro: exactamente nada.

Mi trabajo era el menos original de aquel comando. Águila era entrenadora personal, y la mayor parte de su jornada la pasaba frente al ordenador, entrenando a personas por videoconferencia, algo que me dejó alucinando cuando me enteré. Al parecer, había empezado haciéndolo con la madre de una amiga, que vivía en Zorán, a la que enseñó a hacer estiramientos y ejercicios para mitigar un dolor de cervicales. Años después, el boca a boca había hecho maravillas, y por aquel entonces ya solo daba clases presenciales cuando impartía las de autodefensa y algunas artes marciales en un gimnasio del centro de Deltia.

Alondra, al igual que su hermano, era informática. Ambos trabajaban en remoto para una empresa extranjera. Era la que más cobraba de todas, ya que lo hacía en una moneda mucho más fuerte que la nuestra.

Mirlo era traductora pero, para su disgusto, gran parte de lo que le encargaban era literatura erótica de malísima calidad. «Ni una sola vez ha conseguido ponerme cachonda esta mierda. Y mira que llevo títulos traducidos, ¿eh?», decía a veces al salir de su habitación, frotándose los ojos con fatiga.

—Necesitamos un logo sexi, atlético —bromeó Mirlo, al ver que el tema del comunicado y la reivindicación de las acciones me había inquietado.

Yo sonreí. Mirlo siempre se quejaba del nulo vocabulario de las novelas que traducía, donde todos los cuerpos de los protagonistas eran «sexis» si se trataba de mujeres o «atléticos» si describían a hombres. A veces, cuando nos veía sobrepasadas, Mirlo comenzaba a describir todos nuestros movimientos como si de una de sus novelas se tratase.

«Búho, preocupada, frunció el ceño de forma evidente, provocativa, y él no pudo reprimir una erección». La primera vez que me dijo aquello consiguió, efectivamente, que dejara de pensar en lo que me preocupaba.

—Vas a caer enferma —le contesté.

—Un logo erecto, evidente, que no deje lugar a la imaginación —siguió ella, con la voz susurrante que usaba para sus actuaciones.

—Tendré que hablar con Águila para ver qué queremos que aparezca en él —dije intentando reconducir la conversación.

—¿No hace falta un eslogan? ¡Yo puedo crear un eslogan! —Mirlo me miró divertida, así que esperé a que soltara la última ocurrencia—. ¿Qué te parece... «No dejaremos mástil en pie»?

—Mirlo, cariño, deja el curro. Yo te pagaré las facturas.

Ella se encogió de hombros y comenzó la segunda magdalena.

Aquella era la única manera que teníamos de vivir la lucha: hacer de ella una parte cotidiana de nuestra vida, seguir siendo en la mayor medida posible nosotras mismas. Mantener nuestro humor, nuestra esencia, nuestros hábitos. Intentábamos ser libres dentro de la prisión que sabíamos que habíamos construido en torno a nosotras.

No habíamos tomado libremente aquella decisión que nos cambiaría la vida. No habíamos elegido la violencia entre varias opciones, sino que era la única forma que encontramos de sobrevivir a unas vidas plagadas de heridas producidas por el poder que se arrogaron los hombres de nuestro alrededor para destrozarnos la existencia. Hombres creados por un sistema que luego, además, los apoyaba y protegía. Y por un gobierno por cuya destrucción íbamos a dejarnos la piel.

La lucha armada era nuestra manera de defendernos. Y la autodefensa era la única forma de violencia que considerábamos legítima.

Nos sabíamos prisioneras, tanto de un mundo gobernado por ellos y para ellos como de la lucha armada: una cárcel dentro de otra cárcel. Al menos, en la prisión que habíamos creado nosotras mismas, el Frente Feminista Revolucionario, teníamos la posibilidad de salir libres e iguales de ambos encierros. Tanto nosotras como todas las mujeres que también vivían encarceladas.

Teníamos que ganar aquella lucha como fuera, de lo contrario seguiríamos siendo rehenes del sistema para siempre.

CAPÍTULO 11

Algunas semanas después de eliminar al blanco número 11, Águila nos despertó en mitad de la noche zarandeándonos suavemente, en silencio. Una a una, fuimos llegando al salón, frotándonos los ojos. Menos Alondra, ella parecía pasar siempre del sueño a la vigilia saltándose cualquier atontamiento intermedio.

Al ver mejor la expresión de Águila, una vez llegamos al salón, el corazón empezó a latirme deprisa. Aquel día no tocaba entrenamiento, de hecho era domingo y no nos tocaba ni trabajar.

—Tranquilas —dijo sentándose en el sofá.

Las tres nos apretujamos junto a ella para caber en el sofá de tres plazas. La mirábamos con los ojos muy abiertos, calladas, tratando de averiguar en su mirada qué pasaba por su mente. Tenía la melena rizada intacta, despeinada como siempre, pero no como cuando se acababa de levantar, más parecida al león de la Metro Goldwyn Mayer. Yo no sabía qué hora era, pero Águila no había dormido aún, era obvio. La vi buscar el mando de la tele con la mirada. Se incorporó un poco para cogerlo de una esquina de la mesa y apretó con seguridad el botón de encendido.

Mirlo, Alondra y yo desviamos lentamente la mirada hacia el aparato. Como si él nos fuera a dar las respuestas a nuestros interrogantes.

Águila apagó el cigarrillo que acababa de encenderse y se puso a escribir en un cuaderno, ajena a la tele. Alondra, a su lado, se giró para ver qué estaba redactando. Con los ojos hinchados aún, el pelo revuelto y una mano sobre otra, la miraba garabatear, tensa. Mirlo, sentada en la butaca frente a la mía, siguió mirando embobada la televisión, esperando encontrar allí algo que explicase por qué la habían levantado en mitad de la noche.

El ruido que Águila hizo al arrancar la hoja del cuaderno nos sobresaltó. Primero le dio la nota a Alondra, que la leyó en silencio. Ella se la pasó a Mirlo, que entendió en ese momento que la tele estaba puesta para hacer ruido. La información estaba allí, en aquel papel. Frunció un poco el ceño al principio, y luego nada. Y la nota llegó a mí.

Mañana por la mañana nos mudamos. No corremos peligro, tranquilas. No cojáis ropa, ya os explicaré por qué. Tampoco portátiles o teléfonos. Solo vuestra cartera con tarjetas e identificaciones, y un papel con números de teléfono que queráis conservar o usar. Donde vamos es mejor no llevar nada, pero si queréis alguna foto o algún recuerdo, adelante. Mañana os contaré en nuestra nueva casa más detalles. Y calma, creo que os gustarán las nuevas noticias.

Alondra: habla con tu hermano y con la empresa. Has encontrado una oferta mejor y te vas. Te daremos datos de esta oferta y el nombre de la empresa en caso de que tu hermano insista en saber más.

Búho: a primera hora, avisa a tus clientes de que dejas tu trabajo por motivos personales. No sabes cuándo lo retomarás.

Mirlo: a primera hora, avisa a la editorial de que tienes un problema familiar y te ves obligada a dejarlos tirados.

Leí la nota dos veces. Intenté memorizarla. Cogí el mechero de Águila, y fui lentamente hasta la cocina, aprovechando para leerla una tercera vez.

Puse la nota en el fregadero y prendí una de sus esquinas. Miré cómo el papel se consumía lentamente mientras intentaba calmar las mil preguntas que se me agolpaban en la cabeza. Abrí el grifo y las cenizas se fueron por el desagüe.

Si yo me había llenado de nuevas ganas y de vida era en gran parte gracias a Águila. Todo lo que viniera de ella bien estaba..., pero de repente, separarme de todos mis objetos personales, de la información que guardaba en mi portátil, de mis herramientas de trabajo, de mis clientes, que eran mi fuente de ingresos, me paralizaba. ¿Dónde íbamos? ¿Por qué? ¿De qué íbamos a vivir? No podía mantener aquella conversación en ese mismo momento, y para cuando pudiera tenerla ya nos habríamos ido. Estaba segura de que Águila no haría nada así sin sopesarlo y sin tener en cuenta nuestros trabajos. Y, sin embargo, no se me ocurría qué podía justificar aquello.

Las cenizas ya habían desaparecido del fregadero, pero yo seguía mirando el agua correr. ¿Estaría de verdad todo bien? ¿Realmente no corríamos peligro? Repasé mentalmente los gestos de Águila al escribir la nota para adivinar si decía la verdad. Aunque siempre la decía. Al menos la parte que podía contarnos siempre resultaba ser cierta.

Debí de estar frente al chorro de agua más tiempo del que creía, porque Águila apareció bajo el dintel de la puerta de la cocina, en silencio. Me miraba interrogante.

Era alta, tanto como yo. Su complexión delgada bajo la ropa hacía que te sorprendiera su musculatura cuando se vestía con pantalones cortos y tirantes para entrenar. Miré su pelo corto y rizado, me fascinaban sus bucles castaños y brillantes. A pesar de no haber dormido no parecía cansada. Nunca parecía cansada.

Me sonrió, tranquilizadora, e hizo un gesto con la cabeza para que me fuera a la cama. La seguí por la oscuridad de la casa, sintiendo su presencia a lo largo del pasillo ennegrecido por las habitaciones ya cerradas de mis compañeras.

—Mañana entenderás todo —susurró—. Confía en mí, ¿vale?

Su mano se posó en mi mejilla sin titubeos. Como si me viera claramente en aquella negrura y supiera dónde estaba mi cara. Era la primera vez que me había visto dudar, y también la primera que me hacía una caricia, aunque fuese fugaz.

Águila tenía un poder indescriptible. Me resultaba magnética. Y sentir algo así por alguien me intrigaba, porque yo podía pecar de muchas cosas, pero no de inocente o de crédula precisamente. Era difícil ganarse mi crédito y mi respeto, y, sin embargo ella, en menos de dos años, ya era dueña de ellos.

Me metí en la cama y pensé en su voz tranquilizadora, en su mano sobre mi cara. Todo iba a salir bien. No había nada de lo que preocuparse. Y sin embargo, como siempre, en vez de dormirme me quedé atrapada en un estado de duermevela en el que era consciente de mi cuerpo y mi entorno.

CAPÍTULO 12

A la mañana siguiente, nos montamos en el coche de Águila sin pronunciar palabra. No nos dimos ni los buenos días, todas habíamos estado ocupadas en repasar qué cosas nos llevaríamos al nuevo sitio.

Nos habíamos adaptado a vivir como si nos hubieran instalado micrófonos. Al principio como ejercicio, para ir acostumbrándonos a no hablar más de la cuenta y acabar inculpándonos con alguna frase, pero después del primer blanco lo hacíamos como orden a cumplir.

Me resultaba imposible decidir qué llevarme. Si no podía coger mis bragas y tampoco quedarme con mi ordenador, ¿qué otra cosa me quedaba? Las fotos de mi hermana y de mi tía que quería conservar no las tenía en papel, sino en aquel ordenador.

Alondra entró en mi habitación como si me hubiera leído el pensamiento y dejó sobre mi escritorio un USB. Me miró y dio dos golpecitos sobre el dispositivo. Asentí.

Unos minutos después, apretaba aquel USB, que era todo mi equipaje, mientras miraba por la ventanilla del coche de Águila. Me fijé en los carteles de la autopista intentando adivinar adónde íbamos. Aunque no tardamos más de media hora en llegar, el nombre del pueblo donde fuimos a parar ni me sonaba. Se llamaba Nido. Muy propio para cuatro guerrilleras con nombres de ave.

Mirlo, Alondra y yo miramos sus aceras aún vacías a través de los cristales. Era domingo y no había ni un alma. Águila giró por una calle estrecha y larga. Al final se vislumbraba un camino de tierra que se adentraba en el campo. El corazón me palpitaba cada vez más deprisa. ¿Adónde íbamos?

No tardamos mucho en llegar a una casita rodeada de sauces llorones. Había que estar relativamente cerca para verla bien entre las ramas curvas de aquellos árboles, que caían lánguidas aquí y allá.

Águila salió del coche y nosotras fuimos detrás de ella. El sol, aún débil, calentaba ligeramente. Miré a mi alrededor. Si esa era nuestra nueva casa, desde luego iban a tardar en encontrarnos.

Nido era un pueblo pequeño cerca de Deltia que, increíblemente, no se había convertido en una ciudad dormitorio. Parecía como si la organización lo hubiera montado la noche antes y le hubiera puesto aquel nombre como guiño. Más tarde supe que en Nido fue imposible construir más casas porque delimitaba con el recodo del río al norte y al este, y con la autovía al suroeste. El pequeño bosque estaba protegido, y nunca habría más casas que las construidas antes de su salvaguarda.

Nido era un pueblo imposible de ampliar por mucha avaricia que tuviera el constructor de turno. Solo hasta que el TOTUM consiguiera urbanizar cualquier tipo de espacio, claro. Era cuestión de tiempo.

Me encantaba aquel camino de tierra, aquel verde de distintas tonalidades que todo lo llenaba, aquella casita de planta baja y blanca, vieja pero admirablemente bien cuidada, con los marcos de las ventanas y la puerta de entrada pintados de verde intenso. Aún no había entrado y ya la sentía más mi casa que el piso desangelado donde habíamos vivido hasta entonces.

Para nuestra sorpresa, Águila llamó con los nudillos a la puerta, que se abrió enseguida. Apareció una mujer que rondaba los sesenta años. Sonrió al ver a Águila y se abrazaron. En mi vida había visto a aquella mujer, pero no pude evitar pensar que ese habría sido el aspecto de mi madre de estar viva. Su sonrisa amplia me recordaba a ella. Y su cintura ancha y su forma de abrazar, risueña.

La mujer nos invitó a entrar. Alondra y Mirlo parecían incómodas. Nunca habían visto cara a cara a alguien que pudiera saber en qué andaban metidas. Alguien que luego pudiera delatarlas. Se preguntaban si aquella persona sabía algo. Al ver sus caras incómodas dejé de pensar en mi madre y volví a la realidad. ¿Quién era aquella mujer?

No nos dio tiempo a hacernos más preguntas porque tan pronto entramos y se cerró la puerta, ella comenzó a hablar.

—Tenía muchas ganas de conoceros —dijo mirándonos sin perder la sonrisa. Vestía unos vaqueros y un jersey negro de cuello vuelto—. Este es vuestro nuevo salón.

Nosotras miramos a nuestro alrededor. Dos sofás anticuados pero mullidos estaban enfrentados y separados por una mesa baja rectangular. Aquellos muebles robustos ocupaban gran parte de la

estancia. Las paredes eran gruesas, y las ventanas,
a uno y otro lado, parecían de doble acristalamien-
to. El suelo era de madera, y también las vigas del
techo. Sobre una chimenea descansaba una tele.
Pensé que el ritual de ver la televisión a todas horas era algo que no iba a cambiar en nuestra nueva
vida.

La extraña nos guio por el pasillo que se abría
paso tras una puerta situada junto a la chimenea.
Era un pasillo corto que hacía una pequeña L. En
él estaban distribuidas cinco estancias: cuatro habitaciones, no muy grandes, con ventanas al exterior, y un cuarto de baño.

No me dio tiempo a ver mucho más porque
enseguida volvimos sobre nuestros pasos. La mujer cruzó el salón otra vez y se dirigió al otro extremo de la casa.

—Y esta es vuestra nueva cocina. —Y la señaló, sonriendo.

No me daban las neuronas para retener todo
lo que estaba viendo y a la vez intentar contestarme
a las preguntas que se me acumulaban con cada
paso que daba.

—Gracias —le dijo Águila—. Ahora les ex-
plico yo todo. Vete tranquila.

Acto seguido le entregó las llaves de su coche a aquella mujer, que a su vez le dio cuatro pares de llaves que supuse que abrirían nuestra nueva casa. Volvieron a abrazarse. Luego, la mujer sin nombre salió de la casa, y antes de cerrar la puerta, nos miró y susurró:

—Gracias... Muchas gracias.

Ninguna habíamos abierto la boca, y era evidente que no íbamos a hacerlo hasta que la puerta estuviera cerrada. No queríamos dar por sentado nada, ni siquiera el porqué de aquel agradecimiento. Sin embargo, su mirada cómplice era cristalina: era obvio que lo sabía todo.

Parecerá que miento si digo que fue la primera vez en las seis semanas que habían transcurrido desde que eliminé al juez Gaune que tuve plena conciencia de que había matado a un ser humano. Fue allí, frente a aquella desconocida que me miró fijamente un segundo antes de cerrar la puerta.

Desde que entrara en el FFR todo había pasado muy deprisa. El entrenamiento, las prácticas de tiro, vivir con las chicas, alejarme de todo para dedicarme solo a trabajar, a entrenar y a estudiar los textos y libros que la organización me proporcionaba sobre guerrilla urbana, sobre feminismo, sobre el reparto desigual de la riqueza, sobre un mundo sostenible y justo.

Pero aquel día, tanto tiempo después de haber empezado, fue el primero en el que tuve que enfrentarme a la mirada de una extraña que daba la sensación de que me había visto por un agujerito disparando a un hombre respetado por la mayoría de la sociedad. Por mucha certeza que tuviera acerca del apoyo de aquella mujer hacia nuestras acciones, me invadió un deseo insoportable de justificarme ante ella, de explicarle bien el daño que había hecho ese hombre en el pasado y el que hubiera seguido haciendo a otras mujeres. Y a niñas. A niñas como yo. Como mi hermana. Y odié aquella sensación de vulnerabilidad.

Cuando nos quedamos a solas, me asomé a la ventana y la vi partir en el coche de Águila. No entendía nada. Y por primera vez sentí rabia contra el FFR y contra Águila. El desconcierto fue desapareciendo para dar espacio a la indignación. Me giré y miré a Águila, franqueada por Mirlo y Alondra, que también la miraban, molestas, pero sin decir nada.

—Igual deberías habernos avisado, ¿no crees?
—espeté. Nunca le había hablado así antes. Nunca
me había dado motivos—. ¿Quién es esa mujer?
¿Por qué estamos aquí?

Alondra abrió mucho los ojos al escucharme,
con miedo a que perdiera los papeles de repente
y dijera cualquier cosa que pudiera incriminarnos.
Alondra era la más prudente, la que más presente
tenía siempre que había que actuar en todo momento como si nos estuviera escuchando la policía.

También era la mejor planificando huidas.
Quizás fuera la mejor en todo, la que más tiempo
dedicaba a que tanto cada movimiento de nuestro
comando como nuestras acciones fueran irrastrea-
bles, inmaculados, perfectos. Y aunque lo consiguiera cada vez, nunca se confiaba para la siguiente. Era una escapista profesional porque su propia
experiencia vital la había enseñado a huir para
seguir viviendo. Su mente funcionaba a una velocidad asombrosa, y su capacidad para visualizar
posibles obstáculos rayaba a veces la ciencia ficción.
Si en la planificación de cualquier operación le hubiéramos dicho que también debía tener en cuenta la variable «OVNI persiguiéndonos», habría
mordido el capuchón de su boli, pensativa, y hu-

biera hecho bocetos en sus papeles para darnos la solución.

Allí de pie, mirándome preocupada, me pareció de repente más pequeña que su metro cincuenta y cinco. Más joven que sus veinticinco años. O quizás, por primera vez, la vi tan joven como era.

—Tranquila, Alondra —le dijo Águila sin dejar de mirarme, adivinando sus pensamientos—, te aseguro que no hay micros aquí. Sigue —me animó sentándose en uno de los sofás. Encendió un cigarrillo y me miró con sincera atención. El ceño un poco fruncido, los codos sobre sus rodillas abiertas. Expulsó el humo y asintió—. Sigue, por favor. Creo que tienes más cosas que decir.

—Claro que tengo más cosas que decir. —Empecé a dar vueltas por la estancia, tratando de ordenar mis pensamientos mientras hablaba. Y, sabiendo que no había micros, me sentí más libre—. ¿Quién es esa mujer y por qué no nos has avisado de que estaba aquí? ¿Por qué se ha llevado tu coche? ¿Tan difícil era avisarnos, preguntarnos? ¿Es que no tenemos ninguna opinión sobre nada que nos afecte? ¿Ninguna inquietud con la que podamos vivir le interesa a la organización? —De repente pensé que aquel momento era bueno para hacer todas las preguntas que no me había atrevido a hacer por miedo a que el FFR pensara que no confiaba en él—. ¿Cuántas camaradas somos ya, por cierto? ¿Y cómo de fiables son a estas alturas? Porque la gente cambia y ya llevamos casi dos años. ¿Cuántas más, además de esta mujer, saben de nosotras, conocen nuestras caras, nuestras acciones? Creí que no sabíamos nada las unas de las otras por seguridad. Pero esa mujer me ha mirado como si...

—Esa mujer es mi madre —me informó Águila, y dio una calada al pitillo. Estaba tranquila, no había ningún tono de reproche o de riña en sus palabras. Como siempre, Águila permaneció impasible. Parecía imposible discutir con ella. Daba la impresión de tener en mente siempre algo más grande, más importante, y que lidiar con mi interrogatorio era fácil, rápido—. Y ya ha puesto al corriente a varias vecinas de que vengo a vivir con varias compañeras de la universidad, porque en Deltia los precios de las casas están por las nubes.

Mirlo, que no se había movido desde que había entrado, salió del choque inicial y cruzó el salón despacio. Sin mirar a nadie, se dejó caer sobre el sofá que Águila había dejado libre. Alondra miró a su alrededor buscando una silla. No la encontró, así que se sentó en el suelo. Su piel estaba más blanca de lo habitual, dudé de si estaba cansada o de si simplemente le estaban fallando las piernas.

Cada una de nosotras ocupaba una parcela del pequeño salón, lo más alejadas entre nosotras que podíamos. Quizás fuera casualidad, pero el vernos distantes me asustó.

Me quedé en silencio, mirando a Águila. Quería procesar el hecho de que su madre estuviera de parte de lo que en la tele llamaban «organización terrorista». No pude evitar imaginar qué me hubiera dicho la mía de haber estado viva. No le habría gustado, estaba claro. Pero su opinión hubiese sido la de una madre a la que no habían asesinado todavía, a la que no le habían arrebatado aún la posibilidad de ver crecer a sus hijas. Su hipotética opinión ya no contaba.

—No os he dicho nada en el coche porque aún no me han confirmado si es seguro. De todas formas, mi madre se lo ha llevado y esta noche alguien nos traerá otros dos. Mañana llegarán matrículas nuevas. —Águila cruzó las piernas, se echó hacia atrás en el sofá y siguió dando información—. No sé cuántas somos exactamente, pero ya no somos doce ni mucho menos, claro. Por seguridad no...

—Sí, sí, por seguridad. Todo por seguridad. Ya veo la seguridad trayendo a tu madre aquí —farfullé.

—¿Nos sentamos juntas y hablamos? —Águila apagó el pitillo en una concha que desde entonces haría las veces de cenicero.

El mar quedaba lejos de Deltia. Hacía tiempo que no veía una concha en casas tan alejadas del este, de la costa, y sentí una punzada dolorosa. Echaba de menos Obo, la playa, el salitre, el mar, los tesoros bajo la arena.

Alondra se levantó del suelo y se sentó junto a Águila, obediente. Yo me sacudí el recuerdo de mi tierra y ocupé el sitio libre junto a Mirlo, que miraba fijamente por la ventana de enfrente, tan ensimismada que de haber pasado un dinosaurio tras los cristales no lo habría visto. Aquella mirada perdida era muy característica en ella. Siempre la acompañaba con el gesto de sus dedos jugueteando con un mechón de su pelo. Era imposible saber en qué pensaba Mirlo, aunque le preguntases. Solo conseguías que saliera de su mundo, que meneara la cabeza y sonriera respondiendo: «Tonterías».

Y era mejor no insistir, o acabaría riéndose de ti con algún comentario del tipo: «Búho parecía preocupada. ¿Sexy? Sí, pero sobre todo preocupada por su compañera Mirlo. Se dio cuenta entonces de que se sentía irresistiblemente atraída por ella». El humor era su escudo, y también una forma de alejarte si preguntabas lo que no debías.

Águila, tras la tensión del principio, fue explicándonos paso a paso qué hacíamos allí y por qué. Estaba seria, haciéndose cargo de nuestro recelo. Nos contó que aquella iba a ser nuestra casa hasta nueva orden. Estaba confirmado por el topo que era segura, y además estaba a nombre de su abuela, que se fue a vivir a Zorán cuando se jubiló.

Nos dijo que en los armarios de cada habitación encontraríamos ropa nueva, un portátil y un móvil. La ropa, nos avisó, no sería ni de nuestro estilo ni de nuestro gusto. Porque tal y como estaban las cosas, nuestro aspecto no podía ser inculpatorio, ni siquiera ambiguo: debía ser el opuesto a lo que el imaginario colectivo pudiera relacionar con el activismo feminista. Ninguna teníamos el pelo corto como un chico, pero sí en otros comandos, y la orden fue dejarlo crecer. Fuera piercings. Tatuajes tapados.

—Y ahora lo más importante de toda la nueva estrategia: nosotras cuatro somos de ahora en adelante el único comando que se dedicará a realizar las acciones en el sur. El resto de compañeras en los comandos del sur se dedicarán a trabajar para financiar a la organización, y a ayudarnos en la planificación o ejecución, si es necesario. Nosotras dejamos nuestros curros y nos dedicamos a entrenar, a practicar tiro, a ensayar operaciones. Pero el entrenamiento ahora va a ser de verdad —enfatizó, como si el entrenamiento hasta entonces hubiera sido de broma. Con el tiempo descubrí que, en efecto, lo había sido—. Trabajar no nos ha dejado entrenar como debíamos, y la solución que hemos..., que ha encontrado la organización es liberarnos a nosotras de toda responsabilidad laboral y pagarnos las facturas con el trabajo de las demás. Nosotras seremos el comando que actúa en el sur, se ha elegido a otro para actuar en el norte y otro para el este. El resto de comandos y compañeras trabajarán en sus curros y se las descargará de tareas incompatibles.

Alondra suspiró, pensativa. Parecía que iba a decir algo. Siempre necesitaba tener algo entre las manos, así que había cogido la concha cenicero y se dedicaba a acercársela a Águila cada vez que esta quería sacudir su cigarrillo. Un cigarrillo, como siempre, al que rara vez daba una calada más allá de la primera. Alondra miró las cenizas y las mareó haciendo pequeños círculos en el aire con la concha. Al final guardó silencio.

—Estoy segura de que hay compañeras que preferirían estar en primera línea, aquí, con nosotras, aunque sea más peligroso y conlleve más años de cárcel... de ser atrapadas, claro —continuó Águila—. Si alguna tiene dudas o quiere dar un paso atrás, puede hacerlo. Podemos recolocarla y sustituirla, pero ninguna cabeza de comando, yo incluida, ha dudado en ningún momento de que nosotras formamos el mejor equipo para estar en primera línea. Lo cierto es que nos compenetramos y nos entendemos mejor de lo que nadie hubiera podido sospechar. En otros comandos, por ejemplo, se ha reubicado a camaradas con el paso del tiempo porque encajaban mejor en otros pisos, con otras personas y haciendo otras tareas, nada que ver con las que empezaron...

Mirlo salió de su ensimismamiento y miró a Águila.

—Estamos seguras de que todas tenemos las manos manchadas de sangre, ¿no? Dedicarse a trabajar para financiar a otras puede alejarte del día a día de la lucha y acabar distanciándote de la organización. Estamos hablando de currar todo el día para otras. Si todas las que van a trabajar para mantener esto vivo pierden vínculos con las acciones que hacemos, pueden acabar hastiadas e incluso arrepentidas. Me quedo más tranquila si me dices que todas tienen mucho que callar, y que, en caso de arrepentirse, irán antes a terapia que a la poli.

Mirlo se había descalzado y estaba sentada en el sofá como un mono en una rama. Su postura favorita. Se rodeó las piernas con los brazos y apoyó la barbilla en la V que formaban sus rodillas.

Mirlo tenía unos años más que yo, pero creo que todas la considerábamos la pequeña. Quizás con aquella reflexión fue la primera vez que vi la distancia que nos separaba. Me había parecido acertada, y a la vez me había dejado preocupada. No todo el mundo tenía por qué tener nuestro nivel de implicación, habían pasado ya casi dos años y era tiempo suficiente para arrepentimientos. Miré a Águila para ver su reacción.

—Hasta donde sé, nosotras somos el único comando donde todas las miembros han eliminado

a alguien. Pero no significa que el resto de camaradas no estén implicadas como cómplices, como
facilitadoras, como colaboradoras necesarias para
que una acción u otra tenga éxito. Siendo honestas, una también se puede arrepentir aun teniendo
las manos manchadas de sangre. Esto es una organización que mata gente, no siempre vamos
a poder controlarlo todo, pero pondremos todos
nuestros esfuerzos en intentarlo. —Águila respiró hondo. —Para vuestra tranquilidad, a mí no se
me darían detalles ni nombres, pero sí se me in-
formaría si hubiera algún conflicto así, y cómo
resolverlo.

—Tu madre... ¿qué implicación tiene en el
FFR? —pregunté.

—Toda. No se ha cargado a nadie, pero es mi
madre. Os aseguro que es la última persona de la
que hay que preocuparse. Nunca haría nada que
me perjudicase. Y venderos a vosotras es joderme
a mí. ¿Y bien? — nos interrogó Águila tras un breve silencio.

—Yo me quedo —dijo Alondra, mientras miraba la ceniza. No creo que ninguna hubiera dudado de que aquella iba a ser su respuesta.

—Yo también —contestó Mirlo.

Águila me miró entonces a mí. Sus ojos, su mirada clavada en mi cara... como si ya supiera la opinión de mis compañeras, pero tuviera la mía en vilo. Se me hizo evidente en esa mirada casi vulnerable que un «no» no solo la habría sorprendido, sino que la hubiera destrozado. A ella. A la inquebrantable.

—No tienes que contestar ahora mismo —dijo, por primera vez inquieta, como si temiera que mi enfado pudiera hacerme tomar una decisión no reflexionada.

—Me jode un poco que pienses que soy tan volátil —le respondí, al tiempo que me levantaba para ver con más calma las habitaciones.

Entré en el primer cuarto que se veía desde el pasillo. Abrí el armario de dos puertas de madera. Era verde vivo por fuera y blanco por dentro. Uno de esos muebles que solo con tocarlo notas que ha sido pintado y repintado con mimo a lo largo de los años, y cuyo tipo de madera te es imposible adivinar.

Águila nos dijo que habría ropa y todo lo que necesitáramos. Y así era. Vaqueros caros, pantalones de pinzas, camisas suaves, pañuelos de seda con un horrible diseño de rocallas. Todo de marca. Reprimí un suspiro. Me llevé la mano a la oreja izquierda, donde solía llevar el pendiente con una pequeña pluma que me había hecho Jana muchos años atrás. Mi oreja desnuda me hizo sentir lejos de todo, incluso de mí. Aquella pluma descansaba en una pequeña cajita junto al USB, como todo recordatorio de quién era yo.

—¿Me puedo quedar esta habitación? —pregunté desde allí mismo.

Era cuadrada, más amplia y desahogada que la de la casa anterior. Había una cama doble bajo el marco verde de la ventana, una mesilla con una lámpara, ambas con tonos blancos y verdes. Daba la sensación de que aquella casa no había sufrido obra alguna, a pesar de que claramente tenía más de cincuenta años. Puede que hubiesen renovado las instalaciones eléctricas y las tuberías, pero por fuera tenía toda la pinta de que mantenía el mismo aspecto que cuando se hizo. Suelos de terrazo, puertas de madera maciza con alguna que otra muesca, picaportes antiguos pero engrasados y suaves. Las paredes blancas parecían recién pintadas.

Abrí los cajones del armario. Estaban llenos de bragas como de seda o de algún material parecido. No tenía ni idea sobre tejidos, pero sí sabía que esas bragas no eran como las baratas de algodón que yo solía usar. Además había sujetadores a juego. ¡Sujetadores! Solo había usado sujetador una vez, para la entrevista de aquella empresa que me contrató como diseñadora gráfica. Me bastó aquella experiencia y crecer con mi madre llegando a casa y quitándose el suyo cada día como quien lleva una china en el zapato suspirando de alivio y de gusto. Mis compañeras sí usaban sujetador de forma habitual, pero yo tendría que negociar aquello.

Había una pequeña caja plana y rectangular en el último cajón. Estaba forrada de terciopelo azul oscuro. La abrí. Casi se me caen los ojos al suelo cuando vi pulseras finas de plata, pares de pendientes de perlas, anillos finos de oro blanco y una cadena de plata de la que colgaba un pequeño corazón del mismo material.

No pensaba ponerme nada de eso. Cerré las puertas del armario y al darme la vuelta me encontré con Alondra mirándome divertida:

—Creo que esta es mi habitación, la ropa de la talla M está en la siguiente. ¿Cambiamos las habitaciones o simplemente la ropa?

—La ropa. Me quedo este cuarto, si no te importa. Pero ya te digo que no pienso ponerme nada de eso. No aguanto una camisa, ¡ni un sujetador! Me siento igual que cuando entro a una iglesia, tía, angustiada, como si la atmósfera pesara más de lo normal.

—Pues mira debajo de la cama —me dijo intentando no reírse.

Incliné la cabeza al oírla. ¿Qué podría haber debajo de la cama que fuera peor que aquello? Me agaché y levanté el pico del edredón para ver mejor.

—¿Tacones? —grité.

La risa de Águila se oyó desde la cocina.

CAPÍTULO 13

Los entrenamientos se intensificaron desde el día siguiente a nuestra llegada. Atrás quedaron esos días de correr durante media hora, completados con series de varias repeticiones con pesas para musculación o con clases de autodefensa de Águila.

A las cinco de la mañana ya solíamos estar en planta, corriendo por el bosque. Correr se convirtió en un infierno lleno de *sprints*, nos salíamos de los caminos y sobrevolábamos arbustos, saltábamos piedras como si nos persiguiera Jumanji, trotábamos de espaldas, nos caíamos por el agotamiento y perdíamos el aliento y las ganas de vivir.

Las llaves de autodefensa que nos enseñó Águila en el pasado dieron paso a clases eternas de conocimiento profundo de nuestra propia anatomía y de la del oponente. De cómo derribar para escapar, de cómo bloquear para atacar, incluso de cómo matar si se diera el caso.

Además también cuidamos mucho nuestra dieta para que nuestra musculatura se endureciera.

—Los músculos pesan más que la grasa. Lo digo por si no te cuadra lo que te dice el peso —dijo Mirlo un día al encontrarme en bragas subida a la báscula del baño—. El culo se te ha puesto de patinadora artística, tronca —concluyó.

—¿No dirías que tengo las tetas más arriba o algo? —pregunté, ignorándola.

Mirlo me las miró fijamente, haciendo memoria.

—Puede ser. Yo he pensado lo mismo con las mías. Mírame.

Se quitó la camiseta del pijama y observó mi reacción muy seria. Yo no notaba que tuviera el pecho más arriba, pero sus abdominales ya se estaban marcando con solo un mes de entrenamiento. Le toqué la barriga, dura, suave, y me di cuenta de dónde estaba el secreto.

—No, tía, lo que nos está pasando es que la tripa, al ponerse lisa y dura, hace que parezca que el pecho sobresale más.

Alondra pasó por la puerta del baño en ese momento y se quedó mirando cómo nos tocábamos las barrigas.

—Estáis un poquito faltas, ¿no? Tanta guerrilla y tan poco sexo, ¿verdad? —Y entró a mirarse en el espejo—. Estos pijamas pijos de seda dan un calor infernal, ¿no podemos ir en bragas?

Pasamos de sus reflexiones porque estábamos ante un descubrimiento más importante, que compartimos a continuación con ella: nuestras tetas parecían más grandes gracias al entrenamiento. Ella se quitó la camisa del pijama a toda prisa y se miró el pecho.

—Tú no porque no tienes tetas, Alondra —le dijo Mirlo negando con la cabeza mientras trataba de levantar con un dedo uno de sus pechos.

No sé cuándo apareció Águila, yo estaba inmersa en la comparación de nuestros cuerpos y en el efecto que nos había producido el entrenamiento. Preguntándome hasta qué punto me gustaría en ese momento encajar más en los cánones de belleza patriarcales. Y las contradicciones que eso me acarreaba.

—¿Fiesta del pijama? —preguntó Águila mientras mordía una manzana, con expresión divertida, apoyada en el quicio de la puerta.

Yo la miré. Era la primera vez que me veía desnuda. Las demás sí nos habíamos visto entre nosotras, pero con Águila era diferente. Reprimí las ganas de taparme con una toalla. No quería dar la impresión de ser capaz de acribillar a balazos a un hombre, pero sentir vergüenza de que ella me viera las tetas.

Sin embargo, no pude evitar sonrojarme. Águila iba a darle otro bocado a la manzana cuando vio mis mejillas al rojo vivo. Abrió la boca para morder otra vez, pero no llegó a cerrarla. Creo que en ese momento estaba pensando algo como: «¿Y a esta qué le pasa?».

Sus ojos se clavaron en los míos. Me quedé quieta, anclada al suelo de aquel baño, mientras Alondra y Mirlo salían de allí charlando sobre sus músculos, ajenas a la tensión que yo misma estaba creando.

Águila dejó caer la mano con la que agarraba la manzana, bajó la mirada a mis pechos, y luego volvió a mirarme. Se había ido poniendo tan seria con el paso de los segundos que pensé que iba a soltarme alguna de sus frases lapidarias sobre el pavo adolescente que teníamos encima.

Sin embargo, tragó saliva, desvió la mirada y desapareció tras el quicio sin decir nada.

—Es que el entrenamiento de antes era un cachondeo —nos dijo aquella tarde, cuando Mirlo se quejó de que desde que habíamos llegado a esa casa siempre tenía agujetas.

—Pero nos iba genial siendo blandengues, no me jodas. Lo clavábamos. Ahora, ¿cómo vamos a disparar? Mira. —Mirlo cogió el mando a distancia de la tele y fingió que era una pistola. Hizo como si el brazo le temblara al levantarlo y simuló un gemido de dolor—. Por favor, señor violador, quédese muy quieto mientras las agujetas me dejan apuntarle bien.

—¿Estamos seguras de que seguimos sin micros, por el amor de algún dios? —preguntó alarmada Alondra al oír a Mirlo.

—Estamos seguras —dijo Águila, tendida en uno de los sofás, viendo divertida la actuación de Mirlo.

—Bueno, pues llevamos un mes en esta casa y lo único que hemos hecho ha sido entrenar como *Rockys*, ¿qué pasa ahora? —preguntó Mirlo dejando el mando en su sitio.

Águila miró el reloj de marca que ahora llevaba en la muñeca.

—En un rato empiezan los telediarios, tienen el comunicado desde esta mañana. Creemos que van a dar la noticia ya. Hay algún medio *online* que lo ha sacado, pero no ha tenido mucha repercusión, son periódicos de esos que acostumbran a caer en todos los bulos posibles.

Nos sentamos en los sofás, cada una con su móvil. Las redes sociales ya estaban ardiendo. El medio digital de más tráfico en Eare acababa de dar la noticia.

Habíamos usado la palabra «personas» en nuestro texto en todo momento para hablar de nosotras, hecho suficiente para que la mayoría del país siguiera hablando de la organización en masculino. El comentario de Batel no había surtido mucho efecto, de momento.

Nuestro mensaje era claro e inequívoco. Reivindicábamos los once asesinatos hasta el momento, y explicábamos por qué lo habíamos hecho y por qué íbamos a seguir haciéndolo.

El Frente Revolucionario Feminista es la respuesta inevitable a la creciente represión estatal en Eare. La incapacidad del sistema de dar respuesta a una de las crisis económicas y migratorias de mayor magnitud de nuestra historia ha sido el caldo de cultivo necesario para que la ideología fascista se

haya extendido por todo el estado en los últimos
años. Las mujeres, las personas migrantes, racia-
lizadas y no normativas, hemos sido el chivo ex-
piatorio perfecto: ¿cómo no se va a derrumbar el
estado del bienestar si todo el dinero se dedica
a «las frivolidades de unas locas»? ¿Cómo no va
a haber desempleo masivo con la cantidad de inmigrantes que «vienen a quedarse nuestros trabajos»? ¿Cómo no va a haber problemas para acceder a la vivienda pública si «todas las ayudas van
destinadas a gente de fuera»?

Aunque la realidad es tozuda y muestra lo contrario, los prejuicios pueden ser aún más tozudos,
y a quienes controlan los medios de comunicación
no les llevó demasiado tiempo ver, ante las circuns-
tancias antes descritas, que era mucho mejor para
sus intereses que la gente mirase hacia abajo
para buscar a su enemigo y no alzase la vista en
ningún momento. Así, el TOTUM consiguió llegar
al gobierno a base de avivar el discurso del miedo
y del odio, y desde entonces su ensañamiento hacia las personas más vulnerables no ha cesado un
instante. Se aplasta a los sindicatos de clase y se
suprime cualquier tipo de organización obrera, tanto dentro como fuera del puesto de trabajo; se dis-

para a matar a las víctimas del imperialismo que consiguen ponerse a tiro de nuestras metralletas al huir de la miseria; se pone a las mujeres en el punto de mira de la represión estatal no solo para desactivar el potencial revolucionario del feminismo, sino para tomar control absoluto del trabajo reproductivo; y cualquier intento de expresar desacuerdo en las calles se acalla con porras y balas.

Nos fuerzan a ser personas calladas, sometidas, ciegas y mudas, obedientes y sumisas, pero nos negamos a agachar la cabeza ni un segundo más. Frente a quienes quieren hacer girar hacia atrás la rueda del tiempo, quienes formamos el FFR respondemos con contundencia. Ni les permitiremos arrastrarnos décadas hacia el pasado ni buscamos tampoco volver a «tiempos mejores». No nos conformamos con poner parches a nuestra situación, porque ya no tenemos miedo: lo queremos todo.

Lo que buscamos no nos lo pueden dar. Quien debe oír alto y claro nuestra voz no son los misóginos y los fascistas, porque no hablamos para ellos; te hablamos a ti, al ama de casa; a la pareja migrante con tres trabajos que no os dan para vivir; al gitano al que no le alquilan una casa; a la ado-

lescente lesbiana aterrorizada; a la camarera que
sufre al baboso de su jefe por un sueldo de miseria;
a la víctima de la violencia machista que no puede
acudir a la justicia... Sois quienes tenéis el poder
de sacudir desde abajo este sistema que nos aplasta. Ya nos hemos quedado en silencio demasiado
tiempo. Ya no tenemos nada que perder, y todo un
mundo por ganar.

El texto lo coronaba el logo en el que yo misma había trabajado: las letras F, R y la segunda F al
revés formaban un puño. Para demostrar que éramos
nosotras las que hablábamos y no cualquiera haciéndose pasar por el FFR, dimos un detalle al final del
comunicado que despejaría las dudas del Gobierno
y de la policía. Un dato que no había salido en ningún medio. En la firma, junto al logo del FFR, aparecía el tipo de bala que habíamos usado para matar
al juez Gaune.

En cada noticia en la que entrábamos, la cual
se extendía hacia los demás medios como la pólvora, el comunicado estaba escaneado y sin censura.
Con miles de críticas de los plumillas del régimen,
claro, pero con eso ya contábamos. Habíamos dado
de lleno en la diana. Ahora marcábamos la agenda,

ahora todo el mundo podría leer nuestras propias explicaciones y formarse una opinión menos contaminada.

«El FFR ha emitido un comunicado donde reivindica la muerte de los diez expresidiarios y del juez Gaune», empezó a decir en ese momento la presentadora del telediario del canal de noticias, controlado por el Gobierno.

Mirlo se mordió una uña mientras miraba la tele, luego a su móvil, luego a la tele, sin parar. Águila encendió un cigarrillo para, una vez más, no fumárselo. Alondra estuvo quieta, mirando fijamente la pantalla del televisor.

—Dios mío. Estoy acojonada —susurró.

Ninguna dijo nada. Supongo que todas estábamos sintiendo algo parecido. Aquel día, con aquel comunicado, empezó la verdadera guerra.

CAPÍTULO 14

El Gobierno montó una rueda de prensa de urgencia, ya que no había canal que no hablara de nosotras y nuestro mensaje. El propio Luco Barán en persona se subió al atril aquella misma noche. Apenas podía disimular su furia.

«¡No vamos a consentir amenazas de ningún terrorista! Los responsables de estos atentados pagarán más pronto que tarde las aberraciones cometidas». A Barán le brillaban los ojos de excitación. Apretaba sus puños sobre el atril, y cuanto más hablaba, más parecía gustarse a sí mismo.

—Parece como si le molara un poco todo esto, como si le excitara —dijo Mirlo, leyéndome la mente—. No ve la hora de poder sacar los tanques, de empuñar él mismo una pistola y cargarse a unos cuantos rojos.

—Lo hubiera acabado haciendo de perder en las urnas. Los militares estaban de su parte. Y, ahora, pues imagínate —dijo Águila estirándose un rizo de la sien.

Alondra las mandó callar, estaba enganchada al discurso de Luco Barán.

«Esta nación es libre y así va a seguir siéndolo. Ningún grupúsculo de rojos va a amenazar el estado del bienestar que el TOTUM ha conseguido instaurar en nuestra patria».

—¿Qué bienestar, hijo de putero? —acabó gritando Mirlo.

Se levantó del sofá y fue directa al paquete de tabaco de Águila. Encendió un cigarrillo apoyándose en la mesa del salón. Escupió el humo, malhumorada como pocas veces la había visto.

—Sigue hablando en masculino —observó Alondra—. Os digo más: creo que dejaría de empalmarse con esto si supiera que somos todas tías.

Águila la miró y asintió. Una mueca de asco cruzó su cara.

—Odio a este tipo —dijo mirando su imagen en la pantalla—. Lo odio profundamente.

Era la primera vez que escuchaba a Águila compartir un sentimiento. Mi cabeza, que iba a mil por hora con el lanzamiento de nuestro comunicado y las reacciones que estaba causando, paró de

golpe. Paró en ella. En su mirada. Apretaba la mandíbula mientras fijaba sus ojos en la cara del presidente.

Éramos pocas, no precisamente expertas aún,
y teníamos todas las de perder, y sin embargo, ver
aquella mirada de Águila me hizo alegrarme de no
estar en los zapatos de Barán.

No tardaron en aparecer pintadas por barrios
de ciudades y pueblos que rezaban «Viva el FFR»
o «Yo también soy FFR».

Y con las pintadas, empezaron las detenciones. A quienes cazaron con el spray en la mano
fueron rápidamente llevadas a comisaría bajo el
cargo de terrorismo. Ni siquiera recurrieron al
siempre conveniente delito de «apología del terrorismo». De repente ya no había actitudes, declaraciones o hechos que hicieran apología del terrorismo,
sino que eran terrorismo en sí mismo. El TOTUM
gobernó a fuerza de nuevas leyes para manipular
la realidad y escribir la historia bajo sus propios
términos. Y en mitad de la tormenta que supuso
nuestro comunicado, aprovecharon para colar más
y más leyes. Fue entonces cuando aprobaron la
pena de muerte para casos de terrorismo. El abanico de posibilidades para ser considerado terro-

rista era más amplio que nunca: desde proclamarse feminista y de ahí en adelante hasta defender la legalización de la IdE, pasando por organizaciones de izquierdas que estuvieran operando en la clandestinidad.

Noticias como aquellas fueron justificadas por los medios afines al TOTUM enarbolando nuestro comunicado como prueba irrefutable de que era necesario. No se produjo ni una sola manifestación por aquel nuevo atentado a las libertades de la ciudadanía earense.

Y, sin embargo, no dejaron de detener a mujeres que en el pasado se habían declarado feministas. Fue en aquel verano cuando surgieron lo que hoy conocemos como «las rapadas». A pesar de no poder aplicar sobre ellas las nuevas leyes porque sus escritos o sus reclamaciones fueron anteriores a la pena de muerte, muchas eran detenidas y llevadas a comisaría, donde las interrogaban. Todas, sin excepción, salieron de aquellos interrogatorios magulladas y con el cráneo rasurado. Cuando salían, claro, muchas iban a prisión por oponer resistencia.

Gracias a nuestro comunicado, el TOTUM creía tener toda la legitimidad para atacar a las mujeres feministas como siempre desearon hacer.

Entre las personas detenidas, la inmensa mayoría mujeres, solía haber siempre algún hombre. Hombres que pertenecían al colectivo LGTBI que se habían declarado feministas. Al resto los perdonaron. A ellos no los raparon, pero sí fueron agredidos durante los interrogatorios.

—A ellos no los rapan porque el pelo no es un elemento que los defina como hombres —dijo Águila como para sí, mirando la tele—. ¿Qué conseguirían rapándolos? Nada. No es humillante, no los harían vulnerables, no les quitarían nada que fuera parte de su identidad. No le sacas información a un hombre amenazándole con raparle la cabeza.

Me sorprendían siempre los enfados puntuales de Águila. Tanto por escasos como por sus motivaciones. Podía no decir nada mientras leía noticias dantescas sobre feminicidios o no mover un músculo mientras veía fotos de rapadas magulladas, sin embargo, detalles como aquel, de repente, le tensaban la mandíbula y sus sienes se movían al compás del apretón de dientes. Los párpados le caían de forma casi imperceptible, y el negro de sus ojos se clavaba allí donde miraba con una fiereza casi palpable.

El verano se nos hacía insoportable en la casa. El calor era asfixiante. Un año más, Eare volvía a batir su propio récord de altas temperaturas. Los veranos cada vez eran más largos, las lluvias cada vez más escasas. Las causas del cambio climático seguían siendo negadas por el TOTUM y otros regímenes capitalistas con ultras en el poder. Se empeñaban en defender que eran ciclos meteorológicos, que no era responsabilidad de los gobiernos ni de las ciudadanías, por lo que no había medidas que tomar, solo esperar a que volviera la normalidad. La ciencia estaba equivocada.

Además de aquello, teníamos pocas comunicaciones y pocas noticias. Águila pasaba más tiempo en casa de lo habitual; las responsables de los comandos se reunían lo menos posible esperando que las aguas se calmaran ahí afuera. Salíamos menos a correr debido al calor, pero leíamos mucho más. En aquel verano nos hicimos expertas en las guerrillas armadas que habían tenido lugar en países desarrollados, especialmente nos empapamos de la historia de Zorán y de su revolución. Cogíamos ideas de aquí y de allá. Comentábamos sus hazañas y analizábamos dónde podrían haberse equivocado. Buscábamos perfeccionar nuestra lu-

cha, hacernos aún más invisibles, aprender dónde
podíamos ejercer más presión y ser más eficaces.

El horror fuera de nuestro pequeño refugio
escalaba sin frenos. Más detenciones, más represión,
más cárcel. Y para poder llevarlo a cabo, el TOTUM
aumentó las partidas presupuestarias de las fuerzas
de «seguridad» del Estado.

Nuestro comunicado dio pie a que el Gobierno ejerciera la más brutal de las represiones no solo
contra las mujeres, sino contra el colectivo LGT-
BI. Al principio de su mandato hubo tímidas noticias acerca de la detención de parejas del mismo
sexo que habían sido detenidas por «representar
y reproducir expresiones de orientaciones mino-
ritarias que podían confundir a los niños y niñas
earenses». Pero pronto desaparecieron aquellas
crónicas. Cuanto menos se hablaba de algo, antes
se normalizaba. Tan solo de vez en cuando podías
leer a alguna persona contar en redes qué les había
pasado por ser «lesbiana en casa» o «gay en casa»
o «feminista en casa». Así fue cómo se populari-
zaron aquellas expresiones. Personas que habían
obedecido las órdenes del TOTUM de no mostrar
en público su orientación o su ideología para sobrevivir, pero que habían sufrido igualmente el odio

del Gobierno a pesar de vivir su realidad de puertas para dentro.

Una noche, mientras la tele zumbaba en voz baja, como siempre, cenábamos en silencio, cada una inmersa en su propia lectura. Águila miraba su móvil tumbada en uno de los sofás, abanicándose con un panfleto de una pizzería.

—Ojo, chicas —dijo algo inquieta. Y nos leyó en voz alta—: «Con la intención de desarticular de raíz al FFR, el Ministerio de Interior ha habilitado un teléfono para la ciudadanía: pretenden así que cualquier ciudadano pueda avisar a las autoridades si observan radicalización o actividades sospechosas en personas de su entorno».

Levantó la vista del móvil y nos miró. Alondra tragó saliva y soltó un bufido. Mirlo se mantuvo en silencio con la mirada perdida, como acostumbraba.

Más tensión añadida a aquel ambiente asfixiante.

—Mucho han tardado —dije.

—¡Se acabaron los pijamas hippies, aquí vamos como pijas hasta dentro de la cama!, ¿me habéis oído? —saltó Águila, inquieta de repente.

Miró a su alrededor, buscando elementos sutiles en la casa que pudieran inculparnos.

Yo solté la cuchara y el móvil y miré mi pijama. Me había recortado a la altura del muslo uno de los pijamas de seda que había encontrado en el armario, para estar más fresquita. También le había arrancado las mangas que solían llegar hasta el codo para dejarlo con tirantes. Hay que reconocer que en aquel instante yo parecía de todo menos una votante prototípica del TOTUM. Mirlo y Alondra daban muchísimo más el perfil porque en su vida normal no iban casi siempre en chándal como yo.

—Creo que por ahora no deberíamos hablar tan despreocupadamente —dijo Alondra—. Porque aunque no tengamos vecinos cerca, vienen repartidores como el que ha traído ese panfleto —añadió señalando el abanico improvisado de Águila.

—Vamos a tranquilizarnos. —Mirlo volvió al mundo real para intentar poner orden—. Creo que las responsables deberíais reuniros cuanto antes, Águila. Y valorar todo esto...

Águila resopló. No me gustaba nada verla tensa. No era propio de ella. También me producía inseguridad que se enterara de algo tan importante como aquel teléfono para chivatazos por las redes sociales. Y no me cupo duda de que a ella también.

—Nos hemos dejado llevar por el miedo. Así os lo digo. Esto se va a acabar —murmuró entre dientes. Se levantó del sofá y se encaminó a su habitación—. A partir de mañana aquí solo se habla de lo que vamos a comer, del calor que hace y de lo guapo que es el actor de turno, que no sé quién es, pero se busca.

Las semanas fueron pasando sin que ocurriera nada en nuestro pequeño bosque, pero sucedía de todo fuera de sus límites. Y lo que estaba aconteciendo en el país nos sacudía a nosotras y a nuestra casa hasta los cimientos. La presión y la tensión que sentíamos tras la publicación de nuestro comunicado aumentaron con la noticia sobre el teléfono del chivatazo. Por momentos creí que todo aquello iba a poder con nosotras.

Se seguía deteniendo a cientos de personas en todo el país. Algunas fueron denunciadas por vecinos, otras por familiares. Llamar al teléfono del chivatazo y decir que tu prima vestía con ropa ancha, ahora era motivo para hacerle una visita. A la policía y al Gobierno les valía todo: desde las que se habían posicionado de nuestro lado en conversaciones privadas hasta el que decía en público no haber votado al TOTUM. Era surrealista, pero aunque pareciera mentira, cada vez se indignaba menos gente. O estaba demasiado atemorizada para hacerlo. Ya no había rabia en la sociedad, solo tenía miedo. Empezó a reinar la ley del silencio allí donde antes solo había quejas y denuncias contra los abusos institucionales. El sálvese quien pueda era algo masivo. Incluso hubo gente que denunciaba de manera aleatoria en aquel teléfono para que su nombre apareciera en el bando de los «buenos», de los chivatos.

La policía seguía desesperada por obtener alguna información de quién formaba el FFR, ya que estaban completamente perdidos y sin pistas con las que poder tirar del hilo. Nuestro topo daba fe de ello. Continuaban anclados en que, de alguna forma, había participación masculina. De hecho, estaban bastante convencidos de que el brazo ejecutor debía sí o sí estar constituido por hombres. Pobres hombres confundidos que no sabían lo que hacían.

CAPÍTULO 15

Jamás nos enterábamos de una de nuestras acciones por la tele. Águila siempre nos informaba. Sabíamos con antelación qué comando había actuado, contra quién, incluso a veces habíamos echado una mano dando ideas sobre cómo esquivar obstáculos que se habían encontrado compañeras de otros comandos en la planificación.

Por eso uno de los primeros días de septiembre, en el que Mirlo, Alondra y yo estábamos hundidas en el sofá, descansando del entrenamiento recién duchadas y con el pelo aún mojado, las noticias de un telediario nos pillaron desprevenidas. Estábamos en silencio. La verdad es que en esos días hablábamos menos que nunca, pues nuestro ánimo se había ido marchitando a lo largo del verano.

Águila estaba duchándose todavía, siempre elegía el último turno. En eso me recordaba a mi madre, que se aseguraba de que todo estuviese hecho y en orden antes de mirarse al espejo.

Mi cuerpo y el de Mirlo hacían un tetris en uno de los sofás, intentando estar lo más horizontal posible, mientras que Alondra descansaba despatarrada, tan pequeña como era, en el otro sofá. Yo jugaba a romper bloques de colores con una bola que rebotaba hipnóticamente en los límites de la pantalla de mi móvil.

La tele estaba encendida, de fondo, como siempre. La programación se vio de pronto interrumpida por la sintonía de las noticias. Miré extrañada la pantalla, aún no eran las nueve.

La presentadora seguía con los ojos de forma evidente lo que le dictaba el teleprónter: «El portavoz del TOTUM, Milo Lueno, ha sido asesinado esta tarde en Obo. Todo parece apuntar al FFR, aunque este extremo no está aún confirmado. El político ha sido alcanzado por al menos dos disparos mientras recorría los metros que separaban la playa de su coche. Se encontraba en ese momento acompañado de su esposa, que no ha resultado herida, pero que ha tenido que ser atendida por una crisis de ansiedad. Ampliaremos información en el telediario de las nueve».

—¿Qué? —exclamó Alondra dando un brinco en su sofá y poniéndose en pie—. No puede ser. —Se acercó y miró muy de cerca la tele, helada ante las imágenes de ambulancias, policías, cámaras y flashes. Imágenes de relleno para un titular que no tenía aún suficiente contenido. Tocó con el dedo índice la pantalla y nos miró—. ¿Cómo que el FFR? —susurró.

Mirlo me miró con los ojos muy abiertos, sin saber qué decir. A mí se me cayó el móvil en la cara, lo cual terminó de despabilarme.

Las tres pensamos a la vez en Águila y miramos en dirección al pasillo como si la respuesta o ella estuvieran allí. Una rabia súbita me subió por la garganta desde las tripas. ¿Esta iba a ser ahora la tónica? ¿Sumirnos en la ignorancia más completa por miedo al TOTUM? ¿Enterarnos por la tele o las redes sociales de acciones de nuestra propia organización?.

Me sorprendí a mí misma cruzando el pasillo y entrando sin llamar en el cuarto de baño. Águila acababa de cerrar el grifo y estiraba su cuerpo para alcanzar una toalla. Me miró desconcertada. No era fácil sorprenderla, de hecho hasta aquel día me había resultado una misión imposible. Hasta que no me topé con su expresión confusa y alerta, no me di cuenta de que había invadido su intimidad. Ella nunca había paseado desnuda por la casa, más motivo aún para haber llamado a la puerta.

Entonces lo vi. Justo cuando se tapó con la toalla, vislumbré una cicatriz que le atravesaba el vientre en diagonal, y varias más pequeñas alrededor. Una de ellas sobre su pecho derecho. Mirlo y Alondra se asomaron a la puerta y llegaron justo a tiempo para no ver nada.

Me sentí aturdida de repente. No pude hablar. Conocía las historias que en mayor o menor medida habían llevado a Mirlo y Alondra a la lucha armada, al igual que todas conocían la mía. Pero ninguna de nosotras sabía nada de Águila. Me dio la impresión en aquel momento de que las tres dábamos por hecho que ella había nacido en esta guerra y para esta guerra. Era tan justa y a la vez tan fría, que nunca había dado motivos para pensar que personalmente tenía algo que vengar, o que estaba allí por más razones que la simple justicia.

Mientras Alondra y Mirlo le preguntaban airadas sobre la operación llevada a cabo en Obo, yo fui consciente de cómo mi rabia se esfumaba y daba paso a una compasión y preocupación terribles por

Águila. Estaba segura de que aquellas cicatrices y su prisa por ocultarlas estaban estrechamente relacionadas con su participación en el FFR.

¿Por qué nunca hablaba de sí misma? ¿Por qué siempre se preocupaba por nosotras, pero nosotras nunca por ella? ¿Por qué dábamos por hecho que no tenía heridas que lamer? ¿Éramos egoístas o simplemente inmaduras? Me contesté que probablemente ambas cosas.

Águila reaccionó con incredulidad. Con el pelo chorreando y la toalla mal anudada a aquel cuerpo que desnudo era musculoso, pero cubierto solo parecía flaco, se dirigió al salón sin decir palabra. Mirlo y Alondra la siguieron. Y yo a ellas, por inercia.

Águila fue cambiando de canal hasta que encontró una cadena que hablaba de la muerte del portavoz del Gobierno. Cogió su móvil y revisó deprisa sus comunicaciones.

—No hemos sido nosotras —dijo.

Y los músculos del cuello se le destensaron casi al momento. Bajó los brazos, los hombros, y soltó agotada el móvil.

Yo tenía demasiadas preguntas y a la vez mucha información en la cabeza para los pocos segundos que habían pasado. La tele decía que el FFR había matado al portavoz del Gobierno, Águila estaba igual de sorprendida que nosotras, pero ahora nos confirmaba que no había sido nuestra organización. Pero, entonces, ¿quién? ¿Y cómo había acabado Águila con el vientre hecho jirones? ¿Por qué dio el paso a la lucha armada? Una sensación de no tener nada controlado me apretó el pecho. No sabía nada de nada, ni cuántas ni quiénes éramos. Desconocía quién había matado al portavoz del TOTUM y también quién era nuestro topo y qué sabía. De repente, algo que había sido así desde el principio y con lo que había comulgado por ser la mejor forma de protegernos a nosotras y a las demás, me ahogaba. Todas aquellas cosas que no sabía por seguridad me estaban causando la mayor de las inseguridades.

Cada vez dormíamos menos. Aquella noche escuché a mis compañeras removerse y dar vueltas en la cama. La sensación de ahogo no se me iba y pensé en pedirle a Alondra uno de esos tranquilizantes que usaba para dormir cuando se despertaba con pesadillas. Ya los había tomado en el pasado, cuando me fui a vivir con mi tía. Ansiolíticos y antide-

presivos. Los ansiolíticos solían funcionarme bien
por la noche, especialmente aquellas en las que
dormía en la cama de Jana, abrazada a ella y enga-
ñándome a mí misma pensando que era el cuerpo
de mi madre.

Tenía ansiedad por aquel asesinato del que no
sabíamos nada, estaba preocupada por Águila,
y además me martilleaban los recuerdos de la noche
en la que maté al juez Gaune. Aparecían cada vez
que cerraba los ojos, como diapositivas incontro-
lables. De repente temía que alguien me hubiera
visto. En aquellas imágenes aparecían sombras entre los árboles, gente mirándome. Creaciones de
mi mente alimentadas por el miedo y la tensión.

No sentía exactamente pena o culpa por lo
que había hecho. Habían pasado algunos meses
y daba ya por imposibles esas emociones. Pero sí
tenía miedo a ser descubierta, y una sensación extraña me invadía a veces. Como si la noche del
asesinato, alguien más conviviera conmigo dentro
de mi cuerpo. Alguien que no era más que una
faceta de mí misma, una faceta nueva, oscura, que
ocupaba mucho más espacio del me hubiese gustado. Aun después de haberle quitado la vida a aquel
hombre, había veces que sentía rabia. Matarlo no

me había saciado la sed de venganza. Ahora era solo un muerto, un cadáver sin sentimientos. Solo había podido arrancarle un poco de ansiedad durante unos segundos. Apreté los puños sobre la cama al recordarlo de nuevo. Aquel tipo que había mirado con desdén a dos chicas huérfanas y había rechazado la mitad de sus testimonios, mientras vivía una vida llena de privilegios y se rodeaba de personas serviles, como único castigo se había asustado durante un ratito antes de morir. Y si alguien me hubiese visto y terminaban cazándome, tendría que pagar con mi vida y mi libertad aquel acto de justicia que fue quitarlo de en medio.

Era consciente de que me estaba obsesionando. Y de que debía poner freno a aquel bucle. Pero no lo hice. Recordé que la organización, en todos aquellos cuadernillos impresos que nos hacía llegar periódicamente, nos decía que la venganza no era nuestra meta, sino la liberación de las mujeres y del pueblo. Si es que ese momento llegaba. Si es que no nos cogían y nos condenaban a morir. Y así, tras el miedo, regresaba la rabia. Y de vuelta el miedo. Me estaba ahogando.

Tenía veintitrés años, y sabía que si me atrapaban, me quitaría la vida. No pasaría ni un solo día privada de libertad. Ya había sufrido más de dos décadas prisionera y no les daría el gusto de pasar el resto de mis días, además, encerrada entre cuatro paredes.

Me levanté como una autómata, sin pensarlo demasiado, solo para escapar de aquella cadena de terror, de futuros que no podía dejar de sentir como reales. Salí de mi cuarto dispuesta a pedirle un ansiolítico a Alondra cuando vi luz por debajo de la puerta de Águila.

Quizás hablar con ella me serviría más que una pastilla. Un tranquilizante solo duraba unas horas, pero si Águila me arrojaba un poco de luz o de tranquilidad, la calma me duraría mucho más tiempo. Y, sin embargo, allí estaba yo, frente a su puerta, sin atreverme a llamar, valorando durante no sé cuánto tiempo si hacía bien o si iba a tener el valor de contarle todo lo que me atormentaba.

—Pasa de una vez —dijo ella desde dentro.

Abrí mucho los ojos en la oscuridad del pasillo. No sé si avergonzada o temerosa. Giré el picaporte, ya no había marcha atrás.

Águila leía apoyada sobre varios cojines. Al dejar el libro en su mesilla, vi que sus axilas estaban perfectamente rasuradas. Su pijama de seda intacto.

Seguía al pie de la letra todo lo que la organización ordenaba sin aparente incomodidad.

—No te quedes ahí de pie, siéntate aquí.

Se acomodó en el otro extremo de la cama y me dejó un espacio para mí. No sonreía, pero tampoco parecía molesta. Sus ojos oscuros brillaban, como si en cierta forma le divirtiera mi repentina timidez.

—Entras como un elefante en una cacharrería en los baños, pero te da cosa sentarte cuando te invitan. —Las comisuras de su boca estaban a punto de formar una sonrisa.

—No puedo dormir —dije sin más.

Me acerqué y me senté en el borde de su cama. Miré el libro que descansaba en su mesilla: *Viaje al manicomio*, de Kate Millett. Buena metáfora.

—¿Por qué no puedes dormir? —me preguntó en voz baja.

—Confío totalmente en ti, Águila —susurré para no despertar a nadie, si es que alguna había podido dormir finalmente—, pero no sé el porqué de tanta confianza: no sé quién eres ni cuáles son tus motivaciones. Creo que tengo la cabeza tan metida en mi propio culo que... —suspiré, ni siquiera sabía cómo explicarlo.

—Sigue —dijo incorporándose un poco más.

—Que no veo más allá de mis razones para estar aquí, ni más allá de mi pasado... y tú sabes todo de nosotras y nuestro contexto, pero yo al menos no sé por qué estás tú aquí. Eres mi responsable directa, mi vida está en tus manos, pero no sé quién eres realmente.

—Claro que sabes quién soy. Me conoces perfectamente —contestó quitándole importancia.

—No, Águila. No lo sé. —La miré con enfado.

Me molestaba que pusiera en duda aquella sensación de vacío que me invadía, y que en parte estaba motivada porque me faltaban piezas en el puzle. Sus piezas, sobre todo.

Ella cogió aire y clavó una mirada nueva en mí. Me observó seria, fijándose en los detalles de mi cara, mientras buscaba las palabras adecuadas.

—Sé que nos cuidas, incluso creo que a veces más que a ti misma. Sé que te gusta el chocolate amargo y que esta casa es de tu abuela —le dije para concederle que tampoco creía que fuera una completa extraña—. Sé que eres calculadora y prudente. Que odias peinarte y hablar. Pero no sé por qué tienes una cicatriz en la barriga, ni por qué la ocultas. No sé si vive tu padre, o cuál es tu verdadero rango dentro de la organización. Tampoco sé por qué casi nunca te ríes.

Águila enarcó las cejas al oírme. Luego bajó la mirada para observar sus propias manos, una sobre la otra en su regazo, y se rascó una pequeña postilla que encontró. Pensaba.

—¿Quieres venir a la próxima reunión de la dirección del FFR? —preguntó, como toda respuesta.

No supe qué decir. Aquello no contestaba a mis dudas sobre ella, pero quizás asistir a aquella reunión me resolvería las que tenía sobre la organización.

—Sí —me sorprendí diciendo demasiado deprisa.

—El próximo martes. Vístete con tus mejores galas —bromeó.

Estaba claro que daba por terminada la charla. Hizo ademán de coger de nuevo el libro de Millett, y yo me levanté. Sentía que me iba con las manos medio llenas, pero aquella chica me imponía demasiado y yo no sabía insistir. Giré el picaporte y me di la vuelta antes de abrir la puerta. Un último intento.

—¿La cicatriz? —pregunté.

—Dame tiempo para pensar en tus preguntas. Y en tu agobio. Prometo resolverlos.

Sabía que Águila no iba a leer después de aquella conversación. Que esperaría a que me encerrara en la habitación para salir a la ventana, encender un pitillo que no se fumaría entero y reflexionar sobre nuestra charla.

Asentí con la cabeza y ella me sonrió ligeramente, dejando ver sus incisivos levemente separados. Tenía la boca más bonita del mundo cuando sonreía.

Me fui a la cama pensando en el martes, en las cosas que podría averiguar, en las personas que conocería. Aparqué el ahogo sin darme casi ni cuenta, ahora tenía cosas importantes en las que pensar.

Escuché el chirrido amortiguado de la ventana de Águila y el clic de su mechero. La conocía mejor de lo que pensaba, y en el fondo estaba segura de que sus motivos para estar allí no eran muy diferentes a los míos y a los de todas las demás.

CAPÍTULO 16

En la prensa leímos que «los terroristas» habían acabado con la vida del portavoz del TOTUM durante sus vacaciones familiares. Aquel hombrecillo que creía que subiéndose a unos zapatos con alzas apuntalaba su masculinidad ya no volvería a dar más ruedas de prensa.

«Vi un punto rojo en la parte de atrás de su cabeza», había dicho su mujer a la policía. Luego, declaró que había visto cómo su marido había dejado caer las sillas de playa al suelo y se había desplomado sobre ellas. Volvía de su último día de vacaciones en la playa, recorriendo los metros que había desde la orilla a su cuatro por cuatro de lujo.

Tenía cuarenta y cinco años y un historial de militancia en organizaciones fascistas desde su juventud. También poseía antecedentes por haber agredido a militantes comunistas a los dieciocho, a los veintiún y a los veintitrés años. Había peregrinado sin pena ni gloria por los dos partidos de derecha del país, viviendo de lo público haciendo nadie sabía muy bien qué. Ninguno de los partidos donde había pasado media vida le dio jamás cargos de responsabilidad porque tenía la lengua demasiado larga y ensalzaba a los partidos de ultraderecha de otros países. En el TOTUM había encontrado la horma de su zapato.

Tras el shock inicial que supuso la noticia del atentado, vino el de no saber cómo encajar que hubiera otras personas que hubiesen decidido coger las armas. Aunque aquello podría ser una buena noticia para la organización, nos preocupaba que fueran una banda de pirados sin objetivo claro o con motivos ideológicamente opuestos a los nuestros, y que acabáramos tanto ellos como nosotras en el mismo bando para el imaginario colectivo, difuminando así los motivos de nuestra lucha.

Necesitábamos que más gente se organizara y cogiera las armas. Nosotras éramos mujeres feministas y nos habíamos centrado en atacar al sistema desde la óptica de la violencia contra las mujeres, pero lo cierto es que había muchos más frentes que estaban sin cubrir.

Cuando Águila me dijo que la reunión con el FFR se produciría el siguiente martes, se le olvidó señalarme que sería a las cuatro de la mañana. Así que no me dio tiempo ni a ponerme nerviosa. Se deslizó en mi habitación aquella madrugada con sigilo y me despertó en silencio, sacudiéndome ligeramente el hombro. El estado de duermevela en el que solía pasar las noches me hizo dar un brinco, asustada. A veces no sabía si lo que veía era real o una ensoñación que no llegaba siquiera a sueño.

La luz de la luna creciente que entraba por la ventana me dejó ver cómo llevaba el dedo índice a sus labios, ordenándome silencio.

—Nos vamos, vístete —susurró.

Tardé dos minutos en lavarme la cara, recogerme el pelo en una coleta, ponerme las perlas en las orejas y calzarme los vaqueros caros, una camisa de sisa blanca y los tacones negros que guardaba bajo la cama. Por mucho que el FFR quisiera hacernos pasar por votantes del TOTUM, era obvio solo con verme que yo era una hippy a la que habían prestado todas aquellas prendas.

—¿Estás nerviosa? —me preguntó ya en el coche, burlona.

—¿Istís nirviisi? —la remedé.

Un coche con el que nos cruzamos la alumbró en ese momento. Una amplia sonrisa le iluminaba la cara. No pude evitar mirarla más tiempo del que ninguna de las dos esperábamos. Ella lo notó y me devolvió una mirada fugaz.

—¿Qué pasa?

—Nada... —contesté como si no entendiera su pregunta.

Una vez en el centro de Deltia, callejeamos unos minutos y nos metimos en una calle sin salida, frente a la puerta de un garaje que Águila accionó desde un pequeño control remoto que guardaba en la guantera. Me miró y luego miró por los espejos retrovisores.

La puerta se abrió en silencio y accedimos al interior del edificio. Aparcamos en una plaza vacía. Las tres maniobras que hizo Águila para encajar el coche sin rozar ni columnas ni otros vehículos demostraban que había estado allí muchas más veces.

Entramos en un ascensor en el garaje que nos dejó directamente en la octava planta, donde solo había una puerta. No corríamos el riesgo de que nadie cotilleara tras una mirilla.

Era un edificio limpio y reformado en un barrio bien que durante las horas laborables tenía portero físico. Era perfecto para las reuniones.

Una chica de unos treinta años nos abrió la puerta y abrazó a Águila en silencio como saludo. Me hizo señas de que pasara. Cuando cerró la puerta, nos pidió que la siguiéramos.

Era una casa enorme, con techos altos y varias habitaciones y salones. Al pasar por la cocina me di cuenta de que tenía una antigua puerta de servicio, aunque inhabilitada. No sabía cuántos años debía de tener aquel inmueble pero no pocos. No me cupo duda de la clase de persona que había poseído en el pasado aquella casa con molduras en los techos, suelos de parqué y puertas dobles. Nadie de mi clase.

Entramos en uno de los salones y la mujer cerró la puerta detrás de nosotras. En el centro había una mesa de madera barnizada, amplia, brillante. Los ventanales de la estancia daban a la calle, pero los edificios de enfrente eran más bajos que el nuestro y solo se veía el cielo negro coronado con una luna creciente.

Una pequeña lámpara de pie junto a la puerta era la única iluminación de la que disponíamos, y no pude observar al detalle todo lo que me hubiese gustado. Cuando me giré para mirar la otra parte del enorme salón, vi a dos mujeres sentadas en uno de los enormes sofás que hacían esquina bajo un ventanal. Hablaban en voz baja entre ellas, acompañadas por tazas y una tetera de porcelana sobre una mesa baja y robusta de madera.

—Tú debes de ser la famosa Búho —dijo la chica que nos había abierto la puerta.

De ella nunca hubiera dicho que era una hippy disfrazada. Vestía un traje azul marino que le llegaba por las rodillas y lucía unos pendientes de circonita con los que parecía haber nacido. El pelo, lacio y largo hasta los hombros, era de un negro brillante que contrastaba con su piel blanca. Tenía los ojos rasgados y la nariz pequeña, y unos andares delicados que la hacían parecer inocente de cualquier cargo que quisieras endosarle, por nimio que fuera.

Yo asentí y ella me tendió una mano pequeña y fina, que apreté con delicadeza, como con miedo a romperla. Ella me devolvió un vigoroso saludo que me sorprendió.

—Estamos muy contentas de que hayas venido hoy —dijo—. Yo soy Golo.

Supuse que se refería a Golondrina. La verdad es que ese nombre le venía como anillo al dedo.

Acto seguido nos hizo acompañarla hasta los sofás. Las dos mujeres allí sentadas dejaron de hablar y se giraron para mirarme. La primera en levantarse para saludarme rondaba los cuarenta años y vestía vaqueros, camisa blanca de sisa y tacones negros. Entró en la estancia. Iba vestida exactamente como yo. ¿La organización se había liado a comprar ropa igual para todas? ¿O había considerado que bastaba con que las personas de dentro de cada comando fueran ataviadas de forma diferente?

Su sobrenombre era Quetzal. Ella, al igual que yo, tampoco engañaba a nadie con aquel atuendo. Se presentó tendiendo la mano y se sentó de nuevo con las piernas abiertas en el sofá. Golondrina se acomodó junto a ella.

Águila, a mi lado, estaba mucho más desenvuelta que yo. Hablaba con las demás de lo tranquila que estaba la noche, de que no nos habíamos cruzado con nadie.

Yo me volví hacia la otra mujer que nadie me había presentado aún. Recuerdo perfectamente aquel momento, porque así es como conocí a la famosa Cuervo. Aquella mujer, de la que me fue imposible calcular la edad, me dejó perpleja desde aquel instante. Alguien me dijo: «Ella es Cuervo». No recuerdo quién fue, pero yo ya estaba recorriendo los detalles de su cara, fascinada. El nombre de Cuervo le venía como un guante. Su pelo era negro y brillante, tan largo y sedoso que llegué a preguntarme si era una peluca cara que le había dado la organización para ocultar un cráneo rasurado. Su piel era muy morena, y sus ojos negros y pequeños se posaban sobre mí con una intensidad implacable. Mientras nos tendíamos las manos, nos escudriñamos mutuamente. Tenía la nariz grande y aguileña y unos labios finos. Era como un cuervo, pero a la vez sorprendentemente atractiva.

Cada uno de sus rasgos, por separado, eran extraños, pero el conjunto de su cara y su lenguaje corporal la convertían en una persona bella de una forma inexplicable. No dijo nada, solo me dio la mano, sin más.

—Quetzal es la responsable de los comandos del norte —me dijo Golondrina, y eso me arrancó del estado de contemplación en el que me encontraba. Pensé que nada más entrar estaba quedando como una fan nerviosa—, al igual que Águila es la responsable de los del sur.

Entonces me di cuenta de que Águila no solo era la cabeza de nuestro comando, sino que también era la responsable de los otros comandos que estaban situados en el sur.

Aquella no sería una reunión de zona, con todas las cabezas de comando del sur, sino una asamblea con las líderes del FFR. Quetzal en el norte y Águila en el sur.

—Yo soy la responsable del este — continuó Golondrina cuando me vio echar cuentas mentalmente—. Y Cuervo es..., bueno, itinerante. —Le sonrió—. Cuervo va y viene.

«Cuervo va y viene», repetí para mí. ¿Va y viene de dónde a dónde? ¿De un comando a otro? Si era así, yo al menos jamás la había visto. ¿Iba viajando por el país visitando a las demás responsables? Como siempre, no quise preguntar. Todavía estaba por ver que yo saliera de allí con las ideas más claras y no al revés.

—Pues ya estamos todas, vamos a empezar —dijo Águila.

Y se levantó para sentarse a la mesa. Mientras me situaba junto a Águila, intenté recordar si ella en algún momento me había dicho que era exclusivamente una cabeza de un comando más. Me di cuenta de que siempre había sido ambigua para no tener que mentirnos y a la vez no decir toda la verdad sobre qué lugar ocupaba en la jerarquía del FFR.

Noté que Cuervo me miraba fijamente desde el otro lado de la mesa. Analizaba todos mis movimientos, probablemente desde que había entrado en la habitación.

En aquella reunión sí me quedaron algunos conceptos claros: aquellas cuatro mujeres eran las que dirigían el FFR. Una organización que contaba con al menos nueve comandos después de dos años. Esto fue lo que deduje de las conversaciones.

Quetzal, Golondrina y Águila eran las máximas responsables de cada zona, y a la vez las jefas del propio comando con el que convivían. Había tres comandos en primera línea en cada zona del país, norte, sur y este. Un comando por cada área que ejecutaba las operaciones, y otros dos que se dedicaban a seguir trabajando para financiar al FFR. Pero no solo eso, también conseguían armas, munición, sitios seguros, se documentaban sobre jueces y cargos del TOTUM, agresores o feminicidas para decidir quién sería el próximo blanco. Su implicación era total, y en cualquier momento podían ser movidas a los comandos de primera línea.

Aquellas cuatro mujeres fueron las que decidieron cómo se conformaría cada comando ejecutor y qué tareas harían los demás. Ellas eran también las encargadas de supervisar las tareas, programar los entrenamientos de sus comandos y hacer informes semanales sobre todas las mujeres miembros y también sobre las posibles interesadas en colaborar con la organización.

Verlas trabajar sobre aquella mesa me dio seguridad. Una tranquilidad que necesitaba. Quetzal, la mayor de todas, hacía bromas constantemente, y Golondrina era buen público. Se reía con todo el cuerpo de una manera adorable, y su risa era tan contagiosa que yo tenía que hacer esfuerzos para permanecer seria. Me costaba creer que aquella mujer hubiera matado a alguien.

Miré a Cuervo supervisar los perfiles de mujeres que otros comandos habían recabado para tantearlas. Sus ojos repasaban cada línea como un puntero láser. Su cara seria y su porte recto me recordaban a Águila. Ambas me explicaron cómo investigaban a las posibles futuras miembros y cómo contactaban con ellas sin correr riesgos. Aún no se habían equivocado con ninguna de las elegidas.

De repente me sentí como una niña mimada que había insistido a su madre para ir con ella al trabajo. Pensé que quizás estaban lidiando con mi visita de una forma condescendiente. Un «ea, ea, está todo bien, pequeña». Hasta que Cuervo dijo:

—Búho, vamos ahora contigo. —Y se echó hacia atrás en la silla, soltando los folios que tenía en la mano.

Águila me miró. ¿Había orgullo en sus ojos o yo estaba borracha con la única cerveza que me habían servido?

—Pedimos a Águila que te invitara a esta reunión para proponerte algo —continuó diciendo Cuervo.

Miré a Águila disimulando mi sorpresa. Así que sí: Águila me hubiese llevado a aquella reunión igualmente, hubiera entrado en su habitación aquella noche o no. De nuevo había vuelto a ser más lista de lo que yo pensaba. Estaba claro que manejaba las situaciones delicadas sin esfuerzo, y con pequeñas trampas si se veía acorralada. Se había desecho de mis preguntas dándome una información que me iba a dar de cualquier forma. Ella me sonrió ligeramente y me miró con una expresión pícara. De alguna manera sabía que iba a sentirme más a gusto así, habiendo siendo invitada por ellas, y no por una pataleta mía. Nuestra conversación quedaba pendiente de todas maneras, pensaba volver a insistirle, y en esa ocasión no me iría con las manos vacías.

—Hemos pensado en la posibilidad de que sustituyas a Quetzal en el norte, ella tiene ahora un problema familiar que debe atender...

—Tampoco se está muriendo nadie, no te preocupes —intervino Quetzal medio en broma, guiñándome un ojo—, pero van a ser unos meses. Esperemos que pocos...

—El caso —siguió Cuervo mirándola fugazmente, quizá molesta por la interrupción— es que no podemos contar con ella durante un tiempo indefinido. Y te queremos a ti de responsable en el norte. Por supuesto, hablamos de que vivirías en el piso del comando de primera línea.

No dije nada. El corazón me latía muy deprisa. Mi primer pensamiento fue para Águila. ¿Qué pasaba con ella? ¿No la vería en todo ese tiempo? ¿Y mis compañeras? ¿Sería capaz de estar sin ellas? ¿Estaba yo preparada para ese cambio de rutina y de estatus?

—Conoces el norte y, además, has pasado muchos años allí. De hecho, tienes familia si no entendí mal en la última reunión. —Cuervo miró a Águila y esta asintió.

Todo aquello no parecía una pregunta ni una proposición. Cuanto más hablaba Cuervo, más se asemejaba a una orden. Sus ojos se habían clavado en mí, y el escrutinio al que me estaba sometiendo empezaba a ser molesto.

—Estás perfectamente preparada —apuntó Águila al ver mi expresión, que no debía dejar mucho a la imaginación.

—El comando que realiza las acciones en el norte está situado en Tula —me dijo Quetzal—. Entendemos que no hay problemas porque por lo que sabemos de ti, has crecido en un pueblo, y no en la capital del norte.

Ninguna sabía, claro, que Pamba, mi pueblo, estaba a solo cinco kilómetros de Tula. Y yo no quise decirlo para mantener a Jana y a mi tía lo más alejadas posible del FFR, de mí y de los delitos a mi espalda.

Disimulé mi preocupación, mi inseguridad. ¿Era posible que tuviera que dedicarme a dirigir un comando de guerrilleras justo al lado de donde vivían mi tía y mi hermana? ¿No había forma de salir de aquella? Ahora, echando la vista atrás y sabiendo todo lo que conllevó mi traslado, sigo sin estar segura de si hice bien o mal en ocultar que tenía un conflicto. Una sola frase podría haber cambiado mi destino de un modo irreversible.

—Realmente no es una opción, Búho —me dijo Cuervo directamente, imagino que intuyó mis dudas, aunque no confundió de qué naturaleza eran—. La organización te necesita allí. Y te necesita ya. Tu puesto lo ocupará durante este tiempo una camarada de otro comando del sur.

Como siempre me ocurría cuando algo me golpeaba, no sentí ganas de llorar, sino rabia. Había perdido la capacidad de llorar, de hacerme un ovillo en la cama y desahogarme. Desde hacía muchos años mi cuerpo no respondía a nada con tristeza, solo con ira.

Volvimos a casa cuando empezaba a amanecer. Águila intentó entablar conversación, pero era lo último que me apetecía. La noté preocupada, pero me daba igual. Estaba agotada y furiosa.

Cuando entramos en nuestra casa, en Nido, nos topamos con Mirlo y Alondra, ya despiertas, que desayunaban cada una en su posición favorita: Alondra frente a su ordenador y Mirlo sentada como un mono en el sofá. Nos miraron sorprendidas cuando abrimos la puerta. Debían de pensar que estábamos durmiendo aún.

—¿Habéis ido a coger setas con esas pintas? —bromeó Mirlo, aún con los ojos hinchados.

—Hemos ido a una reunión organizativa —dijo Águila soltando su bolso de marca sobre el sofá y derrumbándose a su lado.

Mirlo se quedó callada, procesando aquella información. Alondra, siempre discreta y obediente, soltó un «Ok», y miró otra vez a su ordenador.

Me senté abatida en el sofá frente a Mirlo. Estaba tan cansada por lo poco que había dormido que me estaban fallando las energías para seguir cabreada.

Águila se sentó junto a Mirlo, que siguió desayunando con la mirada perdida. Contemplé a Águila en silencio. Ella me devolvió la mirada. ¿Cómo se sentía respecto a la idea de no verme más? ¿Qué era yo para ella? ¿Un elemento más en la lucha? ¿Una persona intercambiable?, porque para mí ella no era ni una cosa ni la otra.

Ambas estábamos cansadas, y eso nos dejó
espacio para mirarnos sin disimulo, no teníamos
fuerzas para andarnos con remilgos. Examiné su
boca entreabierta, sus paletas separadas ligeramente, su nariz recta, su flequillo rizado. Ella me miró
de la misma manera. Creí ver un destello de algo,
quizás anhelo, quizás preocupación. Me entregué
sin frenos a la idea de que quizás sí le daba pena
que tuviera que irme. Que iba a echarme de menos.

—Voy a dormir —dije.

Y me arrastré hasta mi habitación. Caí boca-
bajo en la cama con el disfraz de pija. Y así me
quedé dormida.

CAPÍTULO 17

El autobús llegó puntual a Tula. Había valorado la posibilidad de no avisar a Jana y a mi tía, pero al final creí que sería mejor que las llamara yo misma y les contara cualquier cuento. Eso era lo más acertado, y no que un día nos cruzáramos por Tula y me vieran paseando con ropas caras por la capital del norte como si nada. Algo así sí que me obligaría a inventar una historia complicada, y no quería.

Insistieron en venir a recogerme a la estación, cosa con la que contaba que pasaría. Hubiera preferido que no, pero no tenía sentido esquivarlas.

Al ver a Jana esperándome en la estación de autobuses, con sus pantalones bombachos y sus sandalias, y aquella sonrisa de ojos tristes, me inflé de amor. Me noté más grande, mucho más ancha, como si no fuese capaz de salir del bus debido a mi nuevo volumen.

Respiré el olor de Tula, que tanto se asemejaba al de Pamba. Un olor verde a aire puro y a arboledas danzantes. Jana me estrujó al verme.

—Pequeña mía —dijo.

Los ojos se le llenaron de lágrimas, pero hizo algún chiste enseguida para quitarle hierro al asunto.

—Me hubiera quedado en casa unos días si no fuese porque tengo mucho curro, Jana —le dije de camino a la cafetería de la estación donde nos esperaba mi tía, que armó un buen revuelo al verme de lejos.

Sé que mi explicación sobre unos nuevos clientes en Tula que me habían pedido un proyecto especial les sonó marcianísima, pero no dijeron nada. Se limitaron a alegrarse por volver a verme. Hacía meses que no manteníamos una charla decente.

Casi no me acordaba de cómo era que te quisieran tanto. En mi vida, solo mi madre y ellas dos me habían querido realmente. Ni aquel novio que tuve a los diecisiete, ni mis amigas del instituto, ni nadie en realidad me había querido como ellas. Aquellas dos mujeres eran mi familia, y me pregunté si el resto de mis compañeras tenían una relación así con alguien fuera del FFR. Alguien a quien visitar y con quien sentir que el tiempo separadas parecía que no hubiese transcurrido.

Para ser honesta, yo nunca me había sentido tan querida por alguien porque el mismo día que murió mi madre, yo me negué en redondo a entregarme a nadie más. Yo misma había puesto límites a cada una de las relaciones que había tenido, ya fueran de amistad o románticas. Y al estar con ellas, me di cuenta de que también ponía ciertos límites a mis compañeras. Al fin y al cabo, consciente o inconscientemente, sabía que nuestras vidas podían separarse de un día para otro y de forma permanente.

Pero, sin embargo, estaba Águila. Alguien con quien todo era siempre diferente, aunque jamás me lo propusiera. Alguien que me desarmaba, que me asustaba. Alguien con quien, cada vez más, me costaba mantener las distancias emocionales. Como si a ella jamás la fueran a pillar, a encarcelar o a matar. O como si yo misma fuera, de repente, alguien que estuviese libre de capturas y de la pena de muerte que instauraron, en parte, gracias a mí.

Estar en Tula con Jana y mi tía era como si los últimos dos años no hubieran existido, no hubiesen pasado. Como si no hubiera matado a nadie. Como si fuera aún una chica perdida, en busca de algo, persiguiendo sanarme de alguna forma pero sin encontrar el cómo. Volvía a ser la pequeña de la casa, a la que cuidar y atender.

Pero en cuanto nos despedimos, con mi promesa de ir a visitarlas de vez en cuando, y me encaminé hacia el piso franco, volví a mi yo actual. A mi presente, a mi guerra. Y la espalda me pesó otra vez como si cargara un baúl.

Pensé en Águila para deshacerme de mis preocupaciones sobre mi nueva vida en Tula. Pensé en cómo ocupaba el espacio, sus movimientos al leer, su calma cuando había tormenta, su mirada, que todo lo abarcaba, sus diez pasos por delante en lo que fuera que pudiera ocurrir. En sus dientes ligeramente separados. En cómo fruncía el ceño al leer vete tú a saber qué en sus comunicaciones. Y en cómo desviaba la mirada cuando la pillaba mirándome sin motivo.

Fuera lo que fuera que me estaba pasando, tenía que pararlo ya. No estaba interesada en absoluto en redescubrir mi orientación sexual, ni en enamorarme o creer en cuentos de hadas. No quería que se antepusiera en mi vida nada que no fuera la lucha armada.

Había mujeres muriendo, violadas, víctimas de acoso y encarceladas por abortar o por practicar abortos en la clandestinidad. Había niñas perdiendo a sus madres y viviendo un infierno exactamente igual que el que a mí me había llevado al FFR. Un país entero había perdido sus libertades y sus derechos. Había mucho que pelear, mucho que hacer, y cualquier elemento secundario podía desconcentrarme del objetivo más importante.

Mi vida sentimental nunca había sido una maravilla, ni tampoco la sexual. Pero había aprendido desde pequeña a no mirar por mí, a olvidarme de las necesidades que no fueran las básicas. Había comprobado que así se podía vivir perfectamente. O mejor dicho, sobrevivir. Y si alguna vez tuve tiempo para hacer florecer otros aspectos de mi vida, eso pertenecía ya al pasado. Había elegido un bando en la vida en el que no podía atender ciertas cosas. Los sentimientos que estaba despertando Águila en mí no debían ir más allá. Ella debía ser para mí como Mirlo y Alondra.

No quería perder de vista que en la lucha armada se perdía a gente, nos podían detener a cualquiera y torturarnos o matarnos. Y esto lo pensaba para recordarme que yo no podía permitirme el lujo de sufrir por nadie más.

Mientras caminaba arrastrando mi maleta a mi nueva casa, intentaba que la rabia no me abandonase. Que el amor por mi hermana, por mi tía o por Águila no me desviara del sentimiento que mejor conocía y con el que había conseguido convivir. La ira no podía abandonarme, no ahora. Porque el TOTUM iba a seguir donde estaba y los fascistas continuarían arrasándonos a nosotras y a cualquiera que no comulgara con ellos. Y yo o bien podía hacer algo o podía dedicar mi tiempo a enamorarme o a plantar zanahorias con mi hermana en la huerta. Y no tenía dudas sobre qué tipo de persona era yo. O qué tipo de persona habían conseguido que fuese.

No me preocupaba demasiado haber dejado pendiente la conversación de aquella noche con Águila. La vería de vez en cuando en las reuniones del FFR. Además, tarde o temprano volvería a Nido.

El teléfono del chivatazo siguió funcionando a pleno rendimiento, lo que hizo que el Gobierno gastara una cantidad ingente de recursos para conseguir, exactamente, cero resultados sobre el FFR. Hasta sus propios votantes y medios afines empezaron tímidamente a hablar de la incompetencia del TOTUM y del derroche de dinero que estaba costando lo que en un principio iba a ser un jaque mate directo a una banda de asesinos de poca monta. No lo decían tan claramente, pero sí de forma sutil.

Para colmo, una de las detenidas por un chivatazo resultó ser la hija de un famoso escritor afín al régimen. No gustó nada a la élite que una chica de su clase saliera rapada y magullada de una comisaría. Ella no dijo en ningún momento de quién era hija, y eso hizo que la policía la tratara como a una ciudadana más, como una de las miles de personas que fueron llevadas por la fuerza a comisaría para pasar por aquel calvario. La trataron como a una pobre, porque no dijo que era rica.

—Se les está yendo de las manos —dijo Ánade, una de las chicas con las que ahora convivía en Tula, y cambió de canal tras oír la noticia de la detención de la hija del escritor.

Me miró de reojo al decir aquello. Su mirada inquieta activó algo en mí. Una alerta. Las miradas de soslayo siempre me habían puesto nerviosa. No sé explicar qué vi en aquellos ojos, en aquellas manos que cambiaban de canal torpemente. Me dije que quizás estaba nerviosa porque quería mi aprobación, porque yo era la nueva responsable de zona.

Porque ahora era cabeza de comando, y el estar rodeada de nuevas compañeras, que se podían imaginar mis antecedentes, hacía que me sintiera incómoda y suspicaz. Más que con compañeras que también tenían las manos manchadas de sangre, sentía que estaba entre posibles chivatas. Me repetí durante varios días que tenía que cambiar el chip o aquella convivencia saldría mal.

Sin embargo, el cambio de responsable en aquel piso fue lo que salvó al FFR. En realidad, yo no estaba siendo demasiado suspicaz: Quetzal había ido relajándose y no percibió lo que estaba pasando en su comando. O quizás ya estaba más ocupada de la cuenta con sus problemas familiares cuando pidió el relevo. Sea como fuese, para mí fue más fácil ver qué pasaba. Y atajarlo a tiempo.

CAPÍTULO 18

Como responsable de la zona norte, ya formaba parte del canal de comunicación de la dirección del FFR. Un mes después de mi llegada, recibí indicaciones para llevar a cabo una acción en Tula aprovechando las críticas al Gobierno por parte de sus propios parroquianos. La idea era aprovechar su debilidad para hundirlos aún más.

Cuervo me informó contra quién atentaríamos. Se trataba de un sujeto menor, un objetivo fácil. Los tres comandos del norte habían estado siguiendo al hombre en cuestión, y ahora me tocaba a mí y a mis compañeras de piso planificar cuándo y cómo. Nuestras acciones en Deltia siempre fueron meticulosas y nunca dejamos lugar a lagunas de ningún tipo. Siempre hubo varios planes de contingencia y de huida. Los planes B eran tan fuertes y concienzudos como los A, si no más. Confiaba en que se trabajara así también en la zona norte.

El arma, me informó Cuervo, sería el mismo modelo que con la que maté al juez, la cual conocía y manejaba con soltura. Me dijo dónde estaba escondida en la casa, y me sugirió que siguiera practicando. El tipo de bala de aquella arma dejaría claro a la policía desde el principio que habíamos sido nosotras.

Estuve tentada entonces de confiarle a Cuervo mis sospechas sobre Ánade. Pero tuve miedo de quedar como una *conspiranoica*. Realmente no había pasado nada destacable. Miradas que no me gustaban, comentarios que me parecían forzados, desapego hacia las otras dos compañeras... Había estado observándola con más atención casi desde el principio, pero en el mes que llevaba allí, no tenía más que decir.

Las otras dos compañeras no me inquietaban, ellas hacían un buen equipo y estaban entregadas a la lucha. Pero Ánade no hacía equipo con nadie.

Así que, para sacudirme aquella sensación de sospecha constante, decidí invertir parte de mi tiempo en seguirla.

Sus paseos eran repetitivos. Aprovechaba que vivíamos en un extremo de la ciudad para tomar un camino de tierra que se adentraba en el campo que nos separaba de Pamba. Cogía setas con su navaja, observando bien cada una de ellas antes de darle un tajo con decisión. Las metía en una pequeña cesta dentro de su mochila y continuaba su caminata.

Me aburría aquella tarea. Además era incómoda, porque aunque me era fácil esconderme, tenía que mantener mucho las distancias para que no me oyera. El silencio era absoluto, solo el piar de los pájaros lo rompía.

Había días en que pensaba que me estaba volviendo paranoica. Que el cambio de piso y volver al norte no me había sentado bien. Que quizás la responsabilidad me estaba obsesionando y además la tensión se me iba acumulando por la planificación de la nueva operación.

A falta de dos semanas para ejecutar la acción contra el nuevo blanco, decidí que la iba a seguir solo un día más, abandonando ya toda esperanza de que mi intuición fuera correcta.

Ese día, Ánade no cogió el camino de tierra.

La perseguí mientras callejeaba hasta el centro de Tula. Estaba más concentrada en chatear con el móvil que en sus propios pasos. Se reunió en una plaza con unas amigas que parecían de todo menos sospechosas. Se sentaron juntas en la terraza de un bar a pesar de que era octubre y empezaba, por fin, a refrescar.

Por supuesto no oí ni una sola palabra. Volví a aburrirme soberanamente sentada en una parada de autobús. Era el único sitio desde donde, inclinándome un poco hacia delante de vez en cuando, podía verlas a lo lejos. Reían, hablaban en voz alta y sin reparos, bebían cerveza, fumaban. Poco más.

Los autobuses pasaban sin detenerse frente a mí. Me quedé allí sentada pensando en qué me estaba ocurriendo. Por qué estaba siguiendo a una compañera que quizás solo tenía miedo a no caerme bien. Y sumida en aquellas reflexiones, me despisté. Me puse a pensar en Águila, en qué diría si me viera allí. En si estaría de acuerdo con lo que estaba haciendo. Probablemente sí, pero no demasiado con el hecho de no haber avisado a nadie de mis sospechas. Y yo estaría de acuerdo con ella, pero no quería dar falsas alarmas, o mostrarme suspicaz sin motivos.

Al cabo de un rato volví a inclinarme hacia delante para que la mampara de metacrilato rayada de la marquesina que me ocultaba no me estorbara la vista: la mesa de Ánade estaba vacía. Mi corazón dio un salto cuando vi que se dirigía hacia mi parada. Si no hubiera sido porque andaba mirando la pantalla de su teléfono, me habría visto claramente.

Necesitaba una justificación de qué hacía allí. Alguna excusa que encajara, pero no tenía ni idea de adónde iban los autobuses de aquellas líneas, y probablemente ella sí.

Sin embargo, no tuve que improvisar: Ánade pasó por detrás de la marquesina, andando despacio, ocupada en su móvil de nuevo. No me había visto, era obvio. Pero yo sí la vi a ella, bien cerca, y también vi su móvil. No era el móvil de la organización.

Me quedé clavada en el asiento. ¿Por qué Ánade se estaba saltando una orden tan clara como la de comunicarse únicamente desde el teléfono del FFR? ¿Y con quién hablaba? Esperé a que se alejara un poco más y saqué mi móvil, inquieta. La llamé y vi cómo ella se paraba en seco al escuchar el sonido que salía de su riñonera. Yo veía su espalda mientras sujetaba el teléfono contra mi oreja.

Ánade se giró, mirando a su alrededor. Abrió la riñonera y sacó el móvil de la organización al tiempo que guardaba el otro. Miró la pantalla, mi nombre debía aparecer en ella, y sin embargo dudó si responder o no. Antes de contestar mi llamada, se sentó en unos escalones que accedían a un portal. Me crispaba verla dudar. Tenía que atender mi llamada, y ella lo sabía.

Al final presionó la pantalla, acercó el móvil del FFR a la oreja y forzó una sonrisa al contestar.

—¡Hola, Búho! —dijo.

—Hola —contesté intentando que no se me notara en la voz la rabia que me estaba inundando—. Quería saber si ibas a traer setas hoy, o si preparo otra cosa para la cena —improvisé.

Ánade estaba visiblemente nerviosa, y verla así me puso frenética a mí. ¿Qué coño estaba tramando aquella imbécil? O peor: ¿qué había hecho ya?

—No, hoy no llevaré. He ido a ver a unas amigas y ya voy de vuelta a casa.

Me estaba mintiendo. El camino que estaba haciendo la alejaba aún más de casa.

—Vale, no te preocupes, tengo verduras aquí, ya me apaño. Gracias.

Colgué el teléfono y casi agradecí la rabia que aquello me estaba causando. Sabía moverme muy bien en ella; podía estar destrozándome el estómago y el carácter, pero agudizaba como nada mi concentración y mantenía a raya cualquier otra emoción que me distrajera.

Ánade siguió sentada en el portal. Sacó el otro móvil y marcó un número. Cuando la otra persona respondió, ella resopló, dijo algo, y se pasó la mano por la frente y el pelo varias veces.

No necesitaba más pistas para saber que aquella chica debía salir del FFR, solo el hecho de tener un móvil extra era un motivo para ello. Todas sabíamos que estaba prohibido, que no era seguro. Ella también.

Ánade colgó aquella llamada enseguida, se levantó y comenzó a desandar el camino. Ahora tenía que volver a casa sí o sí. Y para ello tenía que pasar otra vez por detrás de la marquesina. No podía permitir que me viera justo en ese momento. Antes de la conversación hubiese podido formular alguna excusa. Después ya no.

Un autobús abrió sus puertas frente a mí para recoger a un chico que llegaba. Di un salto dentro, ignorando la sorpresa del chico y del conductor. Corrí a mirar la pantalla que mostraba las paradas de aquella línea y maldije en voz baja. Tuve que bajarme en la siguiente parada y coger un taxi para llegar a casa antes que Ánade.

CAPÍTULO 19

Aquella noche, abrí la conversación del grupo del FFR: como siempre estaba vacía. Se eliminaban todos los mensajes previos en cuanto cerrabas la aplicación, así que siempre era un chat vacío, nuevo, como sin usar. Y aun así, siempre hablábamos todo en clave.

«Tenemos un problema», escribí.

«¿Cómo de grave?», escribió Águila.

«El pato habla con otros animales con un graznido prohibido». No se me ocurrió otra forma de resumirlo, y si no fuera tan grave se hubieran reído de mí. A pesar de lo cómico, lo cierto es que ninguna dudó de que hablaba de Ánade, y de que estaba usando un móvil que no sabíamos de dónde había salido.

«Mamá dice que nadie la ha llamado», dijo Cuervo. Así era como nos referíamos al topo: «Mamá». Suspiré aliviada. Fuera lo que fuera que planeaba Ánade aún no se había materializado en nada. La policía no había recibido ningún chivatazo sobre nosotras.

Unas horas después, Cuervo llegaba en un coche rojo a nuestro portal. Eran las tres de la mañana y no había nadie en la calle. Me miró subir a su coche en silencio. Me quedé callada, esperando que me confirmara que podía hablar en aquel vehículo.

Asintió con la cabeza y no perdí ni un segundo en desahogarme. Le conté todo con detalle: mis sospechas, el seguimiento que le hice durante sus paseos por el campo, cómo eran las amigas con las que se había reunido, su móvil extra. Detallé cómo era el móvil y cómo fueron sus gestos. Le dije que no tenía ni idea de dónde escondía aquel móvil.

—Eso nos lo va a decir ella misma —dijo Cuervo, que parecía tranquila—. ¿Y las otras dos camaradas? ¿Qué tal?

—Muy bien. Además, no parece que tengan demasiada complicidad con ella.

—Joder. Quetzal está a por uvas —señaló tamborileando en el volante, pensativa. Luego me miró con aquellos ojos pequeños y negros—. Vamos arriba.

Me sobresaltó la idea de Cuervo entrando en casa en aquel momento. Todas dormían, y el edificio y la calle estaban en completo silencio. No me parecía buena idea armar un escándalo. Sin embargo, no me quedaba otra que confiar en ella.

Subimos a casa en el ascensor, abrí la puerta con cuidado y entramos. Cuervo sacó el arma que tenía en el costado, bajo la chaqueta, en cuanto cerramos la puerta del piso.

—Que traiga el móvil, vamos a dar una vuelta con ella —susurró dándome el arma.

Y se quedó junto a la puerta, vigilando el rellano por la mirilla. Yo cogí la pistola, idéntica a la mía, y la empuñé exactamente igual que aquella con la que le quité la vida a un hombre. Aquel hombre lo merecía, Ánade probablemente solo era imbécil. Solo iba a asustarla, a hacerla confesar, a forzarla para que nos diera la información y el teléfono. Me repetí varias veces que todo saldría bien, que todo iba a arreglarse.

Giré el picaporte lentamente, a oscuras. Sabía exactamente en qué punto estaba su cama. Anduve dos pasos con el arma dirigida hacia ella, solo podía discernir su silueta. Esperé quieta y en silencio, intentando que mis ojos se acostumbraran a la oscuridad. Contuve el aliento y acerqué lentamente la mano izquierda a su mesita de noche y encendí su lámpara.

Ánade frunció el ceño, molesta por la luz. Parpadeó varias veces y notó mi presencia. Me miró como si no creyera lo que estaba viendo. Como si no estuviera segura de estar viviendo algo o solo soñándolo.

—Vamos a dar un paseo, Ánade. Tenemos que hablar —le dije haciéndole señas con la mano para que se levantara.

Ella guardó silencio, pero sus ojos parecían incapaces de cerrarse, ni un pestañeo.

—¿Por qué me apuntas? —susurró con una expresión que dejaba claro que sabía la respuesta.

—Coge los dos móviles y ponte una chaqueta, hace frío — contesté.

Incluso allí, apuntándola con una pistola, quería mostrar a toda costa mi intención de no herirla.

Ánade dejó escapar un suspiro angustioso, pensó rápidamente qué era lo mejor y no tardó en acceder. Abrió su armario y sacó el último cajón que estaba a ras del suelo. Metió el brazo en el hueco que quedaba y se estiró. Le quité el seguro al arma. Me di cuenta de que sería un problema si le daba por sacar de aquel hueco una pistola de la que tampoco tuviéramos noticias y me obligaba a dispararle allí mismo para defenderme. El ruido de aquella arma en medio del parque japonés podía pasar por un petardo, pero en un edificio en silencio no tanto.

Ánade sacó su móvil del agujero lleno de pelusas y me lo dio manteniendo las distancias. Se puso un abrigo de paño sobre el pijama, sin mirarme, y salió del cuarto delante de mí.

Ánade se asustó al ver a Cuervo junto a la puerta. No la conocía, y eso eran más malas noticias para ella.

—Vamos a dar un paseo —susurró Cuervo.

Cuervo sacó una linterna y apuntó al suelo, guiándonos a ambas por el bosque entre Tula y Pamba. Yo seguía apuntando a Ánade con la pistola. No veía la hora en la que aquello acabara. Podía sentir el miedo de una y la rabia de la otra.

Nos alejamos del coche, yendo hacia ningún sitio en concreto. El corazón me iba a mil. No sabía cómo íbamos a resolver aquello, y eso hacía que se escapara todo de mi control. Al menos yo tenía el arma, eso me daba cierta tranquilidad.

Ánade empezó a sollozar. Cuervo se detuvo y la mandó callar. Sacó el móvil extra de Ánade y le pidió que pusiera su huella en la pantalla para desbloquearlo. Ella lo hizo sin rechistar, con manos temblorosas.

—¿Esto es todo? ¿No tienes además de la huella una clave? Has aprendido bien poco sobre seguridad —le dijo Cuervo enfadándose aún más.

Nos mantuvimos en silencio mientras Cuervo toqueteaba sobre la pantalla para moverse por las diferentes conversaciones y aplicaciones.

—¿A nombre de quién está este móvil? —le preguntó sin mirarla.

—De mi madre —contestó Ánade mirando al suelo.

—¿Quién es Zano? —Cuervo repitió el nombre de «Zano», leyéndolo de la pantalla.

—Nadie.

Levanté de nuevo el arma hacia ella. No me podía creer que se atreviera a ocultar más información incluso en aquel momento. No tenía pensado disparar, pero esperaba que ella creyera que sí.

—No le hagáis daño, por favor. No sabe nada. —Ánade empezaba a romperse.

—El daño se lo has hecho tú, y lo sabes. ¿Quieres contestar a la puta pregunta? —dijo Cuervo en un susurro lleno de ira.

—Es mi hermano — respondió ella echándose a llorar.

—¿Y por qué le dices a tu hermano «estoy metida en un lío y no sé cómo salir»? ¿Qué significa exactamente que no puedes «hablar de esto con nadie y eso me está matando»? —Cuervo leía directamente de la pantalla.

Ánade guardó silencio y miró al suelo, con la vista fija en el terreno que alumbraba la linterna de Cuervo. Al oír aquello, me sentí impotente. Y triste. Obviamente estaba arrepentida de haber entrado en el FFR, y no había encontrado más salida que hablar con alguien de su confianza, pero no de la nuestra.

—Quiero salir del FFR, pero no sé cómo —nos confirmó Ánade sin dejar de llorar.

—Y hablarlo con tus compañeras no era una opción, entiendo —ironizó Cuervo.

—Tenía miedo de las represalias.

—Tomarnos por tontas y pensar que no las habría te ha salido mucho mejor. —Cuervo no tenía piedad—. Todo lo que leo en estas conversa-

ciones son rodeos y más rodeos. ¿Qué has hablado
con él en persona? ¿Qué información le has dado?
¿Hasta dónde nos has comprometido? —Cuervo
se obligaba a no levantar el tono de voz.

Ánade la miró sorprendida y juró que nada.
Que no se había atrevido. No solo por protegernos,
sino porque temía el juicio de su hermano. No solo
tenía miedo de que no pudiera ayudarla, sino de
que además se horrorizara de lo que había hecho
su hermana pequeña.

—Sé que nunca me delataría, que... de contár-
selo, nunca diría nada a nadie, pero tengo miedo
a que no vuelva a verme con los mismos ojos, por
eso no me he decidido a seguir adelante. Os juro que
es así. —Ánade me miró entonces a mí, suplicante.

Hablaba atropelladamente, dando todas las
explicaciones de golpe, como si tuviera una cuenta
atrás sobre su cabeza. Lloraba a moco tendido. Me
estaba partiendo el corazón. Cuantas más preguntas le hacía Cuervo, cuanto más la presionaba, más
se encorvaba, más desconsolado era su llanto.

Yo la creía. Y me daba la sensación de que
Cuervo también. Nadie sabía nada, pero Ánade ya
había hecho una petición de socorro cuyo desen-
lace no podíamos controlar.

—Vas a ir a casa a por tus cosas y te vas a ir de Tula — le ordenó Cuervo. Su tono de voz era bajo y grave.

Ánade se quedó clavada en el sitio unos instantes. No podía creer su suerte. Ni yo tampoco. «Gracias», dijo en voz baja. Giró sobre sus talones y buscó alguna luz con la que orientarse en la oscuridad. La luz de la linterna de Cuervo la siguió.

Bajé el arma y la miré avanzar, preguntándome si aquella culpa con la que cargaba no sería una amenaza seria para toda la organización. Si todo iba a quedar ahí o si la vigilaríamos durante un tiempo para asegurarnos. En mitad de mis dudas sonó un disparo, y luego otro. Vi cómo el cuerpo de Ánade caía hacia un lado como un fardo. Su cara contra la tierra, en una postura imposible.

Me agaché instintivamente y fijé mi mirada en mis deportivas hundidas en la hierba. Noté cómo se me secaba la boca en un segundo. Me invadió una sensación de irrealidad que se me hizo insoportable.

Miré a Cuervo, que sostenía una pistola. Me había cedido su arma, pero solo porque tenía otra para ella. Me sentí ingenua, jamás se le habría ocurrido darme su pistola y quedarse desarmada. Respiré muy deprisa, no podía controlarme. Lía apareció en mi mente: «Y expulsa el aire en forma de "u"». Estábamos a cielo abierto, pero no me llegaba el aire suficiente. El ejercicio mil veces ensayado con Lía no estaba sirviendo de nada, sobre todo porque no podía recordarlo entero. La cara hundida en la tierra de Ánade y los ojos sin expresión alguna de Cuervo inundaron todos mis pensamientos.

CAPÍTULO 20

La directiva del FFR, ya con Quetzal de nuevo en
las comunicaciones, pero no reincorporada en sus
funciones todavía, se negó a posponer la operación
para eliminar al blanco número 12.

A las otras dos compañeras del piso les dije
lo que me habían ordenado: que se había reubicado a Ánade a otra zona porque creíamos que había
otra compañera que desempeñaría mejor las tareas
de nuestro comando. Se reincorporaría después de
que elimináramos al siguiente tipo. Ambas com-
partieron sus impresiones al respecto sobre aquella
decisión, y no se mostraron muy apenadas.

Me sentí ruin al ver a aquellas chicas hablar
sobre una compañera sin saber que estaba muerta.
Me decía a mí misma que yo solo cumplía órdenes,
aunque no me gustaran. Pero como siempre, no
había puesto ni una pega a esas órdenes. Tampoco había puesto ninguna objeción a cargar el cuerpo

de Ánade en el maletero. Ni siquiera le pregunté a Cuervo qué haría con él después de dejarme en el portal. Me limité a seguir sus instrucciones como una autómata, una vez más.

Mi primera y última operación en el norte antes de volver a Nido sería el objetivo número 12, y a pesar de que era una operación sencilla, me sentía bloqueada. Los días siguientes al asesinato de Ánade creo que lo que se esperaba de mí es que siguiera funcionando como el primer día, como si nada hubiera pasado.

Ahora, tiempo después, sé que debí plantarme, pedir unos días y decir que no estaba preparada. Hablar con la dirección sobre Ánade para discutir la decisión del FFR de matarla. Pero no supe hacerlo. Mi única obsesión era que la organización diera un paso más, darle un nuevo golpe al Gobierno en un momento que no podíamos dejar escapar..., pero sobre todo quería estar a la altura, no ser un estorbo. E intenté enterrar a Ánade en mi memoria. Sin éxito.

Me volqué en la planificación del blanco 12. Lo seguí varias veces para confirmar lo que otras compañeras ya habían investigado. Sería una operación sencilla, objetivamente era pan comido. Se

trataba de un hombre que había asesinado a sus
dos hijas para matar en vida a su exmujer. Había
pasado doce años en la cárcel, ocho menos de lo
que la condena decía, gracias a su buen comportamiento, y ya llevaba un año en la calle. Nunca
dejaba de sorprenderme que el sistema creyera que
un feminicida iba a comportarse mal en un sitio
lleno de hombres como era la cárcel. Sin duda no
les había quedado claro aún que el asesino machista, por regla general, no tenía ningún problema de
comportamiento con otros hombres ni antecedentes de delincuencia o desorden público. Sobre él
recaía además una orden de alejamiento de veinte
años. No podía acercarse a su expareja, y aun así
cuando salió de la cárcel, la escoltada, la vigilada
y la que tenía que informar de dónde estaba era
ella. Como siempre, cuando ellos quedaban libres,
eran ellas quienes se encontraban encerradas en
una prisión.

Puse todas mis energías en aquella operación.
En escribir con todo detalle mi propio informe.
Leí su historia mil veces, cómo mató a sus hijas
y cómo la madre de las crías no se había recuperado todavía. Cómo cada noche desde que salió de
prisión, el asesino iba al mismo bar y se acodaba

en la barra mientras charlaba con el camarero: para él la vida continuaba sin más.

Buscaba mi rabia en algún sitio. Necesitaba sentirme de nuevo en el lugar seguro donde me hacía estar mi ira. A veces conectaba con ella, pero la mayor parte del día no podía dejar de pensar en Ánade, y todos los caminos que partían de su recuerdo acababan en Nido. Necesitaba volver allí y ver a Águila, a Mirlo y a Alondra. Sentía la urgencia en el pecho por salir del norte y llegar a casa. No había más hogar para mí en aquellos momentos que aquel donde estuvieran mis compañeras.

Apartaba constantemente de mi mente aquella necesidad de lamerme unas heridas que no sabía ni dónde estaban. No entendía qué me estaba pasando ni cómo me estaba afectando todo desde el día que salí de Nido. Solo sabía que me sentía vulnerable, insegura, y que aquello debía acabar. No tenía tiempo para eso, ni personalmente ni como miembro del FFR. Actué escondiendo con prisas todas las emociones que debería haber atendido. Y me equivoqué de lleno.

La rabia me abandonó, solo la recuperaba cuando me despertaba por la noche tras soñar con la cara de Ánade contra la tierra. Pero no era una rabia contra el mundo, como solía, sino contra mí misma por no saber controlar la situación, por no concentrarme como antes y dedicarme sin quererlo a algo que, en mi opinión, tenía que quedar en el pasado y no atormentarme en el presente. Estaba enfadada conmigo misma por dejar que me afectaran cosas para las que creía que estaba preparada.

No dudaba del éxito de la operación número 12, pero me embargaba la sensación de no haberme habituado al norte, a una ciudad que conocía como la palma de mi mano. Había vuelto a Tula, la ciudad donde estudié, donde tantas veces había paseado con Jana, donde conocí a mi primer novio, y, sin embargo, sentía que no había vuelto de verdad. Porque había regresado, pero a escondidas y con cara de póquer para que nadie que pudiera conocerme por la calle viera en mis ojos quién era ahora y qué cosas hacía. No había sido capaz ni de visitar a mi tía y a Jana en Pamba, aunque las tres sabíamos que estaba a menos de cinco minutos en coche. Cuando aquella distancia vergonzosa me asaltaba, me prometía a mí misma que iría antes de partir hacia Nido. Lo creía de verdad, porque no sabía que todo estaba a punto de estallar por los aires.

Un día antes de la operación número 12, la policía detuvo a dos exmilitantes de base de Izquierda de Eare, acusados de matar al portavoz del Gobierno. En la rueda de prensa que dio el investigador jefe de la policía sobre la detención de los dos hombres se disipó cualquier duda: los asesinos del portavoz no tenían nada que ver con el FFR.

Los medios de comunicación hablaron entonces de una mujer policía: la que había sabido cazar a los dos hombres y, además, había dirigido sus interrogatorios. Creo que fue entonces cuando oí su nombre por primera vez: Maia Katú. La ahora famosa Maia Katú por aquel entonces no era más que una policía que empezaba a despuntar en la investigación de la organización. Pina Batel apareció aquel día ante las cámaras con el rostro resplandeciente: aseguraba que una mujer se perfilaba como la nueva subinspectora encargada del caso del FFR. Quité la tele para no ver ni saber más de aquella policía. No podía soportarlo, era más fuerte que yo ver a mujeres colaboracionistas con el fascismo.

Lo sentí por los compañeros detenidos, y por las torturas a las que estarían siendo sometidos. Su final después del juicio sería la pena de muerte. Me pregunté cómo habrían dado con ellos y en qué habría fallado su planificación. Que fueran militantes de la IdE sería usado por el TOTUM para repetir un «lo sabíamos» y justificar de nuevo la ilegalización del partido. Aunque esos militantes no tuvieran ningún cargo en el partido. Nadie hablaría de los militantes de base del TOTUM y sus condenas de risa por matar en peleas a rojos. Habían sido unos cuantos, pero no parecía relevante. Tendida en el sofá, con la vista fija en el techo del salón, pensé en lo bárbara y abyecta que debía de ser aquella mujer para que un régimen como el nuestro la dejara seguir ascendiendo dentro de la policía sin ningún reparo. Concluí que, en realidad, al TOTUM le venía genial. Ante las acusaciones de la prensa internacional de ser un gobierno especialmente cruel con las mujeres y tener además controlada a la policía, sabían que el hecho de ensalzar la figura de la tal Maia Katú los hacía parecer menos rancios, más «modernos» respecto a lo que se vendía de ellos.

¿Cuántas veces habría traicionado Katú a las de su mismo sexo para ascender en aquel cuerpo copado por hombres? Pensar algo así solo unos meses antes me habría hecho arder de rabia. Sin embargo, allí tendida en el sofá que algunas veces había compartido con Ánade, no conseguía conectar con mi antigua rabia. Solo sentía una mezcla de ansiedad y tristeza.

CAPÍTULO 21

Faltaba un día para la operación número 12 y no paraban de llegar mensajes de las responsables de zona. Matar a aquel tipo sería fácil, no les preocupaba que no fuera a tener tanto impacto político en aquel momento. El Gobierno se había reforzado con la detención de los dos militantes de la IdE, pero cabía la posibilidad de que quizás nuestra operación anulara aquel éxito.

«Creo que se tomará como un mensaje claro: mientras estáis liados con aficionados, nosotras seguimos», escribió Águila. Pensé que sí que tendría un punto de recochineo por nuestra parte que podría volver a hundirlos de cara a la opinión pública. Quizás, a nivel estratégico, no era una mala noticia que los hubieran cogido. Yo sí pensaba que lo era moralmente, tanto para nosotras como para aquellas personas que estuvieran pensando en unirse a la lucha de una u otra manera.

Y llegó la noche de la operación 12. El plan era hacerlo sola, aunque una vez en el centro de Tula me escoltarían dos coches del FFR. Cada uno tenía su propia misión dentro de aquella acción, pero sobre todo alertarme si había que abortarla.

Había hablado con aquellas camaradas en alguna ocasión, cuando visité los otros dos comandos para supervisar su trabajo. Sus informes eran tan minuciosos como los nuestros en el sur. De todas formas, me sentí aún más segura con su parte de la operación en cuanto vi sus coches salir por las calles acordadas a la hora exacta.

Íbamos a repetir la mecánica de la noche en la que maté al juez Gaune. Vestiría una sudadera negra con capucha y, debajo de ella, llevaría un jersey rojo ajustado con el que pasearía durante el callejeo de vuelta. Toda la dificultad de aquella acción recaería de nuevo sobre mí: tenía que volver a ser muy rápida y certera. El callejón por el que el blanco cruzaba para volver a casa cada noche apenas medía unos cuarenta metros de largo, y allí debía esperarlo y matarlo. El callejón lo formaban los dos laterales sin ventanas de unos edificios bajos de viviendas. Cómo única iluminación había una farola que solía estar rota, pero que el ayuntamiento de Tula había arreglado justo dos días antes. La organización había tenido que volver a romperla. Fue lo primero que comprobé al llegar.

Allí sola, a oscuras, me apoyé en el único rincón posible, formado por una cañería que subía por uno de los edificios. Me ajusté bien la capucha para que no me bloqueara la visión. Solo era cuestión de esperar. Lo único que podía obligarnos a abortar aquella misión es que pasara alguien por allí a la vez que él, por lo que tendríamos que volver al día siguiente. Aquello no había ocurrido ninguna de las noches en que lo habíamos seguido, pero no dejaba de ser una posibilidad. Y ahí entraban en juego los dos coches del FFR, uno situado en la entrada del callejón y el otro a la salida.

En el instante en el que él entrara en el callejón, solo tenía que comprobar que ninguno de los coches del FFR estaba haciendo ráfagas de luz contra los laterales de los edificios. Si alguien caminaba próximo a las aceras de las calles colindantes en el momento en el que objetivo se aproximara, las compañeras, comunicadas entre sí, se servirían de las luces de sus coches para avisarme de que abortábamos.

Habíamos ensayado aquellas ráfagas en la oscuridad, y comprobado que hasta los intermitentes
rebotaban sobre el ladrillo y me llegaba el aviso sin
problemas. No había lugar a errores.

Y, sin embargo, desde el primer minuto todo
fue un error.

Una pareja que discutía entró por el callejón. Se
acercaba la hora en la que el blanco solía abandonar
el bar, y maldije a aquellos dos que se paraban a cada
metro para reprocharse cosas. Necesitaba por mi
propia tranquilidad que aquella operación se re-
solviera en un solo día. Cuanto más intentos, más
se alargaría mi ansiedad. Y más tardaría en volver
al sur con mis compañeras.

La pareja reñía en voz baja. No podía verlos
porque estaban al otro lado de la cañería donde me
ocultaba, pero el murmullo empezó a llegarme más
y más claro conforme se acercaban.

—Que no te lo voy a volver a repetir, si yo
digo que nos vamos de un sitio, es que nos vamos.
Y tú te callas.

Los ojos se me abrieron de par en par. La
chica no contestó e intentó seguir andando, pero

algo la detuvo. Supuse que él. Aquello no me podía estar pasando.

—Me has hecho quedar fatal delante de tus amigos. Es que yo creo que ya lo haces aposta. Siempre me haces quedar como el típico novio celoso.

—Suéltame —dijo ella cabreada.

—Te suelto si me da la puta gana. —Él levantó la voz, y entonces me puse nerviosa.

El corazón me estaba latiendo muy deprisa y a pesar de que el frío había vuelto tímidamente a llegar a Tula, el sudor empezó a empaparme bajo la sudadera.

—Repite lo que te estoy diciendo, porque me da a mí que el problema es que no retienes las cosas que te digo. Eres cortita. —El tipo casi parecía estar escupiendo las palabras.

—Suéltame —repitió ella, nerviosa.

—Repite conmigo: cuando me dicen que nos vamos, es que nos vamos. —El tono socarrón de aquel hombre era repugnante.

Mi respiración empezó a ir por su cuenta, así que traté de inspirar profundamente y de llenar de aire los pulmones sin hacer ningún ruido. El blanco debía de estar a punto de pasar, pero yo estaba menos segura que nunca de poder llevar a cabo mi parte de la misión. No solo porque había dos personas obstaculizando el callejón, sino porque me estaba adentrando de lleno y sin frenos en el recuerdo vivo de aquel día en la playa. Sentí como si algo hubiera cogido mi cuerpo con unas pinzas enormes y me hubiera soltado en mi casa de la infancia. Aquel tipo gritaba como mi padre y decía las mismas cosas. Cerré los ojos y eché la cabeza hacia atrás para notar el ladrillo del edificio, para sentir que estaba allí y no en ningún otro sitio. Pero el dolor, la impotencia y el sonido grave de la voz de aquel hombre se estaban metiendo en mi cabeza. Me estaban dañando físicamente como aquel día hizo mi padre.

«Si yo digo que nos vamos, tú obedeces», me había gritado mientras mi madre le suplicaba que parara, que yo ya lo había entendido. Sentí el golpe en la cabeza de nuevo. Vi la caracola escapando de mis dedos una vez más. Y a Jana quieta, pegada a la pared de la entrada.

—Que repitas conmigo, puta loca: si me dicen que nos vamos, yo me voy —repetía él, cada vez más alto.

Ella comenzó a sollozar.

—Si me dicen que nos vamos, yo me voy — acabó cediendo ella con un hilo de voz.

Su rendición me hizo mirar tras la cañería. Ella estaba contra la pared, intentando encogerse. Él se lo impedía, cogiendo su barbilla y alzándola. La miraba con desprecio y se aseguraba de que ella viera cómo imitaba su llanto. Aquello me hizo explotar de una forma que ni siquiera pude anticipar.

No sé exactamente qué ocurrió entre aquel recuerdo vivo lleno de gritos de mi padre y el momento en el que encañoné a aquel tipo. No tengo conciencia de mí misma recorriendo los pasos que me separaban de ellos en aquel callejón, pero sin duda los anduve, y debí de hacerlo muy deprisa, porque cuando él se volvió para mirarme, mi pistola tocaba ya su cabeza.

Todo se mezcla en mi memoria a partir de aquel momento. Veo otra vez las ráfagas frenéticas de luces en la entrada al callejón. Me acuerdo con nitidez de la cara incrédula del tipo. Recuerdo la expresión aterrorizada de la chica. También me viene a la cabeza que alguien entró en el callejón. Sí, recuerdo imágenes, pero no sé en qué orden se sucedieron. Solo estoy segura de que nada de lo que veía me hizo parar, y que vacié el cargador de la pistola en la cabeza de aquel tipo, entre los gritos de su novia y el sonido amortiguado de las pisadas de aquel alguien que salió corriendo del callejón por donde había entrado.

Recuperé la noción del presente en algún momento, pero no sé si tardé dos segundos o dos minutos en hacerlo. De repente, me sorprendí a mí misma frente a la chica, que se había agachado y se había rodeado las piernas con los brazos, con la cara oculta entre ellos. Murmuraba algo, quizás me suplicaba que no la matara a ella también. En mitad de aquella sensación de irrealidad, de estar viviendo una pesadilla, conseguí girar sobre mis talones y correr hacia la otra salida del callejón. Uno de los coches del FFR seguía allí, con los faros encendidos.

Me monté en él y miré a la compañera que conducía. «¿Qué cojones ha pasado?», gritó mientras metía primera y sacaba el vehículo a toda velocidad de allí.

CAPÍTULO 22

El retrato robot de una mujer con una capucha negra salió en todos los informativos. La chica de la imagen podía parecerse vagamente a mí, aunque la habían dibujado con, como mínimo, diez años de más.

Nadie había apuntado la matrícula del coche en el que huimos. Las tres personas que me vieron no me habían seguido precisamente. Los vecinos dijeron que después de los disparos, oyeron un chirrido de neumáticos, pero no supieron dar el color del coche.

A pesar de que no era nuestro modus operandi y la policía lo sabía, el hecho de que se usara la misma arma y el mismo tipo de bala que en acciones anteriores puso la mira sobre el FFR. Así que tener por fin una cara relacionada con la organización era otro éxito que se apuntaban tanto la policía como el Gobierno.

Yo estaba desquiciada. No podía pensar. Me quedé sentada sobre mi cama sin saber qué hacer, esperando instrucciones. Ni siquiera informé a mis dos compañeras, que se enteraron a la mañana siguiente por la tele. Estaba desbordada, ansiosa. Hasta que recibí la llamada de Águila.

«Recoge tus cosas, voy a buscarte. Dile a las chicas que Quetzal se reincorpora hoy mismo, que estén tranquilas, ¿vale?».

No estaba enfadada, más bien preocupada, pero, sin embargo, se me cruzó en la mente la imagen de ella disparándome en mitad del campo. Me decía a mí misma que aquella posibilidad no tenía ningún sentido. No podía ser que me eliminaran como si fuese una traidora cualquiera. ¿O sí? Sea como fuere, no iba a escapar. Allí afuera mi destino sería mucho peor que ser eliminada por el FFR.

Recogí mis cosas ante la mirada muda de mis compañeras de piso. No dijeron nada cuando les transmití el mensaje de Águila, pero estaban inquietas. En cierta forma su comportamiento me recordaba al mío: no les gustaba nada aquella deriva, pero no serían ellas quienes lo verbalizaran. Querían ser un apoyo en la lucha, no un obstáculo.

Sentí pena por ellas. Por mí. Por la entrega que depositábamos en aquella guerra a costa de nuestra salud mental. A costa de nuestras vidas.

Hacía mucho que no lloraba, que no me reconocía en un papel que no fuera el de la chica que trataba de encontrarse agarrándose a la rabia en los momentos de flaqueza. Y, sin embargo, en cuanto me monté en el coche de Águila y vi sus ojos cansados mirándome con preocupación, algo empezó a quebrarse dentro de mí.

No hablamos hasta que salimos de Tula. Las dos nos fijamos en el enorme cartel que rezaba «Hasta pronto» y que ponía fin al territorio de la capital del norte. Nos miramos. Águila puso entonces su mano en mi muslo. «Todo va a salir bien, te lo prometo».

Las lágrimas me subieron por la garganta. No importaba cuántas veces tragara saliva, seguían subiendo. Me fue imposible evitar que se me inundaran los ojos de amargura, de lágrimas que escocían, y sollocé en silencio. Me hundí en mi asiento, me tapé la cara y lloré como cuando era una niña.

Aquello me trajo recuerdos que parecían de otra vida. Me recordó a mamá, a cómo me consolaba cuando se me caían las lágrimas. A mis primeros años en la costa, a la playa, al colegio, a mi hermana Jana... En mitad de aquella desesperación, pensé en ella. Me la imaginé encendiendo la tele y viendo aquel retrato robot que, aunque no era exactamente yo, ella sí sabría encontrarme entre sus trazos.

«Llora todo lo que puedas», me dijo Águila. «Llora y déjalo salir».

—No podíamos arriesgarnos a dejar a Ánade con vida —me dijo Águila poniéndome delante una taza de té en la mesita baja de nuestro salón.

Habíamos llegado a la hora de comer a Nido, pero ninguna teníamos hambre. Yo tenía los ojos tan hinchados que apenas podía parpadear sin que me dolieran. Estaba exhausta, pero estaba en casa. Mirlo y Alondra se habían sentado junto a mí, una a cada lado. Alondra me cogía una mano, y Mirlo me miraba preocupada, como con miedo a tocarme por si me rompía. Águila se sentó frente a nosotras en el sofá libre. La tele murmuraba, como siempre. Cómo odiaba aquel aparato.

—Podríamos haber pensado alguna alternativa —murmuré mirando el té sin tocarlo.

—Lo hicimos, pero dejarla ir sin más significaba poner en riesgo a la organización. Nuestras vidas individualmente no son nada en comparación con los objetivos del FFR —dijo Águila encogiéndose de hombros con resignación—. No fue una decisión nada fácil, Búho. Pero sí la única posible.

—Si lo piensas..., creo que a ti tampoco se te hubiera ocurrido una alternativa —me dijo Alondra con voz dulce. Querían consolarme, pero también hacerme entender.

Y lo cierto es que llevaban razón. Justo cuando yo había visto que Ánade emprendía el camino para salir del bosque, me habían ahogado las dudas. ¿Habría que vigilarla de por vida? ¿Cómo íbamos a asegurarnos de que el arrepentimiento no iba a forzarla a confesarlo todo en un momento dado? ¿Dónde acabaríamos todas si hablaba? ¿Qué barbaridades haría la policía con mujeres como Águila, Mirlo, Alondra, o yo misma?

—Debimos sacarte de la operación 12. Obviamente estabas más jodida por Ánade de lo que nadie creía. —Águila hablaba como si estuviera a punto de colarme un «pero» culpabilizador. Y así fue—. Pero tú deberías haber hablado, Búho. Debiste pensar primero en el éxito de la operación y no en cómo el FFR se tomaría que tú no estuvieras preparada para ser quien la llevara a cabo.

No dije nada. Ya lo sabía. Y no solo llevaba a mis espaldas a Ánade, sino también la herida sin cerrar que había dejado mi padre en mi vida. Porque era a él a quien había disparado cada vez, aunque hubieran muerto otros cuerpos. Acepté que a pesar de las veces que me repetía a mí misma que lo que me importaba era el éxito del FFR más que nada en el mundo, lo que ocurría en realidad es que pensaba que yo también era importante y, sobre todo, el hecho de que nadie en la organización dudara de mí. Mi vida había recobrado sentido al entrar en aquella lucha, y no estaba dispuesta a dar motivos que hicieran pensar que yo no valía para ocupar mi puesto. Yo sí valía, aunque llevara sobre mis hombros a todos aquellos a los que había matado.

Me había equivocado. Y también había subestimado al FFR. Se habían dado cuenta de algo de lo que yo no había tenido plena conciencia hasta estar sentada frente a Águila.

—Llevas razón. Tengo más miedo a salir de este comando que al TOTUM —confesé.

Águila parecía sorprendida con aquel golpe de sinceridad. Quizás pensaba que tendría que hacer más esfuerzos para convencerme de mi error. Se quedó en silencio. Respiró hondo echando su cuerpo hacia delante, acercándose a mí. Extendió un brazo por encima de la mesita baja y me acarició una rodilla.

Mirlo y Alondra observaron aquella caricia como si un Alien hubiera salido del mismo suelo, pero acto seguido disimularon su sorpresa. Mirlo carraspeó y cogió el mando para dar volumen a la tele. Alondra giró la cabeza hacia la tele y se rascó el cuello. Águila parecía ajena a ellas. Cuando entreabría la boca como en aquel momento, podía ver sus paletas separadas, y el estómago se me llenaba de preguntas, de saltos, de miedos...

En un instante retiró la mano, dejó de mirarme, cogió algo inquieta mi taza de té, que aún no había probado, y se levantó del sofá de un salto, camino a la cocina.

Me levanté tras ella. Estaba segura de que había más cosas que tenía que decirme. Mi error no iba a quedarse ahí, tendría consecuencias y yo lo sabía. La cara de una chica parecida a mí estaba saliendo en televisión y corría como la pólvora en las redes. Había que actuar, y necesitaba saber qué iba a pasar conmigo.

—Dímelo —le dije.

Ella se sobresaltó al escucharme. No me había oído seguirla hasta la cocina. «Sí que tiene que ser gordo», pensé. Se giró y me miró con una tristeza absoluta, una pena sin filtros, sin más disimulo.

Probablemente el FFR le había ordenado decirme qué iba a pasar conmigo nada más recogerme en Tula, pero ella no había sido capaz. Allí frente a mí, con los hombros caídos, los ojos cansados y tristes, pensé que quizás me había precipitado al pensar que no iban a eliminarme.

Águila pasó por mi lado sin decirme nada, salió al salón y les dijo a Mirlo y a Alondra que se fueran a dar una vuelta, que tenía que hablar conmigo. Ambas sospechaban que nada bueno iba a pasarme, y quizás se lo había confirmado la caricia de Águila.

La lógica me decía que de haber querido matarme ya lo hubieran hecho. Y estaba segura de que la encargada nunca hubiera sido ella. Pero, entonces, ¿qué?

—Nadie va a matarte —dijo, como si me leyera la mente.

La tensión que había acumulado me abandonó. Se me aflojaron un poco las piernas y me senté en el sofá para disimularlo. Águila se situó a mi lado. No podía entender por qué tanta pena en sus ojos si yo iba a seguir con vida.

—Te vas a Zorán —soltó, sin más. Lo dijo rápido, como si temiera que la voz fuese a rompérsele si se alargaba demasiado.

—¿A Zorán? ¿Qué tenemos en Zorán? ¿Qué puedo hacer allí? —Atiné a seleccionar aquellas preguntas de todas las que me sobrevolaban la cabeza como buitres.

—En Zorán no hacemos ni tenemos nada, solo algunos contactos. —Águila carraspeó—. Pero en Eare no puedes quedarte ni un día más. En unas horas llegará Golondrina. Ella te llevará —consiguió decir, no sin esfuerzo.

Me froté la cara. Resoplé. Trataba de mantenerme fría. Todo lo que se me venía encima me lo había buscado yo, y eso me hacía mantenerme fuerte. Siempre llevé bien los castigos merecidos. Eran las injusticias las que me hacían arder. Y un exilio, o como el FFR quisiera llamarlo, no era nada injusto en mi caso. Ni siquiera la organización lo consideraría un castigo.

—Una vez en Zorán, el FFR te proporcionará una identificación earense falsa, un techo, y una asignación mientras esto tenga que ser así.

Aquella información me parecía demasiado bondadosa para cómo había actuado, pero si Águila lo decía, no tenía dudas de que así sería.

—¿Cuánto tiempo? —pregunté, serena.

—¿Cómo quieres que lo sepa, Búho? —A Águila parecía molestarle la calma con la que estaba llevando aquella conversación. Había ido dejando de lado la pena y su expresión se crispaba. Ella también se sentía más cómoda en la rabia. La ayudaba a distanciarse de lo humano, del dolor—. Eres tú quien ha hecho que todo se torciera por tu puta manía de no hablar. ¿Cómo voy a saber hasta cuándo será?

Águila se estaba agarrando al enfado igual que yo había hecho siempre que algo me dañaba. Lo entendía, pero no tenía tiempo ni ganas de enfadarme. Verla así me hizo darme cuenta de cuánto le importaba y de cómo lo controlaba siempre todo, menos lo que tenía que ver conmigo. Y fui consciente, ahora que sabía que no iba a verla en mucho tiempo, de que no estaba dispuesta a pasar aquellas horas que nos quedaban enfadadas. Porque la ira y Águila no cabían en la misma habitación.

Me acerqué más a ella, serena, en calma. Necesitaba que ella no sufriera y que no se enfadara para gestionar mejor la pena y la frustración.

—No estemos así si estoy a punto de irme —le supliqué.

Sabía que estaba entrando en un terreno íntimo, que estaba dando pie a la primera conversación personal entre ambas. La primera vez que hablábamos como dos personas y no como miembros sin nombre de algo más grande que nosotras.

—¿Y cómo quieres que esté? —preguntó levantándose del sofá—. No he podido hacer nada, no he convencido a nadie. Te vas y no hay vuelta atrás. ¿Lo estás entendiendo? ¿Por qué estás tan tranquila de repente?

—Estoy tranquila porque es como quiero estar el tiempo que me queda contigo. Y quiero que dejes de pensar que me voy hasta que ya me haya ido.

Me aproximé a ella siendo de repente la que llevaba la batuta, la que dirigía aquella conversación. Nos habíamos intercambiado los papeles de una forma que nos sorprendió a ambas. Ella era ahora la que necesitaba gritar y yo la que quería disuadirla. Aquel intercambio claro de roles me dio el valor para hablarle de igual a igual. No había jerarquías entre nosotras. Por primera vez éramos dos mujeres asustadas, perdidas y rotas desde hacía mucho tiempo.

Me acerqué a ella sin miedo, más de lo que me había arrimado nunca. No le contesté. Ya no sentía que tuviese que responder a todo lo que quisiera preguntar. No conseguía verla como un mando con autoridad sobre mí. Allí de pie, frente a ella, Águila era mucho más que eso.

Ella notó que me había desecho del corsé que siempre vestía para relacionarme con ella, que me movía libremente y la miraba sin timidez. Me observó vencida, abriéndose con su cuerpo a mi cercanía.

—No quiero que te vayas —confesó, angustiada.

Se había rendido. Ya le daba igual la posibilidad de romperse, porque sabía que no me vería en mucho tiempo. Sabíamos que incluso cabía la posibilidad de no vernos nunca más. Podíamos hablar claro después de más dos años conviviendo, porque no íbamos a tener que enfrentarnos a la mirada de la otra después de aquello.

—No quiero que te vayas a ningún sitio —repitió acercándose más a mí.

Besé su boca entreabierta. Ella cerró los ojos y se dejó besar, suspirando. Me acarició la cara con ambas manos y me devolvió el beso con ternura. Me excitó la suavidad de sus labios, y los movimientos de su lengua recorriendo los míos entre jadeos. Y me resultaba imposible creer que aquello no fuera a ocurrir nunca más. No podía ser verdad que nuestra vida juntas fuese a dejar de existir en cuestión de horas.

Todo el país estaba viendo un retrato de una especie de mí misma y, sin embargo, mi mente estaba encerrada en aquel beso. En cómo Águila me desabrochaba la camisa, botón a botón, mientras tiraba de mí a través del pasillo.

El mundo ahí fuera se estaba yendo a la mierda, nosotras nos estábamos hundiendo poco a poco, y en lo único que podía pensar era en desnudarla rápido, con una urgencia que me sorprendía a mí misma. Tragué saliva tantas veces mientras le quitaba la camisa que me dolía la garganta. Águila se tumbó bocarriba en su cama, desnuda, y observé sus cicatrices. No la avergonzaban, no la cohibían, no era consciente de ellas en aquel momento. Tiraba de mi mano para que me tendiera a su lado.

Me puse sobre ella, como si ya lo hubiera hecho muchas veces. Le besé el cuello, las clavículas, su vientre lleno de marcas. Y nada fuera de aquella habitación existía más que sus jadeos y mi lengua sobre sus pechos. Como si no hubiera alguien conduciendo en dirección a nuestra casa para llevarme a otro país. Como si después de aquello fuéramos a tener una vida normal: iríamos juntas a la compra, podríamos pasear de la mano por la calle, visitaríamos a su madre, celebraríamos la vida.

—No sé qué haré sin ti. No sé qué haré sin ti —repetía al tiempo que me obligaba a subir hasta su boca para besarme de nuevo.

Nos abrazamos de lado, frente a frente. Águila introdujo uno de sus muslos en mi entrepierna y empezó a moverlo en círculos. El corazón me latía tan deprisa que me molestaba, casi me dolía. Nunca había sentido un placer semejante, no lo creía posible. Puede que aquello fuera el sexo del que todo el mundo hablaba. Desde luego no era el que yo había tenido hasta ese momento.

Águila apretó sus labios alrededor de uno de mis pezones y lo succionó. Oí mis propios gritos como si no fueran míos. Vi cómo su boca húmeda atrapaba mi pecho y me fue imposible retener ni un segundo más el orgasmo.

CAPÍTULO 23

Nunca imaginé que mi entrada a Zorán sería tal y como fue. Aquel país no había cerrado nunca sus fronteras a las personas migrantes, pero el mío sí las había cerrado tanto para entrar como para salir. Si eras earense y querías salir del país indefinidamente, se necesitaba una justificación que debía ser aceptada tras una burocracia eterna. Si viajabas al exterior por un plazo menor a un mes, debías entregar al Ministerio de Interior una copia de los billetes de vuelta.

La salida de Eare la hice en un falso fondo del maletero de un cuatro por cuatro de alta gama. No solo por las nuevas medidas del TOTUM, claro, sino para evitar ser vista. Golondrina conducía. Era arriesgado, pero realmente ¿quién iba a darle el alto y a registrar a aquella mujer subida en aquel coche? Golondrina era tan prototípica del TOTUM que hasta a mí me generaba escalofríos a veces.

Pasé un calor asfixiante en aquel hueco que olía a taller de coches. Estuve todo el recorrido, unas dos horas, literalmente pegada a la rueda de recambio.

Pensé que me merecía algo aún peor que aquello. Todo lo que el FFR estaba arriesgando para sacarme del país me hacía sentir culpable y en deuda. Para colmo, me mantendrían el tiempo que les fuera posible. Era lo único que sabía de mi futura vida, e internamente esperaba que no todo me fuera bien. Había fallado en tantas cosas.

Allí, a oscuras, con la cara y las manos tiznadas por el neumático, me di cuenta de lo fácil que habría sido para la organización quitarme de en medio. Y en cambio, Águila me había rescatado del norte, Mirlo y Alondra me habían cuidado, y Golondrina estaba exponiendo su vida por mí. ¿Tanto valía yo? ¿O es que el FFR seguiría haciendo malabares para no descuidar a sus camaradas fieles incluso en tesituras como aquella?

Cuando Golondrina abrió el maletero, la luz de Zorán me cegó. Estaba sudada, sucia, dolorida. Ella resplandecía en mitad de un solar abandonado. Me sonrió con los ojos y me ayudó a salir de allí. Siempre me intrigó aquella mujer. De todas las miembros del FFR ella era, sin duda, la más atípica.

—Bienvenida a Zorán —me dijo, y soltó una risa pícara.

Estábamos en el norte de Zorán y aún quedaban varias horas para llegar a la capital, Zorana, pero aquel trayecto ya podía hacerlo en el asiento del copiloto sin peligro. Zorán no había colaborado con países capitalistas desde que triunfara la revolución, y mucho menos con gobiernos fascistas. Aunque me identificaran, no pasaría nada. Sin embargo, nunca podías fiarte de qué miembro de qué organismo podría estar interesado en vender información que sin duda sería muy bien pagada por el TOTUM.

—Aquí vas a estar como pez en el agua, camarada —intentó animarme.

Y sacó un paquete de toallitas húmedas de la guantera y me las dio para que me limpiara las manos y la cara. Asentí y le di las gracias. Solo podía pensar en Águila. De vez en cuando mi mente volaba a Pamba, y se colaba en la casa de mi tía y Jana. Las imaginaba tratando de ponerse en contacto conmigo sin éxito. Entonces un pellizco me atenazaba las tripas y me obligaba a pensar de nuevo en Águila. El dolor por Águila era, en cierta forma, reconfortante, pues sabía que era fuerte, decidida. El dolor por Jana era siempre imposible de gestionar.

—¿Podré avisar a mi hermana? —le pregunté a Golondrina después de un largo silencio.

—Me temo que no, Búho. Primero debemos asegurarnos de que ningún conocido da tu nombre a la policía. Porque es a ella a quien interrogarán, y a tu tía. Mejor que no sepan nada.

Asentí. El destino de Jana estaba irremediablemente atado al sufrimiento. Daba igual cuánto se hubiera escondido del mundo, el dolor siempre encontraba la forma de llegar a ella. Y esta vez había sido yo la responsable de hacérselo sentir.

El barrio donde se encontraba el piso en el que viviría en Zorana era como cualquier piso del país. Desde que culminara su revolución, las clases sociales fueron difuminándose, ya no había barrios ricos y pobres. Había barrios obreros. Sin más.

Mi nueva casa estaba en la tercera planta de un edificio bajo de viviendas en una zona tranquila. El Gobierno tenía zonas llenas de bloques como el mío repartidos por todo el país, y su explotación estaba dedicada al alquiler destinado a turistas.

Al entrar en el piso, Golondrina puso encima de la mesa del salón la llave y mi identificación falsa anexa a un contrato de alquiler donde figuraba mi nueva identidad. No miré mi nuevo nombre, ya tenía demasiados.

—Espero que esto no dure mucho, compañera, pero la verdad es que no tenemos ni idea de qué va a pasar ni de cuánto se puede prolongar.

Cogió un mechón de mi flequillo entre sus dedos.

—Ni siquiera puedes teñirte para cambiar un poco, en el retrato llevas una capucha —se lamentó como para sí—. Quizás todo se olvide pronto —dijo como toda despedida tras abrazarme.

Asentí e intenté forzar una sonrisa.

Entré en la única habitación de la casa y miré a mi alrededor con la mochila aún colgada: llevaba casi veinticuatro años de vida a la espalda y apenas pesaba. Ni siquiera investigué los recovecos de mi nueva casa, me conformé con soltar mis cosas en el suelo y tirarme encima de la cama sin hacer, sin sábanas ni mantas con las que arroparme. No tenía fuerzas para buscarlas. Me hice un ovillo y miré el trozo de cielo celeste que se veía desde la ventana de mi nueva habitación.

El tono fue pasando a azul claro, oscuro y finalmente negro. No me moví, no tenía energías ni tampoco motivación alguna para hacerlo. Cerré los ojos y recuperé un momento vivido.

—Esta puñalada fue la primera. —Águila, tumbada a mi lado, recorrió con sus dedos la alargada cicatriz que le cruzaba la barriga—. Quiso rajarme desde abajo hacia arriba, pero el imbécil no metió el cuchillo lo suficiente para destriparme.

Toqué con cuidado la línea rosada que atravesaba su vientre. Llevaba en el cuerpo el recordatorio eterno del día en que usó su cuerpo como escudo para proteger a su hermana. El agresor era su cuñado, una palabra que le costaba usar. Se corregía cada vez que lo nombraba.

—Cuñado no, la expareja de mi hermana. Intentó apuñalarme más veces, pero fui más rápida y solo consiguió rozarme. Por eso las demás que ves son pequeñas y más finas. —Se señaló las cicatrices y me las mostró para que notara la diferencia entre una y otras.

—¿Qué pasó entonces? —pregunté deseando que me dijera que aquel tipo había muerto.

—Aquel día no nos ocurrió nada más. Le hice perder el cuchillo a base de patadas. Una de las patadas le dio en la cara y cayó inconsciente al suelo.

Águila tragó saliva. Temí que el final de aquella historia no acabara como yo quería.

—Yo tenía dieciocho años y mi hermana veintidós. Él era mayor que nosotras. No sé, quizás tuviera ya treinta años. —Suspiró antes de seguir. Ya no me lo estaba contando porque quisiera, más bien creía que me lo debía—. Los dos últimos años yo había estado dando clases de defensa personal, como alumna, y eso fue lo que nos salvó. O lo que me salvó a mí, mejor dicho.

Me miró muy seria, y me pareció ver a la Águila del día a día que nada siente, que todo lo controla. Quizás era la única forma que tenía de recordar aquello.

Cogí un pico de la sábana de su cama e instintivamente la tapé. Como si tuviéramos que cobijarnos para lo que venía.

—No sigas si no quieres —le pedí.

—Sí quiero. Él fue a la cárcel por lo que me hizo a mí: dos años y un día. Cumplió solo un año y dos meses. Al salir, se saltó la orden de alejamiento que tenía y mató a mi hermana con un cuchillo cuando ella salía del trabajo.

Lo dijo de corrido. Con prisas. Como quien toma un purgante. Yo quería encogerme de dolor, quería gritar. Hacer algo. Pero no me moví del sitio. No haría nada que la soliviantara aún más. Me tragué la impotencia y escondí la cara en su cuello para que no me viera. Siempre era capaz de ver dentro de mí.

—Han pasado quince años. Ya solo quedan cicatrices — terminó.

«Han pasado quince años, y estás en una organización armada», pensé. «Estás muy lejos de cicatrizar. Todas estamos a años luz de hacerlo».

No conocía a nadie en Zorana, y tampoco tenía ganas de hacer amistades. Necesitaba estar sola y pensar en todas las cosas que habían pasado durante los últimos meses. Ordenar los hechos uno por uno, entenderlos y entenderme. Aquella vuelta extraña al norte. Jana. Ánade. La enajenación que sufrí en aquel puto callejón al que nunca debí entrar. Águila. Las horas en las que no fuimos compañeras de lucha, sino dos chicas que se querían.

Paseé por el centro de Zorana los días siguientes a mi llegada. Acostumbrada a ver todo tipo de carteles enormes que colgaban de los edificios de Eare anunciando productos —que normalmente usaban el cuerpo de las mujeres como reclamo—, fue un shock ver calles y calles sin anuncio alguno. Tan solo en las marquesinas de los autobuses vi los pósteres de las películas que se estrenarían próximamente en los cines del país, o información sobre el cambio climático y cómo combatirlo individual y colectivamente. También encontraba a veces carteles que colgaban de las farolas con publicidad sobre fiestas populares o de barrio. O mapas que señalaban dónde estaba el banco de tiempo más cercano.

En uno de aquellos paseos, me topé con un banco de madera a la entrada de un parque. Estaba vacío y regado por el sol de la mañana. Conseguí así mi primera rutina en el país: sentarme allí, cerrar los ojos y dejar que la luz templada me reconfortara. Zorán no tenía costa, pero aquel banco soleado me transportaba a Obo. Imaginaba que me sentaba en la orilla de la playa y recreaba el olor del mar y del salitre. Me gustaba llenarme del recuerdo de Mica persiguiéndome, de la risa de Jana al vernos desde la sombrilla, de mi madre y del brillo en sus ojos cuando me veía feliz.

Mi mente terminaba volviendo una y otra vez a Águila. Allí sentada, volaba siempre al momento en el que me había hecho explotar de placer. El corazón me latía deprisa cuando llegaba a aquel instante. La realidad me empujaba entonces fuera de la cama de Águila, los ojos se me abrían sin pretenderlo y mi mente se anclaba en la soledad que me inundaba en Zorana. Fue un ritual triste al que asistí hasta que el frío me lo impidió.

CAPÍTULO 24

«Cuervo me informará a mí, y yo te haré llegar lo relevante a través de nuestro contacto en Zorán», me había dicho Águila antes de irme.

«¿Cuervo te informará a ti?», le había preguntado extrañada, con la mochila donde cabían todas mis cosas ya colgada a la espalda. No entendía qué información podría tener Cuervo antes que ella.

Águila me miró incrédula. «No puede ser que no lo sepas a estas alturas», me dijo. No tenía ni idea de a qué se refería. «Has estado muy jodida para no haber visto algo así, Búho», añadió mientras tecleaba en su móvil.

Miré la pantalla de su teléfono y la vi escribir «Maia Katú». El buscador le devolvió cientos de resultados. Águila pulsó en imágenes y me puso el móvil en las narices.

Todas las fotos que aparecían bajo esa búsqueda eran de Cuervo. Cuervo vestida de policía,

Cuervo sonriendo junto al inspector jefe de policía, Cuervo entrando en una comisaría, Cuervo conduciendo un coche policial.

Me había resultado imposible atar cabos durante mi estancia en el norte a pesar de tenerlos delante de mí. Cuervo era nuestro topo. Pero a la vez Cuervo era Maia Katú, la mujer que se perfilaba como la nueva subinspectora encargada de dar con la autoría de los crímenes del FFR. La misma que había pescado a los militantes de la IdE que habían matado al portavoz del TOTUM y los había puesto contra las cuerdas —a saber de qué forma— para que dieran información del FFR. Información que ella sabía que no tenían.

Cogí el móvil de Águila y leí noticia tras noticia. Cuervo había aprovechado las diferencias que ya sabía que había entre nuestra organización y aquel atentado para ponerlas de relieve ante sus superiores antes que nadie y conseguir que todo el mundo la considerara una visionaria, o que los medios titularan las entrevistas con ella como: «La intuición de Maia Katú».

«Cuervo va y viene», había dicho Golondrina en la reunión del FFR. ¡Y tanto que iba y venía! No podía ser responsable de ningún comando porque tenía un trabajo y una apariencia que mantener.

Pensé en Ánade. En los dos tiros que le dio por la espalda. Si hubiera sabido entonces que Cuervo era nuestro topo no me hubiera cabido ninguna duda de que iba a cargársela. No iba a dejar que alguien como ella le viera la cara y luego dejarla marchar como si nada.

Miré a Águila sin saber qué decir. Todo iba cuadrando pieza por pieza, mi mente volaba de detalle en detalle, hasta que pensé en mí misma y en si aquella mujer habría estado conforme con que yo salvara la vida. Yo era una de las únicas cuatro personas que sabía su identidad, y ahora era una fugitiva que podía cantar si me arrestaban.

—Pero... ¿fue gracias a ella que detuvieron a los de la IdE?

No podía creerlo. Y si así era, no entendía por qué. Tenía miles de preguntas, pero no disponía de tiempo para que me las respondiera.

Águila miró por la ventana del salón al oír las ruedas de un coche acercarse.

—Ya tendrás tiempo de ponerte al día en Zorán. Te prometo que no voy a dejar que estés allí ni un día más del necesario —me dijo abriendo la puerta de casa—. Nada de móviles o Internet hasta que nuestro contacto en Zorán te dé dispositivos seguros, ¿vale? —Un cuatro por cuatro conducido por Golondrina aparcó en ese momento en nuestra puerta.

Mientras esperaba noticias de Águila sobre qué información había recabado la policía sobre mí, estuve enganchada a la tele por iniciativa propia. Sin móvil, sin conexión a Internet y sin vida social, me volqué en tragarme todo lo que emitían los canales zoraníes. Aunque hablábamos la misma lengua, había palabras y expresiones que me hacían perderme a menudo. Pude sintonizar dos canales internacionales de Eare. Para mi desgracia, uno de ellos era donde Pina Batel pasaba las mañanas rodeada de los reaccionarios habituales.

Aun así, si pasaba algo relacionado conmigo, me enteraría directamente por nuestro contacto en Zorán antes de que lo supiera la prensa o la reina del sensacionalismo. Ella era una de las mayores admiradoras de la mujer del momento: Maia Katú.

«Jódete, Batel. Adoras a una de las nuestras». Empecé a hablar sola a menudo en aquel retiro forzoso.

Batel casi vendía aquella devoción por una mujer policía como verdadero feminismo. Una mujer admirando a otra mujer. Ella pensaría que aquello debía de ser sororidad. Era desesperante comprobar que cuanto menos sabía alguien de un tema, más hablaba sobre él como si estuviera dando una clase maestra. Sucedía sobre todo entre hombres, pero mujeres como Batel, con posiciones privilegiadas, caían una y otra vez en lo mismo que ellos. El daño a su propio género que podía hacer una sola mujer gracias a su colaboración con el régimen me despertaba un odio desproporcionado. Sabía que el poder siempre tendía al abuso, y si bien estaba acostumbrada a que los hombres actuaran así, me costaba un mundo asimilar la traición que suponía que lo hiciera una mujer, aplastando sin compasión a otras como ella.

Los canales de televisión de Zorán eran otro cantar, y eran públicos. Las críticas al TOTUM y a la represión policial eran unánimes. Como país con los medios de producción socializados y un partido feminista en el poder, se podían permitir el lujo no solo de criticar a Eare, sino de tachar de hipócritas al resto de países capitalistas que hacían críticas superficiales sin entrar de lleno en el problema de raíz. Los medios privados de esos países rara vez hablaban del capitalismo o del patriarcado como sistemas salvajes y violentos.

A Eare, como a cualquier país capitalista, rara era la noticia que no llegaba manipulada. Nos vendían sistemáticamente que los países que repartían la riqueza entre su propio pueblo eran míseros y totalitarios, porque no había riqueza que repartir. Mientras hacían creer a sus habitantes que con el capitalismo podrían ser muy ricos de forma individual en algún momento, la realidad era que se desalojaban edificios de familias para explotación turística con el consecuente beneficio de los mismos de siempre.

Era cierto que en Zorán no se ganaba mucho dinero, pero jamás llegaba a nuestros oídos que cualquier zoraní trabajase solo cinco horas al día para que todo el mundo tuviera un trabajo. En compensación, las rentas de las viviendas eran irrisorias y el consumo de luz, gas y agua estaba subvencionado casi en su totalidad.

Mientras en Eare las madres se veían forzadas a quedarse en casa cuidando de sus criaturas —decisión que seguía sin recaer en los padres— porque las guarderías eran prohibitivas, en Zorán existían guarderías públicas para las familias que las necesitaran.

Me fascinaba aquello, y me alegraba por la sociedad que estaban logrando en Zorán tras la revolución. Y a la vez me entristecía por Eare y las earenses.

Era cierto que siempre había querido vivir allí, pero no de la forma en la que lo estaba haciendo. No alejada de todo lo que quería. No lejos de Jana y de mi tía. Ni de Águila y las chicas.

Me hubiera gustado participar más de la vida de Zorana, pero no era la mejor de las ideas. Fantaseaba con participar en uno de los bancos de tiempo que había visto en mis paseos. La gente vendía el tiempo que quisiera haciendo labores que se les daban bien o que les gustaba hacer y ayudaban así a otros vecinos que necesitaran de sus conocimientos. Luego, cobraban el trabajo en forma de horas de otras personas que supieran hacer otro trabajo que necesitaran. Ebanistas vendían sus horas y las cobraban en horas de electricista, tejedoras vendían horas a cambio del tiempo de informáticos, etcétera. Los barrios de las ciudades tenían así mucha vida propia.

Y debido al aislamiento, al cabo de un par de meses sola allí y sin nadie con quien hablar, noté cómo las ideas que antes solo cruzaban mi mente se transformaban, poco a poco, en obsesiones.

Nadie había dado ningún chivatazo aún por el retrato robot, y, sin embargo, sentía una ansiedad aguda en el pecho, sobre todo cuando comenzaba a anochecer. Como si fuera cuestión de tiempo que alguien me viera a mí en aquella cara en blanco y negro.

Dormir tampoco se me daba bien. Nunca tenía sueños reparadores. Si soñaba algo entre cabezada y cabezada eran pesadillas. Y pesadillas recurrentes. Soñaba a menudo con Ánade, la mayoría de las veces ella me delataba a la policía. La veía entrar en una comisaría, sentarse y explicar que yo era la chica del retrato robot. Un policía le preguntaba que cómo lo sabía. Ella siempre contestaba: «Lo sé porque a mí también me mató». Siempre despertaba en ese instante. Sudando, jadeando, aterrorizada. Durante unos instantes, incluso completamente despierta, me costaba recordar que no era verdad que yo la hubiera matado. Y, sin embargo, la culpa me acompañaba todos los días que seguían a aquellas noches. Me dedicaba a pensar en cómo se hubiera resuelto todo si yo no me hubiera dado cuenta nunca de su otro móvil. Un día di con una posibilidad que no se me había ocurrido nunca: ¿y si ella sola, con el tiempo, hubiera solucionado su crisis y recuperado la fe en la organización? Aquella posibilidad se volvió irrefutable y me martirizaba. Me preguntaba si Cuervo tendría pesadillas con Ánade y algo me decía que no.

Pensar en Cuervo me turbaba de una forma inexplicable. No estaba nada segura de qué opinaría ella de la decisión de haberme dejado con vida. Cómo llevaría su día a día sin saber si alguien acabaría delatándome, lo que haría mucho más probable mi detención e interrogatorio. Quizás por eso a veces soñaba con ella. En esos sueños, era a mí a quien disparaba en aquel campo.

Estar incomunicada y aislada me estaba volviendo loca. Notaba un desgaste que crecía a pasos agigantados. Aquel aislamiento podía acabar con mi salud mental en tiempo récord. Tenía mucho miedo y poca rabia. La peor de las mezclas para alguien como yo.

Jana y Águila también protagonizaban mis pesadillas pero de una forma completamente diferente. No eran sueños de terror, pero sí de una pena pesada y profunda. En especial soñar con mi hermana me hacía querer volver a Eare de manera urgente. Abrazarla, decirle que estaba bien, que sentía mucho hacerla sufrir.

Las peores noches, sin embargo, eran las que traían pesadillas con mi padre. Había vuelto a soñar con él en mi exilio, y aquello me desquiciaba. Porque yo sabía lo que significaba el hecho de que aquel hombre hubiera recuperado protagonismo en mi vida y en mi dolor. No eran simples malos sueños, como hasta entonces, sino pesadillas donde despertaba paralizada, y deseaba que el techo se me cayera encima y me matara de una vez.

La rabia que sentí durante aquel periodo en Zorana era solo gracias a esas pesadillas. Únicamente soñar con él me cargaba de energías los días siguientes. Era tal la seguridad que me proporcionaba esa furia que terminaba pensando que aquellas pesadillas merecían la pena. Idea que, cuando volvía a tener los ojos como platos fijos en el techo esperando que cayera, me parecía absurda. Nada podía hacer que mereciera la pena pasar por aquello.

No sé cuánto tiempo pasé sin mirarme al espejo desde que llegué a Zorán, pero sí recuerdo el día que decidí hacerlo. Fue durante una madrugada, acababa de despertarme de una pesadilla que se repetía: mi padre me perseguía por el callejón donde maté al hombre equivocado. Yo vaciaba el cargador sobre el mismo maltratador, pero la sombra que aparecía a continuación era la de mi padre. Su cara iracunda se acercaba a mí y su boca se abría para gritar. El sonido era atronador. Notaba que mi padre sabía en aquel sueño que aquellos disparos los había descargado pensando en él, y estaba furioso. Cuando echaba a correr, el callejón se torcía y formaba falsas salidas y le iban creciendo muros altos que lo convertían en un laberinto asfixiante. Mi padre corría más que yo y a mí no me quedaban balas para defenderme. En un momento dado conseguía agarrarme del brazo con tanta fuerza que yo daba un salto en la cama. Sentía fiebre, sudor, temblores, y el corazón me latía en la garganta, imposible tragar.

La noche que me miré al espejo tardé un rato en relajar suficientemente los músculos como para poder levantarme. Respiré como Lía me había enseñado. Y recurrí a un pensamiento: «Si pudiera hablar con ella ahora...». Pero era imposible de momento, así que visualicé con los ojos cerrados cómo sería una conversación con ella en aquel instante. Me diría: «Piensa en qué necesitarías ahora mismo para sentirte mejor». Siempre me hacía pensar en qué necesitaría para sentirme mejor. Me obligaba a escuchar a mi cuerpo, a pensar en mis manos, en mi tripa, en mi cuello. Cuando me paraba a escuchar, siempre, sin excepción, me daba cuenta de que todos mis músculos estaban encogidos y tensos. Allí tendida en mi cama mojada de sudor, conseguí controlar la respiración y aislar el ruido de mi mente.

«Lo que necesitaría sería una ducha», dije en voz alta para oír algo real, una voz, aunque fuese la mía. Y me desnudé frente al espejo interior del armario mientras el agua se calentaba. Quería verme igual que me había oído. Quería contactar con la realidad y alejarme de las imaginaciones y las pesadillas. Lo hice despacio, con miedo. No sabía qué me iba a encontrar después de tanto sin buscarme en los reflejos.

El pelo me había crecido mucho. Ya me sobrepasaba las clavículas. El flequillo ya era lo suficientemente largo como para acomodarlo detrás de la oreja. Tenía ojeras y la piel más pálida que nunca. Y había perdido peso. La definición de los músculos que había conseguido con el entrenamiento se había ido. La chica que me devolvía la mirada parecía desvalida y triste. Me eché el flequillo hacia un lado para ver mejor. Me quedé quieta frente al espejo durante un rato largo, y para mi sorpresa comencé a llorar. Mi cara no había movido ni un músculo, pero veía las lágrimas caer como si tuvieran prisa.

Sentí que me veía desde fuera. Como si observara llorar a otra que no era exactamente yo. Era como si hubiese llegado tarde al cine y viera que la pantalla mostraba a la protagonista de la peli a mitad de un llanto y entonces yo no entendiese nada porque me había perdido parte de la historia. Me miré llorar con curiosidad, esperando saber cuándo aquellas lágrimas iban a cansarse. Cuando lo hicieron, cerré la puerta del armario, apática, y me metí en la ducha.

Cuando pensé que no podría soportar ni un día más aquel aislamiento a solas con mis recuerdos, cuando más al límite estaba, llamaron a mi puerta. Era la primera vez en los tres meses que llevaba allí que oía aquel sonido. Ni siquiera tuve energías para asustarme o preocuparme.

Miré por la mirilla, pero la lente estaba rayada. No me di cuenta hasta aquel momento, porque nunca la había necesitado. Abrí la puerta sin saber qué esperar.

—Hola, Búho.

Entorné los ojos al ver a aquella mujer. La conocía. Su sonrisa, su cintura ancha, su jersey de cuello vuelto. Me quedé clavada al suelo, sin saber reaccionar.

La madre de Águila entró en la casa ante mi perplejidad y cerró la puerta. Llevaba una bolsa que puso sobre la mesa desvencijada del salón.

—Es un ordenador y un móvil —me dijo al ver que me quedaba mirando en silencio.

Yo asentí. Ella me devolvió una mirada de preocupación, pero hizo como si no pasara nada.

—¿Cómo estás, cariño?

Yo me encogí de hombros y desvié la mirada.

—Vamos a sentarnos y a charlar un poco —me invitó cogiéndome un brazo con suavidad y guiándome al sofá.

La miré interrogante. No era capaz de pronunciar palabra. Era la primera persona con la que tenía contacto, pero la última que esperaba ver.

—Mira, no te traigo ni una sola mala noticia. Eso para empezar. —Y me miró sonriendo, buscando animarme. Como no dije nada, ella siguió—:

Una facción de la militancia de la IdE ha estado organizándose... —La madre de Águila bajó un poco más la voz—. Estate atenta a la tele, aunque sea el canal de la Batel. Va a caer un capitán de la guardia en Obo. Uno de esos..., ya sabes..., que se jacta de haber ahogado a miles de «cucarachas».

Así llamaba la guardia a los migrantes, cucarachas. Inmediatamente tuve miedo de que cogieran a los responsables. No me fiaba de sus planificaciones, ni de sus métodos. Ya se habían precipitado una vez...

—Ya sé lo que estás pensando, pero esta vez no vamos a traicionarlos.

—¿Traicionarlos? —Eran mis primeras palabras en mucho tiempo. Entonces me quedé mirando a la madre de Águila con los ojos muy abiertos. De repente mi cerebro volvía a trabajar, y até cabos—. ¿Quieres decir que el FFR sabía con antelación que iban a cargarse a Milo Lueno?

—Sí —dijo ella—. Luego el FFR decidió usar esa información para conseguir alzar a Cuervo dentro del operativo de la policía contra el FFR y darle más control y poder. ¿Crees que Cuervo estaría donde está si no hubiéramos sacrificado a gente?

Aquella mujer me estaba diciendo algo que creía que yo sabía. Pero no era así, y yo no daba crédito.

—¿A quién hemos sacrificado nosotras para alzar a Cuervo? ¡La facción de la IdE ha sacrificado a dos personas, nosotras no! —dije incrédula—. ¿Aprovechamos información de contactos de la IdE para hacer parecer a Cuervo una visionaria o qué?

—Exacto. ¡Y funcionó! —exclamó ella desesperada por hacerme ver todo aquello de la misma forma en que ella lo hacía.

—Pero ¿cómo hemos podido hacer algo así? —pregunté horrorizada. Aquella facción peleaba por nuestra misma causa. Me negaba a simplificar aquello tan solo como una buena noticia—. ¿Y qué opina la facción de la IdE de esto?

—No lo saben. Nunca hubieran accedido a lo que hicimos. Pero ya está hecho. Y ahora estamos cooperando. Con Cuervo exactamente donde necesitábamos que estuviera, tanto ellos como nosotras nos beneficiamos ahora.

La madre de Águila estaba segura de todo, igual que yo antes de abandonar Nido. Envidié su firmeza y su convencimiento, pero por otra parte me hizo mirarla con otros ojos.

—Cariño, la planificación de aquel asesinato fue un desastre, iban a pillarlos igual, solo aprovechamos lo que iba a pasar en nuestro beneficio.

Y en beneficio de ellos. —La madre de Águila me vio dudar y me dejó espacio y tiempo para que asimilara.

No dije nada. Estaba cansada y decepcionada. Aquellos dos hombres iban a enfrentarse a un juicio en el que podrían ser condenados a pena de muerte. ¿Había estado Águila de acuerdo con aquello?

—Las planificaciones de las operaciones que de ahora en adelante lleve a cabo la facción de la IdE serán con nuestra colaboración. Vamos a combatir juntos. Creí que te gustaría saberlo.

Solté un bufido y me froté la cara para ordenar mis ideas.

—Nuestras vidas no son nada en comparación con lo que podemos ganar colectivamente —me recordó la madre de Águila.

JANA

Ahora que ya todo ha acabado.

Ahora que se han escrito y leído cientos de teorías sobre cómo empezó todo y sobre qué ocurrió durante aquel periodo de tiempo.

Ahora que sé que hay personas dispuestas a escuchar.

Ahora, voy a contarles exactamente cómo ocurrieron las cosas.

Yo fui una de las rapadas. Yo fui una de las terroristas. Lean bien cómo, cuándo y por qué la historia de este país es hoy la que es.

CAPÍTULO 25

No eran muy frecuentes, que digamos, las noches en las que no soñaba. No tenía yo de esas noches, no. Pero cuando así era, los días amanecían tranquilos y apacibles. Daba igual que hiciera sol o que lloviera a cántaros, ¡cómo disfrutaba esos días! Siempre intentaba que se alargaran lo máximo posible.

A veces me daba por pensar que mi vida era solo aquella que saltaba de día bueno en día bueno. El resto de días, la mayoría, más que vivir, yo existía. Sí, es verdad que ya no era una existencia horrible como antes, cuando perdí a mi madre y salí de Obo. Pero sí que lo fue durante muchos años. En algún momento, mi vida comenzó poco a poco a convertirse en una existencia más calmada, rutinaria. No estaba exactamente viva, pero me sentía a salvo, y teniendo en cuenta por todo lo que había pasado, bien me valía.

Hasta que mi hermana pequeña desapareció. Se desvaneció así, ¡puf!, sin más. Entonces volvió ese existir angustioso que yo creía que nunca regresaría porque ya se había ensañado lo suficiente conmigo. Volvió la sensación de no estar hecha para este mundo. Ese del que creía haberme escondido a conciencia para que no me encontrase nunca más. Cuando dejé de saber de ella, me di cuenta de que no había forma de esconderse del sufrimiento. Que mientras respirase, el maldito daría conmigo. Aunque no estuviese arriesgando, aunque no estuviese viviendo una vida plena que me hiciese tener muchas cosas que perder, me encontraba. Una y otra vez.

Un día, a principios de noviembre, estaba jugando con Pop, uno de los perros de mi tía, cuando vi por primera vez aquel retrato robot. Pina Batel decía que la mujer de la imagen era una terrorista del FFR. Pensé que se le daba un aire a mi hermana, aunque parecía bastante mayor que ella.

Lo primero que hice fue llamarla para que tuviera cuidado, no fueran a confundirla con aquella mujer. Mientras marcaba su número, pensé que se reiría de mí, pero su teléfono estaba apagado. Me dije que de todas maneras era una tontería, y lo dejé pasar. A los pocos días, olvidado ya aquel pa-

recido, volví a llamarla, esta vez para ver si le apetecía que me acercara a Tula y tomásemos un café.
Ya me había dicho que estaba muy liada con el
trabajo, y que por eso no había pasado todavía por
Pamba para visitarnos, pero me dije que, quizás,
no le importaría si me acercaba a su nueva casa y le
robaba media horita de nada. Su teléfono seguía
apagado.

Entonces me asaltó otra vez aquel retrato robot. No le dije nada a mi tía para no contagiarle
una sospecha tan absurda. Estaba un poco avergonzada de mis ocurrencias, pero con los días la
sospecha se fue haciendo más grande en el pecho.
Mi tía, además, al ver el retrato en televisión había
dicho: «Qué terrorista tan mona». Yo me había reído mucho, más por el alivio de que no hubiera visto a mi hermana en aquella imagen que por la ocurrencia en sí. Durante un mes entero guardé para
mí la preocupación, la sospecha y el anhelo de saber de mi hermana.

Llegó diciembre y el frío constante. Para entonces,
ya marcaba su número cada día, aunque sabía que
no lo cogería. Aquel ritual, de alguna forma, hizo

que la sintiera más cerca de mí: era su número, era algo suyo, y lo único que tenía de ella. Lo marcaba despacio cada noche y me colocaba el móvil entre mi oreja y la almohada. Siempre lo mismo: tras ocho tonos..., el silencio. La tele, mientras tanto, continuaba mostrando día tras día aquel rostro que tanto se parecía a ella. No lo dije en voz alta porque mis sospechas seguían dándome vergüenza. Mi tía me llamaría loca, como siempre.

Pina Batel decía que podría ser la autora de varios asesinatos, aunque «estaba sin confirmar». Batel mentía mucho, y yo siempre pensaba que se creía sus propias mentiras. No sabía nada de aquella terrorista, pero como usaba el condicional y decía «*podría* ser la autora de», no se equivocaba nunca. Si no lo era, nunca había dicho que lo fuera a ciencia cierta. Si lo acababa siendo, ¡ella lo había dicho primero! No me gustaba nada aquella mujer.

Maia Katú había asegurado en una rueda de prensa que tan solo el asesinato del hombre en un callejón de Tula se le podía achacar a la chica del retrato: fue ella quien había empuñado el arma y le había disparado seis veces, según los testigos.

Yo conocía a mi hermana. La conocía mejor que nadie y mejor que a nadie. Y sabía que era capaz de pertenecer a aquella organización. Pero, sin embargo, me negaba a imaginarla disparando una y otra vez a una persona. No quería pensar en esa estampa, porque sería como aceptar que la vida había ido rompiendo a la persona que más quería. Y, mientras, ¿yo qué había hecho? Nada. Esconderme. Jugar a la negación para protegerme a mí misma. Aquello me llenaba de culpa: yo no había sabido protegerla ni tampoco curarla cuando la hirieron. Sentía que si mi hermana era aquella terrorista, lo era porque yo la había empujado en aquella dirección. Con mis silencios, mis temores, mi cobardía.

Durante aquel mes en el que me guardé la sospecha, no podía dejar de pensar en ella. Si resultaba ser cierta mi teoría, ¿habría cambiado algo su destino si yo la hubiera cuidado más y mejor? ¿Cómo sería ahora mi hermana si el miedo no hubiera controlado mi vida?

Si yo hubiese tenido valor cuando debí tenerlo, ¿sería ahora tan creíble para mí que mi hermana hubiera acabado cogiendo las armas? Si yo no hubiese sido tan terriblemente cobarde, ¿estaría hoy mi madre viva? ¿Estaría mi hermana en casa? También sabía mortificarme de otras maneras. ¿Habría crecido mi hermana con esa rabia si yo no la hubiera sacado de nuestra casa aquella tarde de agosto? ¿O sería ahora una especie de espíritu gris, como yo, de haber visto lo que yo vi?

Intentaba imaginarme su vida adulta si las cosas no hubieran pasado como pasaron. ¿Cómo sería ella ahora si yo, al notar que mi padre comenzaba a cabrearse aquella tarde, no la hubiera enviado a la calle?

Durante aquel mes volví a obsesionarme con aquella tarde de agosto. Con aquel calor. Yo tenía diecinueve años y mi hermana solo once. Estaba durmiendo la siesta en su habitación. Tuve consciencia de su cuerpo tendido en la cama en cuanto mi padre dio el primer grito. Yo estaba en mi cuarto, haciendo la maleta para irme de viaje unos días. Fue en ella en quien pensé primero, en cuánto tardaría en llegar a su habitación antes de que mi padre diera el primer golpe.

Tuvimos suerte, porque la primera patada se la llevó una silla, y yo para entonces ya volaba por el pasillo. La desperté enseguida y le pedí que fuese corriendo a la farmacia a por un termómetro.

Fue lo primero que se me ocurrió. Le dije que lo necesitaba rápido, que tenía que correr.

Ella, siempre obediente, salió rápido con sus pantalones cortos y su camiseta de dinosaurios. En la puerta de casa, se giró y me tocó la frente con una de sus manitas: «Sí, estás un poco caliente», me dijo muy seria. Y saltó escaleras abajo. Al fondo de la casa, en la habitación de matrimonio, empezaron a oírse las súplicas de mi madre. Como siempre que la oía, mi cuerpo cobraba vida propia y corría a acompañarla. Sabía que una vez que la pegase a ella, luego me tocaría el turno a mí, pero nunca se me ocurrió esconderme. Necesitaba estar con ella.

Entré en su cuarto. Asistí como siempre a esa especie de liturgia que comenzaba con ella haciéndose pequeña. Físicamente más pequeña, encogiéndose un poco más con cada amenaza de mi padre.

«No te hagas encima la víctima porque no respondo», le advirtió mi padre acorralándola contra la pared.

Y entonces cometí el error más grande de mi vida. Aunque nunca se lo conté a nadie, aquella equivocación me persiguió siempre.

«No se te ocurra tocar a mi madre», le grité a mi padre desde la puerta. No sé de dónde salió aquella voz, me sorprendió incluso a mí. Por primera vez, mi indignación parecía estar ganándole la partida al miedo. Tenía el convencimiento de estar suicidándome, pero no me importaba. Es más, pensé que era una buena solución: si me mataba, él iría a la cárcel, y mi madre y mi hermana podrían vivir libres.

Pero entonces mi madre se dio la vuelta y me miró como si no se creyera lo que había oído. Aquel giro de guion parecía ser lo peor que iba a sucederle al mundo. En sus ojos vi que sentía que perdía el control de la situación. Quizás estuviera preparada para una paliza más, pero no para toda la violencia que iba a desatarse contra mí por mi atrevimiento. Y llevaba razón. Aquella frase que grité fue la que acabó con su vida.

Mi padre voló hasta mí con una furia desconocida. Yo no sabía que sus ojos pudiesen albergar tanto odio. Antes de que pudiera cubrirme ya me había cogido del pelo. Me arrastró por el pasillo hasta soltarme en un rincón del salón. Allí tendría más espacio para darme la última paliza de mi vida. Yo cerré los ojos, esperando el primer golpe, pero nunca llegó.

Mi madre se abalanzó sobre él. Ahora sé que la movió el miedo a lo que mi padre pudiera llegar a hacerme ese día. Vi cómo ella le tiraba del pelo hasta hacerle caer al suelo. Mi madre sabía que suplicarle no serviría para nada aquel día, porque ya estaba todo perdido. Era irreversible. Los tres sabíamos que aquella tarde sería la última. Ella dejó el papel de mujer sometida y me protegió con todas sus fuerzas. No tuvo miedo ni piedad al ver a mi padre en el suelo, y se tiró sobre él. Le golpeaba la cara mientras le gritaba que nos dejara en paz, que se fuera de la casa para siempre, que nadie lo quería. Yo nunca había visto a mi madre así. Sabía que sentía todas aquellas cosas, pero nunca las había dicho en voz alta. Estaba fuera de sí porque sabía que mi vida peligraba como nunca.

Pero mi padre consiguió inmovilizarla. Su cuerpo, grande y pesado, estaba poseído por una rabia que le hacía temblar. Vi cómo conseguía ponerse a horcajadas sobre ella. Íbamos a morir las dos. Primero ella, luego yo, y si mi hermana tardaba poco en volver, también la mataría a ella. Me imaginé sus piernecitas corriendo todo lo que podían para traerme el termómetro y cómo se encontraría a solas con aquel monstruo. Con aquella imagen de mi hermana en la cabeza, saqué las fuerzas para gritar socorro por primera vez. Mi padre agarraba a mi madre por el cuello. Yo le tiré del pelo con violencia, pero no conseguí ni moverlo. Salí corriendo de la casa gritando y llamé a todos los timbres del rellano. Volví al salón, sin dejar de pedir auxilio, pero cuando la miré ya no parecía mi madre. Tenía otro color de piel, otros ojos, otra expresión. Allí no estaba ella, allí estaba solo su cuerpo. Mi padre seguía apretando su cuello, como si quisiera matarla más veces.

Aquella visión me sacó de mi cuerpo. Dejé que mi espalda resbalara lentamente contra una pared hasta que caí de culo en el suelo.

Desde allí, vi piernas de gente que llegaba, moviéndose a mi alrededor; piernas que corrían de aquí para allá. Unos reducían a mi padre, otros intentaban socorrer a lo que quedaba de mi madre, alguien llamaba por teléfono y gritaba. Luego sirenas, una camilla, gente vestida de amarillo, policías, una señora con bata blanca que me hablaba llamándome por mi nombre.

Afortunadamente, a mi hermana no la dejaron acercarse siquiera a la puerta de la casa. Nunca volvió a entrar allí. Aquella siesta fue lo último que hizo entre nuestras paredes.

No sé cuántos minutos pasaron hasta que mis piernas se pusieron en marcha, decididas a buscarla.

Estaba mareada. Por momentos creía que el mundo
no era real y que lo que acababa de pasar se trataba
solo de un sueño. Alguien intentó pararme, otras
personas señalaron las escaleras al oírme repetir el
nombre de mi hermana. Descendí por los escalones,
que se movían bajo mis pies. La madre de Mica abrazaba a mi hermana en el rellano de dos pisos más
abajo, mientras ella agarraba con fuerza el termómetro y preguntaba si yo me había puesto enferma.

Al verme bajar las escaleras se deshizo de aquel
abrazo y vino corriendo hasta mí. Fue al sentir el
contacto con su cuerpo cuando me quedé muda.
Muda durante días. Muda, ciega, sorda, incapaz de
sentir. Como muerta... pero con vida.

—Estás perdiendo peso —me dijo mi tía una noche—. Se te vuelve a enfriar la cena sin que pruebes
bocado.

Era verdad. Pero es que no sabía cómo contarle lo que pensaba. Las veces que se había queja-
do porque mi hermana aún no nos había visitado,
yo la había excusado diciendo que había hablado
con ella por teléfono y que estaba con mucha carga de trabajo.

—¿Pasa algo? —preguntó mi tía de repente, preocupada por mi silencio y mi mirada fija en mi plato lleno.

No supe qué decir, porque en vez de comer estaba dando vueltas a una teoría que llevaba merodeando todo el día en mi cabeza: el juez que juzgó a mi padre podría no haber muerto por su sentencia más famosa. No por soltar a los ocho años al asesino de aquella chica, sino por aplicar una condena de risa a mi padre, que llevaba libre mucho tiempo, viviendo la vida como si nada hubiera pasado.

—Pasa algo. —Mi tía ya no preguntó.

Y yo me derrumbé porque no me quedaba ni una gota de templanza.

Me levanté de la silla en silencio y fui a la cómoda de mi habitación. Volví con la carpeta donde había ido metiendo todo lo que encontré en la prensa sobre la chica del retrato robot. Que se riera de mí era lo de menos, pero aquella vez sentía más que nunca que yo llevaba razón. Me senté en el sofá. Mi tía se puso a mi lado, inquieta, pero en vez de tranquilizarla la dejé estar. ¿Para qué calmarla si lo que iba a decirle era peor de lo que ella imaginaba?

Mi tía y yo habíamos estado enganchadas a las noticias del FFR desde que hicieron aquel comunicado reivindicando los diez asesinatos de los violadores y también la muerte del juez que juzgó a mi padre. En voz bajita, habíamos fantaseado con la posibilidad de que mucha más gente se uniera a aquella organización y que mataran a todos aquellos fascistas. Que acabaran con toda la guardia que disparaba a migrantes en el mar. Que vengaran a todas las víctimas del Gobierno. Lo queríamos todo. Pero lo esperábamos como quien está sentado frente a la tele, viendo una película, y no puede intervenir en la trama. Como si nosotras nunca pudiéramos ser parte de toda esa gente que queríamos que se uniera al FFR.

Me sorprendía a mí misma a veces, pegada al televisor, apretando los puños y murmurando con cada noticia: «Bien, chicas, ¡bien!» o «Tened cuidado, por favor, tened mucho cuidado». Yo sospechaba que eran todas mujeres por varios motivos. En el comunicado hablaban de «personas» para poder hablar en femenino sin quitarse la máscara. La policía, durante aquellos años, no había podido dar con ningún hilo serio del que tirar en la investigación. ¿Cuándo había pasado eso con una organización de hombres? Los hombres se conocían entre ellos: los altos cargos de la policía eran siempre hombres, y sabían pensar como hombres e incluso infiltrarse en organizaciones de todo tipo. Y el FFR seguía intacto. Para más pistas, la única que estaba teniendo relevancia en la investigación era una mujer, y yo pensaba que era porque sabía pensar desde otra perspectiva. Y, bueno, para ser honestas, ¡yo quería que el FFR lo formaran mujeres! Mujeres valientes, claro, no mujeres como yo.

Mi tía miró los recortes y me miró a mí. Estaba en shock. En ningún momento exclamó: «No puede ser». También ella la veía capaz. También ella entendía que mi hermana tenía el valor y los motivos para ser una de las miembros del FFR. Se quedó en silencio, pero en su cara pude ver cómo empezaba a encajar las piezas sin que yo hubiera pronunciado ni una sola palabra.

«No has hablado con ella por teléfono. No viene porque no está. No sabemos nada de ella, ¿verdad?», acabó diciendo, la pobre, con un hilo de voz.

CAPÍTULO 26

En el año y medio que siguió a la desaparición de mi hermana, el FFR se puso las botas. Asesinaron a dos jueces más cuyos historiales de sentencias absolutorias a violadores eran escandalosas. También mataron a un diputado del TOTUM de la zona este, cerca de Obo, y a dos pederastas cuyas condenas no fueron lo suficientemente largas como para que entraran siquiera en prisión. Con cada asesinato yo me tapaba la boca, ahogando un grito. Aquellas noticias siempre me impactaban al enterarme. Tras la sorpresa, lo que me preocupaba de verdad es que pudieran coger a las responsables de esas muertes.

Desde hacía un año, además, había una nueva organización en la lucha. Nadie sabía quiénes eran, pero sí quiénes no eran: el FFR. La nueva organización había matado a dos capitanes de la guardia costera y había amenazado por carta a los guardias encargados de disparar contra las lanchas de migrantes. El FFR no amenazaba, actuaba. Maia Katú, la subinspectora de la investigación del FFR, dijo en rueda de prensa que se trataba de organizaciones diferentes y probablemente sin conexión entre ellas.

Fueran quienes fuesen, habían conseguido crear un nuevo conflicto al Gobierno, esta vez con la guardia costera.

Se fueron formando grupos de guardias que protestaban y denunciaban que se sentían desprotegidos. Alegaban que el Gobierno les mandaba disparar contra las lanchas, pero no evitaban que alguien les disparara a ellos.

—Os tendrían que disparar a todos —había dicho mi tía en voz baja frente a la tele—. Que no se sienten seguros, dicen. Que no les dejan matar tranquilos, vaya, eso es lo que quieren decir. Mira cómo no protestaban cuando les mandaban matar a inocentes.

Yo siempre le pedía que bajara la voz. Aunque lo hubiera dicho en un susurro. Porque con los meses se me había ido metiendo en la cabeza la idea de que quizás la policía nos había puesto micrófonos: si yo había reconocido a mi hermana, alguien más podría haberlo hecho. Mi tía me había dicho que eso de los micrófonos solo pasaba en las películas de espías, y que, además, la policía estaba demasiado ocupada investigando con quién se acostaba cada cual y cerrando clínicas para evitar abortos clandestinos.

Aunque me parecía que podría tener razón, mi cabeza iba por libre, y cada teoría que se me ocurría la acababa dando por cierta. Y, claro, sufría con cada una de ellas.

Las bajas médicas en la guardia costera se extendieron como una mancha. Y eso dio pie a que las barcazas con migrantes llegasen a las playas de Obo sin nadie que lo impidiera. Era un nuevo problema para el TOTUM, ya ni siquiera se podía vanagloriar de haber acabado con la inmigración ilegal.

A la policía también se le complicaba todo. La nueva organización fue un mazazo que los hacía parecer pollos que correteaban sin cabeza. Las personas contrarias al régimen, animadas por la escalada del FFR y la nueva organización, y la desestabilización del Gobierno, se organizaron para refugiar y ocultar en sus casas a las personas que llegaban a la costa. ¡A mí aquello me parecía tan valiente! Admiraba el valor porque yo no lo tenía. Con los meses, aquella red de solidaridad no solo ocurría en Obo, sino que se extendía por el país clandestinamente. Luco Barán había dicho en televisión que «acoger a inmigrantes ilegales era tráfico de personas», y que las penas por tal delito eran muy elevadas. A pesar de que animó a que los «earenses de bien» pusieran en conocimiento de la policía tales actividades, lo cierto es que los afines al Gobierno ya no se sentían ni legitimados ni seguros chivándose de los demás.

El dibujo de mi hermana, un año y medio después, era ya solo un recordatorio de la ineficacia de la policía y del Gobierno.

Asesinato a asesinato, yo seguía viendo aquella parte de la historia de mi país como un libro de suspense: percibía a las terroristas como las buenas de una película y al Gobierno y a la policía como los malos. Olvidaba a menudo que mi vida, al igual que la del resto de migrantes y mujeres earenses, también estaba amenazada. Nunca se me pasaba por la cabeza participar activamente en aquella guerra. Básicamente porque tenía miedo. Miedo al miedo, miedo a arriesgar y perder, miedo a sufrir aún más.

Sabía que mi hermana estaba viva. Lo sentía. También mi tía lo repetía a menudo, no sé si porque lo pensaba de verdad o porque quería que ambas nos tranquilizáramos. Estábamos seguras de que el FFR la tenía a buen recaudo.

Hablar con mi tía me desahogaba. Compartir con ella preocupaciones y escucharla siendo positiva me ayudó más de lo que pensaba e hizo que los meses, después de que le confesara mi sospecha, fueran mucho más llevaderos. Seguía obsesionada con mi hermana, cada día era más difícil soportar la añoranza, pero me mantenía en pie y había conseguido no caer en el pozo que tan bien conocía.

Comprobé que a pesar de todos mis miedos, algo me impedía rendirme mientras no supiera dónde y cómo estaba. Mi hermana era, con diferencia, la persona más valiente que conocía y yo me sentía menos cobarde si no me escondía en algún rincón, como ya había hecho en el pasado. Mientras estuviera lejos de mí y, de alguna forma, me necesitara, yo no me dejaría caer en ningún agujero.

Puse todas mis energías en mantenerme en aquella actitud. En estar entera y fuerte para el día que ella apareciera por nuestra puerta. Me propuse ser lo que siempre debí haber sido, pero nunca fui: un puerto resistente y seguro donde atracar cuando hubiera tormenta. Por mucho que esta durara y por mucho oleaje que provocase.

La mañana en la que mi hermana cumplía veinticinco años, yo estaba hablando con mi vecina a través
de la tapia de la huerta. Ella, como siempre, se sostenía de puntillas para alcanzar a verme sobre el muro.
Yo, agachada sobre la tierra, la escuchaba relatar.
«Esas semillas no son las que te di, Jana», me decía.
«No, Puna, aquellas no agarraron», le respondí. «Eso
es que no lo hiciste como yo te dije», siguió ella.

—¡Jana! ¡Preguntan por ti! —nos interrumpió
mi tía a voces desde el porche de la casa.

Negué con la cabeza, resignada a su forma de
llamarme, mientras terminaba de enterrar las semillas de calabaza en la tierra húmeda. Aunque, por
otra parte, me alegré por aquel grito, porque me
libraba de la vieja Puna un rato.

Era una mujer difícil y siempre había hecho uso
de mi paciencia para tratar con ella. Tanto Puna como
su marido eran votantes del TOTUM, hubiera apos-
tado mi mano sin dudarlo. Al principio de la legislatura los había oído desde el patio. Le gritaban a la tele.
«¿Para qué vienen si saben que no pueden entrar?».
«¡Luego los matan y los malos somos nosotros!».

Aquellos gritos de odio como respuesta a los
asesinatos del Gobierno me revolvían el estómago.
Pero yo bien sabía que corrían tiempos en los que

retirarle el saludo a alguien había hecho que más de uno acabara llamando al teléfono del chivatazo. Las represalias por conflictos personales habían taponado las líneas de aquel número hacía mucho. Tanto era así que el primer filtro que había empezado a aplicar la policía era ya en la misma llamada. Antes no. Antes decías cualquier cosa en ese teléfono y la policía iba donde hiciese falta. Pero pronto se había hecho imposible acudir al domicilio de cada persona denunciada. Por una parte me alegraba de que el Gobierno se desgastara con aquello, pero por otra me daban pavor esos interrogatorios, donde las mujeres salían golpeadas y rapadas si oponían la más mínima resistencia.

Crucé la casa y salí al porche pensando en la vieja y en las semillas que me dio en su día, pero que yo no dudé en tirar inmediatamente. No quería que en mi huerto creciese nada que viniera de aquella mujer.

Me sorprendió ver la cara de una muchacha desconocida en el umbral. No sé qué me hizo pensar en mi hermana. Quizás que era su cumpleaños, o quizás que nunca una extraña había preguntado por mí antes.

Me limpié las manos de tierra en el delantal e invité a la extraña a pasar dentro de casa. Mi tía asía el carrito vacío de la compra, dudando si seguir con su plan de salir al mercado o quedarse para saciar su curiosidad por la muchacha. Yo le hice señas con la mano para que no fuera tan cotilla y le sonreí para dejarla marchar tranquila.

Pero yo no lo estaba. Me asustaba poder llevar razón y que aquella persona viniera a darme malas noticias. No estaba preparada para algo así. Llevaba meses basando mi cordura en la idea de que mi hermana pequeña estaba viva y me necesitaba.

—Eres Jana, ¿verdad? —me preguntó inquieta la muchacha una vez en el salón.

—Soy Jana —dije metiendo las manos en los bolsillos del delantal.

Me di cuenta de que, con los nervios, estaba siendo una maleducada al no permitirle ni sentarse. Meneé la cabeza y me disculpé.

—Siéntate, por favor. ¿Te puedo servir algo? —le ofrecí, simulando sin éxito mi urgencia.

Ella sonrió y negó con la cabeza, así que me senté a su lado.

—¿Quién eres? —le pregunté con miedo.

Nunca se me dio bien fingir caras que no casaban con lo que se cocía en mi interior.

—Soy amiga de Búho —contestó ella tomando aire.

—¿Búho? —pregunté extrañada. Por un momento pensé que se había equivocado de casa.

—Perdona. Soy amiga de tu hermana. La llamamos Búho.

«La llamamos, en presente», pensé. O sea, que estaba viva, ¿verdad? Se me arremolinaron las preguntas y no sabía por dónde empezar. Es más, comencé por la menos relevante.

—¿Búho? ¿Por qué la llamáis así? —Las manos empezaron a temblarme en los bolsillos—. ¿Y dónde está? ¿Tú sabes dónde está?

—Está bien —me dijo ella tratando de tranquilizarme.

Yo calculaba que aquella muchacha debía de tener mi edad, más o menos. Pero ¿sería de verdad de la confianza de mi hermana?

—¿Dónde está? —pregunté sin saber si podía confiar en ella.

Parecía afectada al verme nerviosa, pero ¿cómo podía yo saber si eran amigas de verdad si no decía más que aquello? ¿Y si era alguien de la policía que venía a tantearme?

—Está en Zorán, esperando a que todo esto pase —me dijo.

—¿Cómo sé que eres amiga de mi hermana? —le pregunté directamente, antes de decidirme a creerla.

Ella me miró sorprendida. Se quedó pensando un rato.

—Pues, a ver..., hace pis con la puerta del baño abierta... Mmm... —La extraña hacía memoria mientras se daba golpecitos en la punta de la nariz—. Duerme siempre hecha un ovillo. Cuando se ríe mucho le entra hipo. Tiene un pendiente de pluma que le hiciste tú cuando...

La extraña paró de hablar porque me eché a llorar. Y luego a reír. Lloré como hacía mucho tiempo que no lloraba. Con el corazón henchido de alivio y felicidad. La muchacha, junto a mí, no sabía qué hacer con mi llanto, pero me daba igual incomodarla. Mi hermana estaba bien. Estaba viva. Y estaba en Zorán.

—¿Puedo hablar con ella? ¿Tiene un número de teléfono? —conseguí decir.

La muchacha abrió su bolso de marca y sacó un teléfono móvil. Vi cómo limpiaba sus huellas con el borde de su camiseta antes de dármelo. Lo hizo sin pensar, automáticamente. No me cupo duda de que ella también era del FFR. Me pregunté cuántas cosas diarias y cotidianas como aquella hacía de forma refleja.

—Te llamará mañana a este teléfono. Después de hablar con ella, desmóntalo y tíralo.

Cogí el móvil sin creerme que aquello fuera a pasar. La extraña me miraba detenidamente.

—Gracias —dije usando el delantal para limpiarme las lágrimas.

Mi hermana estaba viva. Nada me importaba más que aquello.

—Te pareces a ella —me contestó con una sonrisa tímida.

—No, ella es mucho más bonita que yo. Por dentro y por fuera. Y más valiente... —dije intentando no emocionarme de nuevo.

—La más valiente —susurró la muchacha, y desvió la mirada.

Me dio tiempo a ver cómo se le llenaban los ojos de lágrimas. A la extraña no le gustó emocionarse, y se puso rápidamente en pie tomando aire. Me miró y sonrió, mostrando unas paletas separadas que la hacían parecer una niña traviesa. No sabía nada de aquella muchacha, pero noté que se preocupaba por mi hermana. Sentí que estaba tan perdida, tan cansada. Estaba delante de una cría

asustada. Como mi hermana. Como yo. Crías rotas que lidiaban como podían con la vida que les
había tocado.

—He celebrado cada uno de vuestros atentados —le dije en voz baja de repente. Enseguida
pensé si esa palabra le parecería bien. O si se llamaban a sí mismas terroristas—. No me importa
llamaros terroristas. Sois terroristas —seguí—. Pero
no es a mí a quien provocáis terror, sino a ellos
—concluí.

Y le di un abrazo que la cogió por sorpresa.
Me rodeó lentamente con sus brazos delgados.

Luego se fue sin decir nada y sin mirar atrás.

CAPÍTULO 27

Pasé toda la noche mirando aquel teléfono. Nunca había visto un móvil tan básico. No tenía conexión a Internet ni posibilidad de tenerla. Una pequeña pantalla mostraba una pila llena.

Había veces que sonreía pensando en el momento en que estuviese hablando con mi hermana. Otras, sin embargo, observaba aquel aparato como si fuera una bomba a punto de estallar. Imaginaba que la policía sabía por ciencia infusa que yo tenía un móvil del FFR y que entraba por las ventanas para detenerme.

Me sentía expuesta, muy expuesta, y con miedo. Pero a ratos también valiente. Y esa valentía era una sensación completamente nueva. No sabía cómo encajar ese valor que había ido viendo crecer en mi interior desde que mi hermana desapareciera. Porque la experiencia me decía que hacerme la valiente podía acabar en tragedia. Era de las pocas cosas que había aprendido en la vida.

Al día siguiente, me levanté al alba, renovada a pesar de no haber pegado ojo. Pasé la mañana intentando estar ocupada para que el tiempo pasara más deprisa. No sabía a qué hora me llamaría mi hermana y no quería angustiarme durante la espera. Traté de atender la casa y a los perros para mantener la mente lo menos agitada posible para que, cuando habláramos, yo no fuera un manojo de ansiedad. Cada pocos minutos, metía la mano en el bolsillo para tocarlo y asegurarme de que seguía ahí. Para recordar que era de verdad, y que mi hermana estaba bien e iba a llamarme.

¡Tenía tantas cosas que decirle! Quería pedirle perdón, eso lo primero. Y también prometerle que estaba luchando contra mi cobardía y mi egoísmo. Explicarle que quería ser valiente, como ella, e intentar ser un apoyo, una hermana mayor pero de verdad... Luego, la inseguridad me visitaba para advertirme que no debía hacerle promesas que no estuviera segura de poder cumplir.

Por la tarde, harta ya de dar vueltas por la casa, cogí el carrito de la compra y salí a la calle. No tenía que comprar nada urgente, pero necesitaba tener un cometido que me evadiera de aquella tensión. Paseé por Pamba tirando del carrito. No tenía un destino claro, pero sentía que daría la impresión de deambular perdida si no me acompañaba aquel carro. Pensaba que sería menos sospechosa si mi imagen era la de una mujer que iba a la compra.

Sin darme cuenta, me quedaba mirando las caras a mi alrededor. «¿Se parece aquella chica a la del retrato?». «¿Podría aquella otra pasar por el rostro del dibujo?». «¿Hay mucha diferencia de parecidos entre esta muchacha y mi hermana?».

Los primeros meses tras el asesinato del callejón, los carteles con aquel retrato permanecieron pegados en algunos escaparates de comerciantes afines al régimen. Pero a aquellas alturas, después de un año y medio, el dibujo era ya como un chiste. Al verlo solo podías recordar que la policía era una banda de patanes. Hacía mucho que no lo veía. A pesar de que el FFR había seguido matando, la gente empezaba a olvidarse de aquel rostro.

En la tele daban a mi hermana por fugada del país. Otros decían en sus artículos que el propio FFR la habría eliminado para que no hablara si la atrapaban. La policía apoyaba de soslayo esta última teoría, y con ella mataban dos pájaros de un tiro: eso explicaba que ellos no hubieran sido capaces de cogerla, y además hacían creer a la opinión pública que el FFR era una organización sin escrúpulos capaz de matar a las suyas. Ellos mismos, los fascistas, eran los que estaban enterrando en la memoria a mi hermana. Por pura vergüenza.

Caminé sin rumbo por las calles de Pamba, arrastrando mi carrito, y pensando que me moría de ganas de contarle a mi tía que mi hermana estaba sana y salva. Pero no iba a hacerlo hasta que no hablara con ella. No quería hablarle del móvil del FFR y exponer a la muchacha que se había arriesgado a venir a verme. Cuando me preguntó por ella al volver a casa aquella tarde, yo le había dicho que era una antigua compañera de Obo. Mi tía me había mirado extrañada, porque era algo que nunca había sucedido antes. Pero lo dejó estar. Quizá pensó que no había muchas otras alternativas.

Paré en mitad de la calle, abrí el carrito vacío y comprobé por enésima vez ese día que el móvil tenía el sonido y la vibración activadas. Volví a meterlo en el bolsillo interior del carro.

Alcé la vista para reemprender la caminata cuando me topé con el escaparate de una frutería, del que colgaba el retrato de mi hermana pegado con celo en el cristal. El corazón parecía habérseme dado la vuelta. El papel, un simple folio con la impresión en blanco y negro, estaba amarillento y combado.

No sé por qué lo hice, pero entré en aquella tienda. Quizás me atreví por las energías renovadas, o por la seguridad que me había dado saber que mi hermana seguía viva. También puede que me impulsara el enfado al comprobar que aún había gente empeñada en enseñar aquel retrato, que les ganara la cabezonería. No eran buenas las personas como aquel tendero obseso. Y mi hermana no podría volver hasta que todo el mundo olvidara aquel dibujo.

Me dije que no me iría de allí sin aquel papel. No lo pensé bien, esa es la verdad. Olvidé que la valentía no solo es un sentimiento, sino que debe llevar de la mano una destreza de la que yo carecía.

Me puse al final de la cola. Las cuatro personas que esperaban su turno estaban de espaldas a mí. No podían verme si lo arrancaba. Solo el tendero estaba frente a mí, pero agachaba la cabeza a menudo para coger la fruta que le pedían. «Puedo hacerlo sin que me vean», me dije. Y estaba segura.

Cuando me giré y toqué el papel, me di cuenta de que tendría que quitar los cuatro trozos de celo que lo sostenían al cristal, y que eso me llevaría demasiado tiempo. Me puse nerviosa. De repente ya no se me ocurrían más opciones que la de quitar el cartel como fuera, como si mi vida dependiera de ello. Podría haber vuelto a casa, pensarlo mejor y regresar otro día. Pero me bloqueé. Los nervios no me dejaron pensar y actué de forma estúpida. Porque eso es lo que hace la gente que se cree valiente sin serlo: estupideces. Arranqué el dibujo de un tirón y lo escondí detrás de mi espalda al tiempo que volvía a mirar hacia el tendero. El sonido del papel rajándose hizo que varias personas se giraran a mirarme, pero no supieron qué había pasado exactamente porque mi cabeza ocultaba los trozos de celo que habían quedado pegados al cristal. Miraron otra vez hacia delante, sumidas en sus propios pensamientos. Hice una bola con el papel en mi espalda mientras tosía para que no se oyera el crujido del folio.

Cerré el puño sobre la bola de papel y salí en silencio de la frutería. Creí que iba a darme un infarto, necesitaba llegar a casa y quemar aquel papel. Ni siquiera pensé en la posibilidad de tirarlo a una alcantarilla. Al salir de la tienda, con el corazón colgando de un hilo, me crucé con la vieja Puna, que entraba. La saludé deprisa, sin darle opción a entablar conversación. No podía hablar con nadie, no debía. Nunca se me dio bien fingir, y aquella mujer no me dejaría marchar así como así si me veía mínimamente contrariada. No sin antes intentar sacarme qué me pasaba.

No olvidaré la mirada que me devolvió aquella mujer. Una mirada extraña, como si de repente no me conociera. Yo salí deprisa, pensando que ya se le pasaría si se había molestado por no quedarme a charlar. Toda mi atención estaba puesta en llegar a casa y deshacerme de aquel dibujo. Deseé que mi hermana no me llamase justo en aquel instante.

No fue hasta la mitad de camino de vuelta cuando me di cuenta de que la vieja Puna no me había saludado. No había intentado pararme. Supe entonces que aquella mirada que yo creí simplemente de indignación por mi mala educación era, en realidad, la mirada de quien me había visto arrancar aquel papel del otro lado del cristal.

CAPÍTULO 28

No podía volver a casa. No podía arriesgarme a meter de nuevo el teléfono allí y que lo encontraran en un registro. No confiaba en Puna en absoluto. Quizás no dijera nada, pero ¿y si lo hacía?

Me quedé de pie junto a un contenedor que encontré. Quieta en mitad de la acera, mirando la pantalla de aquel teléfono con una pila a la mitad de carga. «Llámame ahora, por favor», murmuré nerviosa. La gente pasaba a mi lado sin prestarme atención. Esperé, intentando no entrar en pánico. Esperé y esperé a que aquel teléfono sonara. Resistiría allí hasta la noche si era necesario. Pero no podía volver a casa. Si la policía recibía una llamada de Puna sería allí donde irían.

Pasó una hora y luego otra. Y seguí allí, junto a aquel contenedor que desprendía un olor dulzón y putrefacto. Casi podía sentir cómo el calor de junio descomponía su interior. El sudor me recorría la espalda. No podía irme de allí. En cuanto mi hermana llamara, tiraría aquel móvil al contenedor y me iría más tranquila a casa.

La vista se me nublaba a veces de mirar fijamente durante tanto rato la pantalla del teléfono. Entonces tenía que forzarme a desviar la mirada a otro lado para relajar la vista. En una de esas veces vi un destello rojo y azul. Un coche de policía se acercaba sin hacer sonar la sirena.

Noté cómo se me rompía el corazón. Tenía que deshacerme del móvil antes de que fuera demasiado tarde. No me daba tiempo a desmontarlo ni tampoco hubiera atinado. Introduje el teléfono a través del agujero bajo el rótulo de «solo envases». Lo apreté fuerte. El coche de policía se aproximaba hasta que todo fue rojo y azul. Solté el teléfono en el interior, llena de pánico. Era una sensación desconocida que me corroía las entrañas. Cerré los ojos y la cara de la vieja Puna apareció con todo detalle. La odiaba. La odiaba tanto.

Intenté no llorar. Intenté comerme la frustración el tiempo que hiciera falta. Aunque no se me daba bien fingir caras, estaba preparada para hacer mi mejor papel frente a la policía. Pensaría en la vieja Puna para que la rabia hiciera el trabajo por mí.

Pero el coche no se detuvo. Siguió calle abajo haciendo bailar sus luces rojas y azules. Abrí los ojos, incrédula. No. No podía ser. Todas las emociones que iban a explotarme dentro las usé para golpear el contenedor con mis puños. Nunca había pegado un puñetazo a nadie ni a nada. Y de repente no podía parar de hacerlo. El contenedor estaba sellado al suelo, sabía que no iba ni a moverlo, pero necesitaba sacar mi desesperación como fuera. Un chico se me quedó mirando y al pasar junto a mí se separó un poco, sin disimular su perplejidad. Pero a mí me daba igual. Nada me importaba en aquel momento. Estaba a punto de echarme a llorar cuando oí un bip, bip, bip. El móvil zumbaba contra las latas del contenedor.

Aquel sonido terminó de romperme. No pude quedarme a escucharlo. Cogí el carrito, comencé a andar lentamente y me fui alejando del contenedor. Del móvil. De mi hermana. Caminé lentamente en dirección a casa. Rota, perdida, vulnerable de nuevo como en el peor de mis días.

No sentí nada cuando vi de nuevo las luces rojas y azules girando sobre la fachada de la casa de mi tía.

—Dinos por qué quitaste la foto de la terrorista más buscada del país, Jana. Vamos a hacer esto fácil —me preguntó el policía una vez en comisaría.

En la habitación solo estábamos él y yo. Era un tipo de más o menos mi edad que me miraba tras un pequeño escritorio. No tenía ninguna clase de empatía hacia mí, pero claramente intentaba hacer el papel de poli bueno. Yo, sentada sobre una silla de escuela, bajita, lo veía más grande de lo que era. Las muñecas me dolían por la presión de las esposas, y los brazos me daban calambres después de una hora con ellos atados a la espalda.

—Ya le he dicho que necesitaba un papel donde escribir un teléfono. Estaba en blanco tal y como yo lo veía, no sabía que por detrás estaba la cara de esa terrorista — repetí de nuevo.

—Jana, deja de mentir, por tu bien. La luz entraba por el escaparate, y se podía ver perfectamente de qué se trataba. El frutero la veía desde el mostrador. Imagínate tú, que estabas al lado.

Se hacía el cansado. Como si yo tuviera que cambiar mis respuestas para que él pudiera ayudarme. Yo sabía que después vendría el poli malo.

Y que no iba a ser agradable. Estaba siguiendo los mismos pasos que en cualquiera de los interrogatorios que yo había leído en redes sociales sobre otras personas detenidas.

—Pues si es así no me di cuenta. Yo no tengo en la cabeza veinticuatro horas al día que hay una mujer por ahí que lleva fugada año y medio —le dije intentando parecer pasota y aburrida.

Me equivoqué. Una vez más, no supe estar a la altura. El tipo me miró con interés renovado. Desde luego yo era más estúpida de lo que nunca imaginé. Me di cuenta de que hasta ese momento me había considerado una roja sin más que apoyaba ideológicamente al FFR, pero tras mi frase era palpable que se había venido arriba. Ya se veía a sí mismo en las noticias por haber dado con la primera persona cercana al FFR; con suerte, del propio FFR.

—Qué bien llevas las cuentas, Jana —dijo sonriendo. No podía contenerse.

No pude disimular mi nerviosismo. Había estado en contacto con el FFR cinco minutos de mi vida y en menos de veinticuatro horas había conseguido darle a la policía el mejor de los hilos del que tirar. No podía creer lo que me estaba pasando.

Mi silencio a su observación lo hizo sentirse aún más seguro de sus sospechas, y salió de la habitación. A los pocos minutos entró acompañado por otro policía. Este no me dirigió la palabra. Abrió uno de los cajones del escritorio y sacó una pequeña pistola eléctrica.

—Hola, guapa —me dijo.

Y me soltó una descarga en el hombro. El calambrazo me hizo gritar de dolor. Pero estaba tan enfadada conmigo misma que sentí que lo merecía. No tenía miedo, pero sí mucha rabia. Rabia porque por mi culpa mi hermana no había podido hablar conmigo. Rabia porque en vez de estar al teléfono con ella me encontraba en una comisaría. Rabia porque había expuesto al FFR. Casi deseé que me dieran otro chispazo.

—Ahora vas a hablar de verdad. La cháchara ya se acabó.

Lo miré en silencio. Su calva brillante estaba roja. Y su nariz. La barriga le sobresalía y le caía encima del pantalón del uniforme. Además, apestaba a alcohol. Pensé cómo se vería una persecución de ese tipo contra la muchacha de las paletas separadas. «Dios mío, están a años luz de pillarlas», pensé. Contra todo pronóstico, me calmé. No iban a cogerlas. Y tampoco iban a sacarme información a mí. Ya podían matarme si querían. Protegería a mi hermana con mi vida si hacía falta, de eso estaba segura.

Mi mirada analizando su físico no le gustó nada. Me cruzó la cara con el dorso de la mano. No fue nada en comparación con el dolor que me provocaba la torsión de mis brazos en aquella postura infernal. Ese dolor continuado y punzante sobrepasaba al táser y al bofetón con creces.

—¿Quién es la chica del retrato? —preguntó el poli malo, ante la curiosa mirada del poli bueno.

—Una terrorista —le dije cabreada.

Aquel hombre era como mi padre. Se creía con el derecho de agredir a quien quisiese. Sabía reconocer a los hombres como mi padre con tan solo mirarlos.

—¡Ah! Una terrorista... — repitió, sonriendo.

Le hizo un gesto al primer policía, que corrió a acercarle una maquinilla eléctrica.

Me puso la maquinilla delante de la cara y pude ver que las cuchillas estaban llenas de trocitos de cabello de otras chicas. Aquello no pudo darme más igual, sinceramente, mi pelo era el menor de mis problemas.

Me pasó la maquinilla desde la frente hasta la nuca. Noté el pelo cayéndome por la espalda y metiéndose dentro de mi ropa. Puso frente a mí un espejo de mano lleno de suciedad. Miré el reflejo.

Aquel interrogatorio no estaba saliendo ni como yo creía ni como ellos querían. Miré mi imagen en el espejo. Ver cómo me rasuraba la cabeza no me hacía pensar en mi imagen. Estaba siendo torturada por la policía del régimen, y, sin embargo, mis ojos no me devolvían una mirada de vulnerabilidad, sino de coraje. Me sorprendí al verme a mí misma en aquella tesitura y que mi expresión fuese de resistencia.

Dar mi vida por perdida era la sensación más liberadora del mundo. Mi madre estaba muerta. Mi hermana estaba lejos y segura. Mi tía podría vivir sin mí. De repente, la vida me parecía fácil. La vida sin mí, en realidad.

El poli malo me rompió la camiseta y el sujetador. Me puso el táser en uno de los pechos y del dolor di un salto involuntario que me hizo caer hacia atrás con la silla. El respaldo de madera me aplastaba las muñecas y las manos. El dolor en los brazos se mezclaba con las punzadas del táser. Comencé a llorar. Sin pena. Sin rabia. Solo un llorar vacío por el propio dolor. El dolor físico más insoportable que había sufrido nunca.

Siguieron haciéndome preguntas, estaban seguros de que yo sabía algo, y no parecían dispuestos a parar. El policía que olía a alcohol me reincorporó de nuevo en la silla para acabar de raparme la cabeza. Me respiraba encima y me cubría con aquel tufo insoportable de whisky y sudor. Aquel tipo no tenía ni miedo ni dudas por torturarme: sabía que estaba cubierto por sus propios jefes y por el Gobierno. Además, disfrutaba haciéndolo. El otro policía, sentado tras el pequeño escritorio, se limitaba a mirarme los pechos con una sonrisa repugnante.

Yo no contestaba nada. Sabía que hablar era absurdo. Mentía fatal, y, además, hacerlo podía llevarme a dar pistas sin querer. Ya había sido estúpida una vez en aquella habitación. No me verían siéndolo de nuevo.

Estaba segura de que acabarían matándome. Tenía la misma certeza que aquella tarde en la que mi padre me arrastró por el suelo del salón, me soltó en un rincón y levantó el puño. La misma calma extraña que me decía que estaba bien así, que ya había vivido suficiente. Lo pensé con diecinueve años, y volvía a pensarlo con treinta y tres. «Ya he sufrido demasiado. No pasa nada si me voy».

Sin embargo, la vida jamás va por el camino esperado. En mi caso, de hecho, siempre tomaba atajos en los que ni había pensado.

No oí nada de lo que decían, dejé de oírlos en algún momento. Estaba demasiado ocupada pensando en la primera vez que no morí y en la primera vez que de verdad moriría. Solo recuerdo que ambos salieron de la habitación. Y que anocheció.

Ya no sentía los brazos. Solo podía notar mi cuerpo hasta los hombros. Más allá de ellos, mi cuerpo parecía no existir. Empecé a impacientarme. Quería acabar con aquello de una vez. El entumecimiento era insoportable. Además, no veía bien por un ojo. Ni siquiera recordaba ya que me habían pegado en la cara. La hinchazón me lo recordó.

El primer policía entró en la habitación de nuevo y me quitó las esposas para que pudiera levantarme de la silla. No me dirigió la palabra, simplemente me guio a empujones por la comisaría. Recorrimos un pasillo largo en el que aproveché para abrazarme el pecho desnudo. No porque me

diera vergüenza, sino porque era la postura contraria a la que había estado obligada a tomar, y me
reconfortaba. La comisaría estaba vacía y con la
mayoría de luces apagadas. Según mis cálculos, debía de estar a punto de amanecer.

Deseaba que mi próximo destino fuera un
patíbulo donde me dieran el tiro de gracia. De verdad que lo deseaba. Pero en vez de eso, acabamos
en el parking cubierto de la comisaría. El primer
policía volvió a esposarme, esta vez con las manos
hacia delante, y de un empujón me metió en un
coche policial.

Una mujer policía arrancó el coche conmigo
dentro y esperó. La miré a través del espejo retrovisor. Cruzamos las miradas, observó unos instantes mi ojo hinchado y apartó la vista sin decir nada.
Al cabo de unos minutos, otro policía se subió en
el asiento del copiloto y dijo: «Vámonos».

«¿Adónde vamos?», les pregunté cansada. No
tenía esperanzas de que me contestaran, pero la
mujer lo hizo: «A la capital». Y guardó silencio.
El hombre la miró y le dijo que no volviera a ha-
blarme.

No sabía cuántas horas había desde Pamba
hasta Deltia, quizás unas cuatro. Tampoco sabía

para qué íbamos a cruzar el país. La parte trasera del coche era un trozo de PVC con forma de asiento. Estaba duro y hacía que me doliera cada una de las magulladuras. Pero tenía las manos hacia delante, y eso me reconfortaba un poco.

Me quedé dormida de puro agotamiento. Un sueño agitado y ligero donde oía las voces de los policías y el sonido de las ruedas contra el asfalto. Todo me daba igual. No pensaba en mi hermana, ni en mi tía. No conseguía hilar pensamientos coherentes. Creí que así se sentía una antes de morir. Y me seguía dando igual. Me decía que era lo mejor que podría pasarme. Había conseguido no decir ni una palabra más en todas aquellas horas de tortura física, y quería irme del mundo así. Sin volver a fallarle a nadie. Sería tan bonito irse del mundo sin decepcionar a nadie más.

Había sido tan soberbia al creer que yo debía estar en pie por si mi hermana volvía. Pensar que iba a necesitarme. ¿Qué me había creído? Seguía siendo la misma chica torpe y cobarde de siempre. Yo para ella no era más que un obstáculo. Alguien por quien sufrir. Lo había sido siempre.

Desperté del letargo cuando el coche se detuvo en una gasolinera. Tenía la boca seca y los labios cortados por la sed. Vi al policía salir del coche para repostar.

—¿Puedo beber? — pregunté con un hilo de voz a la mujer.

Ella vio cómo su compañero entraba en la gasolinera, se volvió hacia mí, e introdujo el cuello de una botella de plástico por uno de los huecos de la reja que nos separaba. Bebí lo poco que quedaba de ella como si acabara de cruzar un desierto.

—Gracias —le dije, aún con muchísima sed.

Ella no me contestó, estaba inquieta. Miró de nuevo buscando a su compañero, aún dentro de la gasolinera, y volvió a girarse hacia mí.

—Van a interrogarte en Deltia. Y va a hacerlo alguien que no se anda con tonterías. Por tu propio bien, di todo lo que sepas y acaba con esto.

Me eché hacia atrás en el asiento de PVC y cerré los ojos. No podía más. Le hubiera pedido a aquella mujer que me disparara allí mismo si no fuera porque sabía que jamás lo haría.

CAPÍTULO 29

Maia Katú en persona entró en la habitación con una cámara y un pequeño trípode en las manos. Yo estaba sentada en una silla fija al suelo. Un policía me había tirado a la cara minutos antes una camiseta con el logo de la policía para que me tapara. Cuando me quité mi ropa, la encontré llena de manchas de sangre seca. No sabía exactamente dónde tenía las heridas porque me dolía todo el cuerpo. El ojo hinchado había empezado a dolerme. Podía sentir cómo, con cada latido, el dolor del párpado aumentaba.

Entre Katú y yo había una mesa grande y metálica. Ella se sentó frente a mí y me enfocó con la cámara. La encendió, vio que estaba bien encuadrada y comenzó a grabar.

Traía una carpeta azul que abrió e iba leyendo, tranquila, su contenido. La miré perpleja. Si me encontraba allí con Katú es que estaban más que seguros de que yo podía ser alguien que les diera alguna pista sobre el FFR. Definitivamente no era una sospechosa más. Era *la* sospechosa. Y no iban a matarme así como así después de tener en sus manos algo tan valioso.

El Gobierno sabía que el liderazgo de Luco Barán pendía de un hilo, y que cada vez se hacía más palpable la posibilidad de que el TOTUM fuera declarado por la opinión pública como incompetente para resolver los conflictos que habían surgido a raíz de sus políticas. No solo el FFR estaba poniendo contra las cuerdas al régimen, también la nueva banda terrorista. Y ellos lo sabían.

Tenía que agarrarme a eso si aquel interrogatorio se me hacía insoportable. Pensar en mi hermana y sus compañeras enfrentándose al poder y teniendo el valor suficiente para cargarse, uno por uno, a todos aquellos fascistas y misóginos. Me concentraría como nunca en un mundo sin ellos, sin hombres como los que me habían herido en el pasado y en el presente, sin mujeres como Maia Katú, mujeres sin escrúpulos que se comportaban como hombres violentos para hacerse un hueco entre ellos.

No quería ni imaginar qué otras técnicas de tortura tendrían pensadas, ni si habría alguna que me resultaría completamente insoportable. Que lo hubiera logrado hasta ese momento no me daba ya ninguna garantía de que fuera a conseguirlo hasta el final. Pensaría en mi hermana. Eso haría. Tenía que funcionar.

Katú me miró entonces por primera vez a los ojos. No se sorprendió lo más mínimo por mi aspecto. Ella tenía una cara angulosa. Su nariz grande y curva y sus ojos negros le daban un aspecto extraño pero atrayente. Si hubiese sido mi amiga, hubiese dicho que era bella de una forma inusual. Aunque fuese la mujer policía más famosa del país, solo se me ocurrió pensar que tenía el rostro de una psicópata.

—Te llamas Jana y vives en Pamba. ¿Es correcto? —preguntó con una voz grave que le iba como anillo al dedo.

Asentí.

—Arrancaste y escondiste el retrato robot de una terrorista del FFR. Según tú, porque «necesitaba un papel donde apuntar algo» —dijo leyendo directamente de uno de los folios que había en su carpeta.

Me sonaron tan ridículas e increíbles de repente mis propias palabras que bajé la cabeza. Asentí mirándome las manos esposadas sobre mi regazo.

—¿Qué querías apuntar en aquel papel, Jana? —me interrogó con tono neutro. Como si estuviera dispuesta a creer mi respuesta.

—El teléfono de un chico. Me lo acababa de dar y no quería olvidarlo — contesté mirándola a los ojos.

—¿Puedes darme ese número para que le llamemos?

La miré de forma que no hizo falta contestar.

—Imagino que se te olvidó con el primer puñetazo — añadió ella por mí—. Bueno, dime, ¿conoces a la chica de la imagen?

Sacó el dichoso retrato de su carpeta y yo lo miré con detenimiento, como si fuera la primera vez que lo veía. Me sorprendía que aquella mujer no me hubiera tocado todavía. Mientras hacía como que pensaba, me preguntaba cuál sería exactamente su táctica para hacerme hablar. Negué con la cabeza. Y volví a mirarla.

—No sabes quién es, pero no dudas de cuánto tiempo lleva en busca y captura. ¿Cómo es eso, Jana? —Katú se acodó en la mesa, entrelazó sus manos y puso la barbilla sobre ellas.

—Fue casualidad eso que dije —comenté intentando fingir inocencia. Estaba segura de que no me estaba creyendo.

Katú metió todos los papeles de nuevo en la carpeta, paró la grabación y se levantó de la silla. «Ya está», pensé. «Esto empieza ahora». Pero para mi sorpresa, rodeó la mesa y se apoyó en ella, junto a mí.

—¿Qué hay del móvil, Jana? —me preguntó, bajando un poco la voz.

Me quedé paralizada. Era imposible que hubieran encontrado nada en el registro en casa de mi tía. Y, sin embargo, lo sabía. ¿Cómo podía ser?

—¿Sabes quién es la persona que te dio ese teléfono? ¿Sabes su nombre? ¿Podrías describirla? —Katú me miraba.

No lograba entender cómo podía saber que alguien me había dado aquel teléfono. Trataba de pensar deprisa mientras negaba con la cabeza y decía que no sabía de qué me hablaba. ¿Tendrían micrófonos en mi casa? ¿Me habían estado siguiendo?

Miré fijamente a la cámara apagada para no tener que mirarla a ella y que viera mi sorpresa. Fue entonces cuando me pregunté por qué Katú la había apagado. No para darme una paliza, sino para preguntarme por algo que, supuestamente, ella no tenía por qué esconder.

—Mírame, Jana —me pidió Katú—. ¿Dónde está el móvil?

Yo la miré entonces. Era obvio que lo sabía, pero sin saber cómo había llegado a esa información no podía hilar ninguna excusa para confundirla.

—Vas a contestarme, Jana. De lo contrario voy a hacer que detengan a tu tía. —La mujer señaló mi ojo hinchado—. ¿Crees que tu tía aguantará tanto como tú?

«Ahí está su técnica», pensé. Quizás no fuera a tocarme siquiera. Quizás supiera que la presión psicológica funcionaba mejor con la gente como yo.

—Creo que os habéis confundido de persona —dije encogiéndome de hombros—, yo no sé nada de esa terrorista, y mi tía aún menos.

No soportaba la idea de que mi tía fuera vejada y maltratada por aquel policía pestilente. No podía siquiera imaginar que le arrancara la ropa como había hecho conmigo.

—Sabes que no nos hemos confundido — contestó ella—. ¿Sabe tu tía dónde está el móvil? ¿Me lo dices tú o le preguntamos a ella directamente?

Cruzó mi mente la posibilidad de que la policía tuviera un topo dentro del FFR. Se me heló la sangre. No podría avisar a nadie en el FFR de que alguien quizás estaba espiándolas desde dentro. De repente me pareció lógico que apagara la cámara. Era posible que no todo el mundo que estaba investigando al FFR supiera de su existencia por seguridad.

Intenté respirar hondo. Llené mis pulmones para relajar un poco la tensión que hacía que todos los golpes me dolieran con más intensidad. No podía hablar. Tanto mi hermana como el FFR tenían que sobrevivir a aquel interrogatorio. Los motivos transcendían mi vida o la de mi tía. Aquella organización era la única posibilidad de que interrogatorios como aquel acabaran para siempre. Y, sin embargo, buscaba sin descanso en mi cabeza algo que pudiera librar a mi tía de aquella tortura. Conseguir que, como mucho, solo la raparan, le metieran miedo, y luego la dejaran marchar, como había pasado en otras ocasiones.

Entonces se me ocurrió algo.

—Hay un móvil —dije mirándola.

Ella abrió los ojos de golpe y me miró. No se mostró contenta con mi respuesta. Aquella mujer me desconcertaba completamente. ¿Por qué se había puesto tensa si le estaba dando la razón? ¿Es que quería volverme loca? Me hizo señas para que siguiera.

—Tengo una vecina que se llama Puna. Ella me lo dio. —En aquel momento me pareció la idea más brillante del mundo. Si tenían que torturar a alguien, que fuera a ella.

Katú frunció el ceño y volvió a su carpeta. La abrió y buscó algo entre los papeles. Puso un dedo sobre uno de los papeles. Yo no alcanzaba a leer lo que decía, pero ella me lo dijo.

—¿Puna Taín? —preguntó.

Su ojos parecían tener una nueva chispa. Algo que no supe descifrar en aquel momento, quise creer que se trataba de alegría contenida por haber conseguido algún nombre. A inocente nunca me ganó nadie.

—Sí. Ella me dio el teléfono —dije como si me estuviera costando mucho trabajo hacerle aquella confesión.

—Puna es quien llamó para alertar de que habías arrancado aquel cartel, Jana. —La mujer parecía intrigada por ver cómo iba a construir yo un relato coherente a partir de ahí.

No me estaba creyendo, pero estaba interesada en que siguiera, lo último que hubiera dicho de su cara en aquel momento es que estuviese enfadada.

Una cosa era imaginar que había sido Puna quien dio el chivatazo y otra que me lo confirmaran dentro de comisaría. Con las esposas puestas y el cuerpo roto, odié de nuevo a la vieja Puna. La imaginé levantando el teléfono y susurrando mi nombre. Ni todos los años compartiendo vecindario, ni todas las veces que me pidió ayuda sirvieron para que me preguntara por qué había hecho algo así antes de llamar a la policía.

—Ahí la tienes —dije aprovechando la rabia, con la que no tenía que fingir cara alguna—. Me expone a mí para librarse ella. Pues sepan que fue Puna Taín la persona que me dijo que tenía que guardarle un móvil un par de días. Y yo, tonta de mí, no hice preguntas. Porque las vecinas estamos para eso. —Empezaba a creerme mi propia mentira. Nunca había hecho nada semejante, pero la necesidad de proteger a quienes quería me estaba agudizando el ingenio—. Dos días después me pidió que se lo devolviera, y eso hice —le aseguré a una Maia Katú que estaba absorta en mi historia. Había relajado la expresión y me miraba con interés.

—O sea, que el interrogatorio deberíamos hacérselo a Puna Taín —me sugirió ella.

—Puede que ella sea a quien estáis buscando. Yo no sé nada de esa chica que buscan, cogí aquel papel como podría haber cogido cualquier otro —seguí, más confiada que nunca.

Katú asintió. ¡Parecía creerme! No entendía la fama que se había granjeado aquella mujer. No la entendí hasta que cogió el arma de su cinturón.

—Vamos a hacer una cosa, Jana —dijo quitándole el seguro a la pistola y mirándome fijamente. Su expresión comprensiva, casi curiosa, se había borrado de su cara. Por tercera vez en mi vida me vi muerta—. Voy a dispararte en una pierna primero. Solo para que sientas lo que es.

Quise abrir instintivamente los ojos, pero la hinchazón me lo impidió. De repente no me incomodaba el dolor, los pinchazos que sentía por todo el cuerpo ni el escozor allí donde habían activado el táser. Mi cuerpo se había puesto en modo huida, noté el estrés recorriéndome las piernas, los brazos, la cabeza... Los músculos apretados. Pensé entonces que me había hecho creer que saldría de aquella con vida, que había hecho de poli buena para ella misma interpretar después el papel de poli mala. Que me había dado esperanzas para quitármelas todas de un plumazo.

Cerré los ojos. No quería pensar más. Quería que todo acabara. Respiré hondo y entrelacé mis manos esposadas sobre el regazo. Esperé el disparo. Con suerte me daba en una arteria importante y me desangraba antes de que nadie pudiera evitarlo. Eso quise. Nunca sabes lo que vas a pensar mientras esperas un disparo hasta que esperas un disparo. Y yo pensé en todas las veces que aquella mujer habría agredido, torturado y disparado a mujeres. ¿Cuántas víctimas mortales llevaba la policía a sus espaldas? ¿Y dónde estaban sus cuerpos? Muchas familias buscaban a sus parientes. ¿Dónde deberían buscarme a mí? ¿Dónde iría a parar mi cuerpo?

Nunca sabes cómo se siente un disparo hasta que recibes un disparo. La presión que hizo aquella bala contra mi pierna parecía haberme grapado para siempre a la silla. Miré el impacto en mi muslo. Había un agujero en la pernera de mis vaqueros. Un agujero por el que brotó sangre, pero no tanta como yo esperaba.

Miré a Katú. Sabía dónde disparar para no matar. Su cara era de una infatigable seguridad en sí misma.

—Ahora, vamos a hablar en serio tú y yo. Porque la siguiente bala te la voy a meter en la puta cabeza, Jana —dijo de pie frente a mí, sin tocarme, sin alterarse.

La cabeza me daba vueltas. Deseé desmayarme de dolor en aquel instante. No iba a decir ni una palabra más. Ni una. Solo tenía que aguantar unas horas: a que ella me matara o a que yo me desangrara, lo que ocurriera antes.

Ni siquiera presioné la herida con mis manos esposadas, aunque el cuerpo me lo pedía: no para dejar de sangrar, sino para aliviar el dolor. Podía ser una estúpida y una cobarde, pero aquella mujer no contaba con que yo era una experta en aguantar el dolor. En esconderme en lo más profundo de mí misma y hacerme un ovillo en la oscuridad. Y aquello era exactamente lo que haría hasta que todo desapareciera.

Katú me hizo preguntas que ni siquiera entendí, porque no podía prestarle atención. Solo pude pensar en mi hermana. Con los ojos cerrados la visualicé de pequeña, corriendo por la orilla del mar, riendo. Pensé en su risa contagiosa cuando la perseguía fingiendo querer atraparla. Sus ojos vivos que miraban hacia atrás para ver a qué distancia me encontraba. Sus gritos nerviosos cuando veía que estaba a punto de alcanzarla. Recordé cómo se tiraba al suelo cuando no podía más y se hacía la muerta. Entonces yo le hacía cosquillas en la tripa, y ella suplicaba piedad. «Ya estoy muerta, ya has ganado, ¡basta!», decía. Y reía sin control revolcándose por la arena.

Katú puso el cañón de su pistola en mi frente. El metal frío me sacó de mis recuerdos. Ni siquiera abrí los ojos, traté de volver a la playa de nuevo, aunque Katú elevaba cada vez más el tono de voz y me lo ponía difícil. Pero ella no iba a ganar aquella vez. Me gustó pensar que a la única sospechosa real que habían encontrado se la iba a cargar ella misma. Y de eso tendría que dar explicaciones.

—Es la última vez que te lo voy a preguntar antes de apretar el gatillo, Jana. ¿Dónde está el móvil? —dijo, casi suplicante.

Me sorprendió su tono. Atrajo mi atención. Abrí los ojos y la miré. Su expresión seguía siendo un misterio, pero su voz había temblado. Su brazo estirado y tenso empuñando la pistola contra mi cabeza no cedía.

—Dispara ya —le dije sin ira, sin sentimiento alguno.

Quizás era un último empujón lo que necesitaba. No dejé de mirarla, pero ya no la veía. Veía a mi hermana. A salvo. Aquella gente no tenía ni idea de dónde estaba ella por más topos que tuvieran en el FFR, o no habría podido llamarme. Mi hermana iba a seguir libre, y deseé con las pocas fuerzas que me quedaban que matara a cada uno de los cómplices de aquel régimen.

ÁGUILA

Ahora que ya todo ha acabado.

Ahora que se han escrito y leído todo tipo de teorías sobre cómo empezó todo y sobre qué ocurrió durante aquel periodo de tiempo.

Ahora que sé que hay personas dispuestas a escuchar.

Ahora, voy a contarles exactamente cómo ocurrieron las cosas.

Yo también maté. Yo también fui una de las terroristas. Lean bien cómo, cuándo y por qué la historia de este país es hoy la que es.

CAPÍTULO 30

Cuervo entró en el salón de Golondrina. Esa misma mañana nos había pedido una reunión de urgencia. No era propio de ella.

Pasé el día dándole vueltas a qué sería lo que tenía que decirnos, pero no encontraba un motivo que me calmara. No podía tratarse de Búho, eso seguro. Yo era quien sabía cada uno de sus movimientos a través de mi madre. Incluso hablaba con ella por teléfono de vez en cuando. Y, sin embargo, Cuervo, al entrar, me miró solo a mí.

Mientras ocupábamos la mesa del salón, hice un último repaso por mis comandos con calma. En Deltia 1, Mirlo y Alondra estaban bien, no había pasado nada. Si ellas sospecharan lo más mínimo, me lo hubieran dicho. En Deltia 2 estaba todo bajo control, como siempre. Era el comando más fácil de llevar, las cuatro compañeras se llevaban bien, eran discretas y nunca habían dado ningún problema. De hecho, había considerado llevarme a una de ellas como sustituta de Búho. Al final descarté esa idea. Funcionábamos bien a pesar de la falta de Búho. Habíamos llevado a cabo dos acciones desde que ella se fuera, y ambas habían salido bien paradas. Alondra y Mirlo hacían un buen equipo, y no quise mover nada para evitar desestabilizar la convivencia.

Deltia 3 era otro cantar. Las cuatro chicas estaban deseando pasar a primera línea, e intentaban destacar las unas sobre las otras para dar el salto. Me tenían frita. Trabajaban duro para aportar una parte económica al FFR, y se esforzaban mucho en hacer perfiles impecables de posibles blancos, pero no iba a proponerlas para pasar a primera línea si no aprendían a trabajar de forma colectiva. Aquellas chicas sentían a las demás como competidoras y no como camaradas a las que proteger y cuidar. Y a mí me dolía la boca ya de explicárselo.

—Han implicado en un chivatazo a la hermana de Búho —dijo Cuervo sin dejar de mirarme.

Me quedé sin aliento. Había ido a visitar a Jana hacía solo dos días. El móvil que le di ocupó de repente toda mi atención.

—¿La policía tiene el móvil? —pregunté manteniendo la calma.

Cuervo negó con la cabeza y nos lo contó todo desde el principio. Detalle a detalle. Quetzal se levantó y empezó a dar vueltas por el salón. Hacía señas impacientes con la mano a Cuervo y asentía con la cabeza para que fuera más deprisa en su explicación. Golondrina no se había movido de su asiento ni de su postura. Su cabeza reposaba sobre sus manos entrelazadas. El pelo le caía suave sobre los hombros. A veces respiraba hondo y cerraba los ojos. Especialmente cuando Cuervo nos explicó cómo se había encontrado a Jana cuando entró en el interrogatorio.

Cuando nos dijo que le había disparado, me levanté para mirar por los ventanales. Prefería mirar allá fuera que a Cuervo. Se me revolvía el estómago con su sangre fría. Además tenía miedo de que su relato acabara con Jana muerta.

Seguí escuchando mientras observaba las aceras. Era de noche, como siempre. No recordaba haber pisado aquella casa con la luz del sol. Quizás al principio, pero no podía recordarlo ya. Me daba la impresión de que habían pasado siglos. Mientras Cuervo hablaba sin parar, observé los pocos coches que aparecían y desaparecían, el cielo, las calles vacías.

—Es de fiar —concluyó Cuervo—. No dijo nada, incluso cuando pensó que iba a matarla.

De espaldas a ellas, cerré los ojos y solté un poco de aire en silencio.

—Le he puesto vigilancia y le he pinchado el teléfono para no levantar sospechas en mi equipo, pero he dejado claro que, en mi opinión, no hay caso. Y he elevado un informe explicando que los imbéciles de la comisaría de Pamba deberían pensárselo mejor antes de querer destacar y hacernos perder el tiempo.

—¿Era necesario dispararla? —pregunté serena, girándome para mirarla.

Cuervo levantó una de sus cejas.

—Camarada, no sigas por esa senda —me dijo bajando la voz y entornando los ojos.

Quetzal, sorprendida por mis palabras y temiendo una discusión, intentó cambiar de tema preguntando cuándo le darían el alta a Jana. Pero Cuervo no contestó, porque no dejaba de mirarme.

—Como no pudiste disparar a Búho, te desquitas con su hermana, ¿no es eso? —me arrepentí de decir aquello en cuanto las palabras salieron de mi boca.

Golondrina se levantó y me miró muy seria.

—Basta, Águila —me ordenó—. Cuervo opinó que era mejor deshacerse de Búho por si la atrapaban y no podía sortear el interrogatorio. Tú la conoces mejor y nos dijiste que estabas segura de que no había peligro alguno. Las tres acabamos confiando en ti, y ahora Búho está a salvo y cubierta gracias a esta organización.

Bajé la mirada, aceptando la bronca. Sabía que Cuervo hubiera matado a Jana de haber hablado, y que en ese caso era lo que había que hacer. Y siendo objetiva, tenía que agradecerle que le hubiera dado la oportunidad de vivir después de haber demostrado lealtad.

—Lo siento, compañera —le dije a Cuervo mientras volvía a sentarme a la mesa junto a ellas.

Cuervo me miró con aquellos ojos de un negro impenetrable que siempre me inspiraban respeto. Ella asintió, aceptando mis disculpas.

—Informa a Búho de lo imprescindible —me dijo, dando por concluida la conversación.

—¿Creéis que debemos retrasar su vuelta después de esto? —preguntó Quetzal.

El «sí» de Cuervo pisó mi «no». Nos volvimos a mirar. No íbamos a estar de acuerdo jamás en nada. Y, sin embargo, su opinión tenía siempre peso en mis decisiones.

—¡Por favor! —resoplé incrédula—. Que alguien haya arrancado un papel de un escaparate no quita que a nivel nacional nadie hable de ella ni piense en ella. La dan por muerta en todas partes. ¡Si hasta Batel, por salvar el culo al Gobierno, ha dicho que el FFR la ha matado! —Solté una risa sin ganas.

—En eso lleva razón —le dijo Golo a Cuervo.

Cuervo se mantuvo en silencio. Era la más precavida de todas, de eso no había duda. Y era necesaria una figura como la suya, que pecara constantemente de una prudencia exagerada. Porque lo cierto es que ningún tipo de reserva era jamás desproporcionada en aquella coyuntura.

—Podemos estar sin ella, no es imprescindible —dijo Cuervo finalmente.

—No solo hablamos de las necesidades del FFR —intervine—. También tenemos que tener en cuenta la salud mental de las que formamos esta organización. Y Búho no está bien. Yo no estoy bien. Mirlo y Alondra también notan su falta. Y la necesitamos a más niveles que el meramente funcional.

Me estaba exponiendo demasiado, pero tenía que pelear su vuelta en aquel momento, o debería esperar a la siguiente reunión, que a saber cuándo sería. Ya me había hecho a la idea de que la traeríamos pronto, y pensar en aplazarlo me angustiaba.

Yo ya no era quien solía ser, y creo que mis compañeras lo percibían. Me había ablandado. Había empezado a tenerle aprecio a la vida gracias a lo que sentía por Búho. Tener algo tan bonito en tu vida era sinónimo de tener algo que perder, y por lo tanto una vulnerabilidad que debía combatir. Si seguía por ese camino, acabaría muerta en un bosque como Ánade, y con razón. El FFR no estaba para estorbos ni para niñerías. Era increíble que fuera yo quien estuviera pecando de eso.

—Tenemos al TOTUM al borde de la desesperación —dijo Cuervo—. No me parece un buen momento para que Búho regrese. Hemos esperado un año y medio, podemos esperar un poco más.

—¿Sabemos algo más de la facción de la IdE? —le preguntó Quetzal.

Y yo dejé que muriera la conversación sobre Búho. Insistir hubiera puesto en duda de forma preocupante mi capacidad de discernir los motivos personales de los intereses del FFR. No solo no quería dar esa impresión, sino que no quería convertirme en esa persona. No después de todo lo que habíamos trabajado.

—Van a volver a actuar —contestó Golondrina—. Hay un guardia costero que está provocando agitación para envalentonar a los compañeros que tienen miedo. La facción lo va a eliminar. —Puso las manos encima de la mesa y nos miró—. Mi opinión es que el liderazgo de Barán está al límite dentro del TOTUM. La crisis interna del partido empieza a ser un clamor.

Las miré una por una. Volvíamos a estar sentadas alrededor de aquella mesa como la primera vez. Ya no teníamos el mismo entusiasmo ni las mismas fuerzas. Habían pasado cinco años desde que nos reuniéramos por primera vez, pero parecía toda una vida.

Solo nosotras sabíamos por todo lo que había pasado la organización. Las crisis que habíamos tenido que resolver. Las noches sin dormir allí postradas, las decisiones difíciles, los problemas internos que a veces parecían irresolubles, los conflictos dentro de cada comando, las discusiones, las dudas, las muertes.

En cinco años habíamos perdido a tres compañeras. La primera fue una camarada del norte, al poco de empezar nuestra actividad, en un accidente de coche. Fue el primer golpe que recibimos, pero no el último. Dos años después enfermó la hermana de Golondrina. Formó parte de la creación del FFR, pero murió sin saber si lo conseguiríamos. Creímos que Golondrina tardaría mucho en reincorporarse, pero aquella mujer era inquebrantable. Su aspecto delicado y frágil nunca nos permitía tener del todo presente su resistencia y su fuerza.

La tercera baja fue Ánade. Desde aquello manteníamos mucho más vigilados los comandos. Fue un recordatorio de todo lo que podía pasar si bajábamos la guardia.

Cuervo nos gritó desesperada en aquella ocasión. Quetzal continuaba de baja, así que Golo y yo encajamos aquel cabreo por ella, en silencio.

«Esto no puede volver a pasar jamás», nos repitió Cuervo en aquella reunión. «Haced lo que tengáis que hacer, me da igual si tenéis que registrar los pisos cada día, pero esto no va a volver a pasar».

Cuervo, tras el aviso de Búho, había conducido aquella noche hasta el norte, había eliminado a Ánade, se había deshecho de su cuerpo y nos estaba abroncando en el sur, todo en menos de veinticuatro horas. Me pregunté cómo acabaríamos psicológicamente después de acumular tanta tensión, tanto insomnio, tanto estrés durante años.

Además, el FFR había crecido en esos cinco años, con todo lo que eso conllevaba. Empezamos siendo cinco mujeres en aquella mesa, y siete más cuando matamos al primer tipo. Era fácil entonces. Nadie nos buscaba, nadie hablaba de nosotras, nadie nos esperaba. Íbamos seleccionando a los blancos teniendo en cuenta diferentes variables: valorábamos si era seguro hacerlo en sus propios barrios, qué día salían de la cárcel, qué habían hecho...

Aquello parecía entonces tan lejano. Después de que empezáramos a matar, reclutar a mujeres no fue nada sencillo. Ya había delitos que cubrir, cosas que esconder. La investigación previa a una sola candidata era una odisea, las conversaciones iban muy despacio y, por prudencia, tratábamos de que realizaran algún tipo de acción antes de fiarnos completamente de ellas. A pesar de eso, las candidatas eran muchas, y en cinco años habíamos podido crecer de forma significativa: de las doce iniciales pasamos a ser casi sesenta repartidas por el país.

Y ahora nos acompañaban en la lucha camaradas de la facción de la IdE. En la calle, era palpable que la gente comenzaba a desobedecer las leyes del TOTUM con mucho menos miedo que antes. Chivatazos como el que había llevado a Jana ante Cuervo eran cada vez menos frecuentes; los fascistas no se sentían tan legitimados como al principio para acusar a otras personas. También había más médicas que nunca practicando abortos clandestinos en sus clínicas. Y activistas LGTBI jugándose el tipo en la calle. Había abiertos tantos frentes que el Gobierno podía morir de éxito. La justicia se iba bloqueando con casos de todo tipo, y eso estaba generando otra clase de problema para el TOTUM. Gracias a la facción de la IdE, además, se salvaban decenas de lanchas cada mes. La solidaridad en Obo, históricamente una región de izquierdas, se había materializado con acogidas clandestinas de migrantes. Y ya no solo ocurría en Obo.

Lo teníamos mejor que nunca..., pero estábamos exhaustas. Sentíamos que llevábamos toda la vida luchando. Estábamos cansadas, desgastadas física y psicológicamente, y sabíamos que en aquella tesitura era cuando ocurrían los errores, cuando nos arriesgábamos a ser cazadas y desarticuladas.

Cuervo se había afanado para que los pocos chivatazos serios sobre el FFR pasaran a ser casos desechados. Jana era el tercer caso de sospechosa real que había recibido la policía. Y el más grave. Los otros dos habían sido relativamente fáciles de solucionar: dos llamadas de vecinos para alertar acerca de una pareja de camaradas del FFR que vivían juntas en Obo. Un vecino las denunció porque las consideraba muy masculinas y aseguraba que mantenían una relación. El otro porque creía que podían pertenecer al FFR. Pero las compañeras no eran de primera línea, y en el registro no encontraron nada. Tampoco eran pareja. Además, las medidas que Maia Katú había tomado en esos casos habían acabado dándole la razón de que no eran chivatazos creíbles: tras el paripé de interrogarlas, les pinchaba el teléfono y mareaba a un par de policías para que las escucharan todo el día. Una vez alerta, las camaradas hacían su vida sabiendo que las vigilaban. Eran los policías entonces los que informaban de que Katú tenía razón, y que allí tampoco había caso.

Cuervo siempre ganaba: dio con los asesinos del portavoz del Gobierno y puso en cuarentena casos de sospechosas que eran en realidad miembros del FFR. Al final, todo acababa dándole la razón a ella. Se había convertido en un activo muy importante para el equipo encargado del FFR, gracias al propio FFR.

—Quedan menos de tres años de legislatura del TOTUM —siguió diciendo Golondrina.

—Eso si no vuelven a modificar la ley electoral y en vez de esperar ocho años para poder votar, lo cambian a doce. O veinte. Con esta gente nunca se sabe —contestó Quetzal.

—¿De qué servirá todo lo que hemos hecho si acaba la legislatura y votan a otro partido? —protesté—. No estamos aquí solo contra el TOTUM, estamos contra el sistema, joder. No podemos conformarnos por muy cansadas que estemos. Si dentro de dos legislaturas vuelve a gobernar el TOTUM, ¿qué? ¿Volvemos a la lucha armada?

—Es justo lo que quería decir con eso, Águila, calma —me dijo Golondrina con cuidado. Siempre sabía adaptar el tono para mantener la concordia—. En mi opinión, si el TOTUM acaba su mandato, aunque sea a duras penas, habremos perdido...

—Sobre eso quería hablaros —nos cortó Cuervo—. Hemos debilitado al TOTUM, y ahora con la facción de la IdE somos más fuertes que nunca aunque no nos sintamos así. Han perdido poder dentro y fuera del Gobierno. —Cuervo nos miró muy seria antes de seguir, pero parecía dudar—. Es un buen momento para...

Cuervo tragó saliva. Yo la conocía. Sabía que lo que venía a continuación tenía que ser una bomba. Cuando se decidía a hablar, ella nunca dudaba. Aquella pausa para tragar saliva, aquella mirada de ojos tristes, hizo que se me acelerara el pulso.

Miré a Golondrina y ella me miró a mí. Creo que las dos estábamos pensando lo mismo. Quetzal miraba a Cuervo con el ceño fruncido, sin verla venir.

—Suéltalo, compañera, ¿para qué es un buen momento? —la animé.

Cuervo observó cómo la mirábamos aguantando la respiración.

—Creo que deberíamos eliminar a Luco Barán —lo soltó casi en un susurro.

Yo sonreí, con expresión interrogante. Casi me aliviaba que su propuesta fuera una locura irrealizable. No podía estar hablando en serio, aunque

Cuervo no solía bromear ni cuando estábamos en un ambiente distendido, mucho menos en aquel momento. Pero, entonces, ¿qué me estaba perdiendo yo?

Quetzal soltó una carcajada.

—¿Es coña, no? —preguntó cuando se le acabó la risa. Por más que la idea le gustara, sabía que aquello era imposible.

—¿Eliminarlo cómo? —le preguntó Golondrina sin hacernos caso.

Creyó, con buen tino, que si Cuervo lo proponía, sería porque lo veía factible. Y quería saber de qué forma lo había pensado antes de emitir un juicio.

—He estado reflexionando en esto mucho tiempo, y creo que podemos hacerlo —dijo Cuervo recuperando su rictus habitual—. Obviamente es imposible atraparlo en un descuido, porque no existe un hueco así en su escolta. Intentarlo sin que nos cojan es inútil, nos acabarían descubriendo para nada.

Justo eso estaba pensando yo, e imagino que todas. Pero ¿entonces? Las tres guardamos silencio para dejarla continuar.

—Pero yo puedo hacerlo —acabó diciendo.

—¿Cómo? —volvió a preguntar Golondrina.

—En la próxima rueda de prensa que el inspector jefe y yo hagamos con Barán. —No sé si la mirada que nos dirigía Cuervo era suplicante o triste.

Me froté la cara, intentando pensar en todo lo que se nos vendría encima. Pensé en Cuervo siendo abatida allí mismo. En el FFR sin ella. En nosotras sin ella. No. Tenía que haber otra forma.

—En el mejor de los casos te detendrían y te aplicarían la pena de muerte —oí que le contestaba serenamente Golondrina.

Quetzal balbuceaba algo que no entendí. Quizás ni ella misma se estaba entendiendo. Deseé que Búho estuviera a mi lado. Ver su expresión al oír aquello. Hablar con ella, preguntarle su opinión. Pensé también en mi madre. Ella aprobaría aquella idea. Incluso se ofrecería a realizarla ella misma de ser una opción real.

—Ya lo sé —respondió Cuervo mirando a Golondrina—. Pero eso es lo que acabará pasando tarde o temprano. ¿Cuánto creéis que tardará la policía en darse cuenta de qué es lo que estoy haciendo? —Cuervo parecía tranquila. Debía haberle dado muchas vueltas a aquello. Tantas que lo

había normalizado—. Hacer esto es controlar nosotras el momento y jugarlo a nuestro favor. Ahora
mismo tenemos mucho que ganar si lo hacemos bien,
pero si me descubren antes de que hayamos aprovechado al máximo mi posición, no habrá valido
para nada. En un momento así, con el Gobierno al
borde del abismo, con el liderazgo de Barán puesto en duda por la guardia costera, por la patronal,
por los medios de comunicación afines..., decidme
si no es ahora o nunca.

—Corremos el riesgo de que el país se parali-
ce, de que la gente se quede en sus casas esperando
a su sustituto, con miedo —dijo Golondrina con la
vista fija en algún punto. Pensaba en voz alta.

—Siempre correremos ese riesgo. Pero esta
lucha no puede eternizarse más. Creo de verdad
que un partido tan personalista como el TOTUM
no tiene vida más allá de su líder. Sus ministros son
irrelevantes, son esbirros. Y en la calle quien está
tomando el control ya no es la policía ni la represión, es la gente contraria al TOTUM. Es hora de
confiar en que esa gente nos dará el relevo y saldrá
a la calle para pedir un cambio.

—¿Y si se limitan a pedir un cambio de partido en el Gobierno y todo sigue igual? ¿Y si se

conforman con uno de los partidos de derechas que han estado callando ante el TOTUM y ni siquiera conseguimos que la izquierda vuelva a ser legalizada? —pregunté.

—Es un riesgo que siempre correremos. Si después de todo lo que ha sufrido este país la gente se conforma con eso, es que no hemos conseguido nada —me contestó Cuervo con aire ausente.

—¿Estamos obviando el hecho de que Cuervo acabará muerta? —preguntó cabreada Quetzal de repente, nos miraba como si no pudiese creer el rumbo que había tomado aquella conversación.

Golondrina y yo nos quedamos en silencio. Aunque la pregunta iba dirigida a nosotras, era Cuervo quien debía intervenir. Y lo hizo.

—Compañera, nadie es imprescindible en el FFR, somos una organización con una meta clara: acabar con el sistema como lo hicieron en Zorán. Para eso hay que hacer sacrificios.

Cuervo siempre conseguía sorprenderme. Pensé en si yo hubiera propuesto algo así de estar en su posición dentro de la policía, pero me era imposible ponerme en sus zapatos. Para empezar, nunca hubiera entrado en la policía. Y, sin embargo, me creía mejor militante del FFR que ella simplemente por eso. O por no ser capaz de disparar a una compañera como hizo con Ánade. Pero allí estaba ella, demostrando que la causa le importaba por encima de todas las cosas.

Cuervo había sido violada en grupo por sus compañeros de instituto cuando tenía dieciséis años. Quizás fue por eso que se decidió por la policía como futuro laboral. Quizás le faltaba información en aquel momento, quizás entonces no opinaba que las fuerzas de seguridad eran simplemente estructuras pensadas para salvaguardar los privilegios de la burguesía. Quizás fue luego cuando tomó contacto con el feminismo y entendió de qué iba realmente el capitalismo y el patriarcado. Era imposible saberlo, Cuervo no hablaba de sí misma casi nunca.

—¿Cuándo será esa rueda de prensa con Barán? —preguntó Golondrina ante el silencio de Quetzal.

—Tenemos que darles algo para que él quiera hacerla y marcarse el tanto. Algo gordo. El resto estaría hecho. El inspector jefe y yo siempre vamos uniformados, con nuestras armas.

Las cuatro nos miramos. Darle algo al TO-TUM. Algo gordo.

—Esto puede ser un suicidio —dije al aire.

—O la victoria —me respondió Cuervo.

—¿Has pensado qué es ese «algo gordo»? —le preguntó Quetzal.

Cuervo tomó aire. Claro que lo había pensado.

BÚHO

CAPÍTULO 31

Hacía poco más de un año y medio que había llegado a Zorán. Llevaba todo ese tiempo sin ver a Águila pero la tenía más presente que nunca. Su madre y su abuela vivían relativamente cerca de mi casa, y era junto a ellas donde había conseguido ir reconstruyéndome.

Echaba terriblemente de menos la lucha armada. A Jana. A Mirlo y a Alondra. A mi tía.

Y a Águila. Había aprendido tantas cosas sobre ella en aquel periodo en Zorana... Su madre, desde que me visitara la primera vez y me viera tan perdida, había decidido convertirse en madre también para mí. Me había adoptado, en cierta forma. Y yo me había dejado. Aquella mujer le había devuelto un poco de paz y de seguridad a mi vida.

Noté desde el principio que ella debía saber mejor que yo misma qué sentía Águila por mí, porque siempre me hablaba de ella como si supiera que yo disfrutaba hasta con los pequeños detalles.

«Águila siempre fue una niña solitaria, meditabunda. Pero no en el sentido de triste —me explicaba con una sonrisa orgullosa—, ella disfrutaba estando sola. Solo con su hermana se entendía. Se adoraban, ¿sabes? Se querían de una forma única. Se cuidaban la una a la otra, eran completamente opuestas, pero juntas eran una».

La madre de Águila siempre se emocionaba cuando hablaba de la hija que le arrebataron. Y yo nunca sabía qué decirle. Entendía su dolor, sabía dónde y cómo le arañaban los recuerdos, pero no era capaz de articular palabras de consuelo.

«A veces parecía que la mayor era Águila. Su hermana era más alegre, eso es verdad, pero también más alocada. Águila la protegía en sus travesuras, se preocupaba por ella como una madre. Creo que fue por la forma de ser de su hermana mayor, más arriesgada, por lo que Águila acabó siendo más responsable de lo que le correspondía por edad. La pobre criatura, tan pequeña, pensaría: una de las dos tiene que tener aquí la cabeza en orden». La madre de Águila se rio, aunque con los ojos empañados en lágrimas. «Y entonces la mayor conoció a ese malnacido. No me gustó desde el primer día que pisó mi casa y lo vi. No quería que fuera libre, que fuera como ella era, una chica feliz y sin complejos, ¿sabes? Se sentía inseguro con la seguridad que mi hija derrochaba. Y poco a poco intentó hacerla de menos. La humillaba. Y te digo algo: lo consiguió. Aprovechó que ella sí lo quería y confiaba en él para hacerla creer que las cosas que le decía eran por su bien. Cuando mi niña murió, su padre y yo nos separamos. Los hombres nunca saben acompañar en los duelos ni en las enfermedades. Se agobian, ¿sabes? Sienten que ellos merecen algo más que dolor y pena a su alrededor. Y yo le eché de mi casa». La madre de Águila no lloraba cuando hablaba de su exmarido. Sus ojos brillaban con rabia. «Nos quedamos Águila y yo solas. Culpándonos a nosotras mismas de no haberla protegido mejor, de no haber hablado más con ella, de no haber podido convencerla de que se merecía mucho más... Yo sé que mi hija aún se culpa por lo que pasó. No me lo ha dicho, pero lo sé. Porque yo también me culpo todavía».

La abuela de Águila me dijo un día: «Las cosas que nos hacen los hombres no solo las sufrimos nosotras, no, no, no. También las madres, las hermanas, las tías, las amigas. Los padres, los tíos y los amigos también, al principio, pero ellos suelen reponerse pronto de todo lo que pasa. Se perdonan y son indulgentes con ellos mismos. Las mujeres no, nosotras no olvidamos, nosotras no nos perdonamos, y llevamos el dolor y la culpa a rastras toda la vida».

Pensé en mi tía, en Jana, en mí misma. Pensé en mi padre, libre y viviendo su vida donde quiera que estuviese. Mi padre no mereció nunca el aire que respiraba y sin embargo fue el que mejor vivió y el que menos sufrió por todo el daño que nos hizo.

Los primeros meses de mi estancia en Zorana no había mantenido contacto con nadie. Pero a raíz de que la madre de Águila me consiguiera un teléfono y un ordenador, el tiempo corría un poco más deprisa. El teléfono estaba a su nombre, así que había podido hablar con las chicas a veces.

Las medidas de seguridad me tenían asfixiada. Desde aquel teléfono solo podía llamar a Águila: si la atrapaban en algún momento, en las facturas solo aparecerían llamadas de su madre desde Zorán y me mantendrían a salvo.

Durante meses no me atreví a decirle que estaba harta de tanto protocolo, que me estaba volviendo loca sin poder hablar con mi hermana y con mi tía. Tenía miedo a la negativa del FFR, a cabrearme con la organización y acabar odiándola si yo proponía comunicarme con mi hermana y lo rechazaban. Hasta que un día no pude más y lo solté. Ese día acabé discutiendo con Águila.

«No es seguro, Búho, lo sabes. Ni para ti ni para ellas», me decía. Me hizo sentir como una niña mimada emperrada en un capricho absurdo. Y me enfadé más. Estuvimos un par de meses sin hablar. Me negaba a responder sus llamadas. Me enfurecía pensando en el sufrimiento de Jana, que me parecía innecesario.

Y cuando por fin el FFR cedió a que pudiera comunicarme con mi hermana, ella no me cogió el teléfono que Águila le había entregado. No tenía ni idea de qué había pasado, pero cuando pude hablar con Águila al cabo de unos días y me dijo que ella en persona me contaría qué había ocurrido me asusté. Venía ya de camino a Zorana. Por suerte, Nido solo estaba a unas horas de allí y no tuve demasiado tiempo para imaginar horrores sobre qué habría podido pasar. Además iba a verla después de un año y medio, y eso me ayudó a pasar la espera. Fuera lo que fuera, sería más fácil con ella a mi lado.

Cuando llamó a mi puerta, me quedé paralizada. Sabía que lo que tenía que decirme era importante, pero yo aún no tenía ni idea de qué era y de repente tenía un miedo horrible a aquella información.

Me acerqué a la puerta despacio. Sentía a Águila al otro lado. Deseé que el tiempo pudiera detenerse en ese instante. Con ella al otro lado, cerca de mí, pero sin saber todavía qué se me venía encima.

«¿No vas a abrirme?», preguntó Águila disimulando con un tono despreocupado su nerviosismo. Giré el picaporte lentamente, me temblaban las piernas.

Me miró detenidamente y sonrió despacio. Entonces soltó su maleta, entró en la casa y me abrazó tan fuerte que casi me caí para atrás. Empecé a llorar. Era algo que había reaprendido a hacer en Zorán. Llorar por cualquier cosa. Desahogarme a través del llanto. Incluso disfrutar de su poder sanador.

Águila se apartó un poco para verme mejor. «Estás tan guapa», me dijo. Estreché de nuevo su cuerpo flaco y oculté mi cara en su cuello. No podía hablar. No quería decir algo y que se me rompiera la voz.

Ella me llevó de la mano hasta el sofá y nos sentamos una al lado de la otra. Cerca, tocándonos, cogiéndonos las manos. No decíamos nada. Nos mirábamos, comprobábamos los cambios: su pelo rizado estaba más largo, su cuerpo más delgado aún. Ella cogió un mechón de mi pelo y lo acarició entre sus dedos.

—No has vuelto a cortarte el pelo —dijo.

—Ni a entrenar —respondí poniendo su otra mano en mi barriga, que estaba ya muy lejos de estar dura y plana.

Ella se echó a reír. Cómo echaba de menos aquellas paletas separadas, aquella boca. Su voz, su calor. En aquel momento le sonó el móvil. Era su madre. Pude oír su voz al otro lado del teléfono.

«Greta, ¿ya llegaste?», preguntó su madre. «Sí, mamá, ya estoy en casa de Búho», le contestó ella. «Greta», pensé sorprendida. Me sentí mal por su madre, que tan bien había guardado el nombre de su hija todas las veces que me habló de ella.

Miré a Águila hablar por teléfono mientras intentaba encajar que aquella chica que tan bien conocía se llamaba Greta. De repente me pareció el nombre más bonito del mundo. El nombre que, además, mejor le iba.

No le dije nada en aquel momento. Me guardaría para mí aquel nombre un poco más. Pensaría más en él.

Águila me explicó qué había pasado el día después de mi cumpleaños, cuando llamé a mi hermana. Me contó el chivatazo de la vieja Puna, el interrogatorio, su cabeza rapada. Lo hizo con delicadeza, despacio, cuidando cada palabra. Estaba segura de que se guardaba algo más, pero no quería saberlo. No estaba preparada. Prefería quedarme con que Jana estaba viva y libre.

En aquel momento solo me importó que mi hermana y mi tía ya sabían dónde estaba yo. Y que el FFR me había cubierto. Nunca me cupo ninguna duda de que mi familia apoyaba nuestra lucha incluso sin saber que yo formaba parte de ella. Pero cuando Águila me lo confirmó, sonreí, orgullosa de ellas.

También entendí aquel día que todas las medidas de seguridad contra las que había peleado habían sido necesarias. Jana había estado en contacto con el FFR cinco minutos y casi nos hace caer. Me la imaginé arrancando aquel retrato, nerviosa, y me dieron ganas de llorar de nuevo. No me imaginaba por lo que habría pasado. Ella, que ya creía haberlo sufrido todo.

—Y ahora viene lo difícil —me dijo cogiendo con delicadeza mis manos.

¿Lo difícil? Ahí estaba el verdadero motivo por el que Águila había venido a verme. Noté cómo comenzaba a abandonar mi cuerpo. Esa sensación de irrealidad que tantas veces me había invadido y que había empezado a olvidar.

Intenté prestar atención a lo que Águila me estaba contando, pero con cada parte del plan de Cuervo sentía que me alejaba de aquel sofá.

Veía sus labios moverse. «Matar a Luco Barán». «Cuervo dice que ahora o nunca». «Entregarle algo al TOTUM».

Para ser honesta, incluso en aquella nube extraña en la que me encontraba, diré que la propuesta de Cuervo me reconcilió con ella. Por mucho que no hubiera habido otra opción cuando pasó lo de Ánade, yo no había podido pensar en Cuervo sin sentir rabia. Yo estuve allí, vi cómo Ánade se echaba a llorar, se arrepentía, pedía piedad. A ella aparentemente le había dado igual, matarla no parecía haberle supuesto ningún problema moral. Ahora veía aquello desde otra perspectiva: iba a sacrificar su propia vida de forma voluntaria para intentar dejar un mundo mejor. Estaba dispuesta a gastar sus últimas balas de la manera más valiente que se me ocurría. No solo era generoso el hecho en sí, sino el estar dispuesta a marcharse sin saber si lo conseguiría. Cuervo estaba demostrando con su propia vida que ni ella misma se consideraba importante. Que ninguna de nosotras era nada individualmente en comparación con el objetivo final de la organización.

—¿Qué es ese algo que vamos a darle al TO-TUM para conseguir esa rueda de prensa? —pregunté aun sabiendo la respuesta.

Águila cogió aire y miró hacia otro lado.

—Creo que ya lo sabes —dijo con tristeza—. Pero temo que tomes una decisión precipitada.

Me levanté despacio y fui hacia la ventana del salón. Quería sentir las piernas, las manos. Aquellos momentos en los que parecía estar soñando me acababan asustando. Como si temiera que en uno de ellos no fuera a conseguir volver a mi cuerpo. Mirando por la ventana, apretando los puños, logré entrar en contacto con la realidad de nuevo. La lucha se había acabado. Íbamos a dar aquel paso y yo estaba más que dispuesta a participar en él. Mi vida había cobrado sentido con aquella batalla, y solo ganarla me dejaría rehacerme e intentar una vida plena. Pero esa victoria dependía en parte de perder aquella posibilidad.

Había imaginado mi final muchas veces. La verdad es que nunca conseguía verme a mí misma asistiendo al florecer de un mundo nuevo, un lugar más justo en el que vivir. Siempre estuve segura de que caería antes, de que me detendrían y, una vez en poder del régimen, me matarían en un interrogatorio o terminaría quitándome la vida en una celda. Lo que nunca pensé es que llegaría el momento en el que tuviera que decidir entregarme a ellos voluntariamente.

Y, sin embargo, no se me ocurría una forma mejor de ganar aquella guerra. Miré durante largo rato por la ventana del salón. Las copas de los árboles estaban llenas de trinos de otros pájaros. Deseé ser uno de ellos. Me hipnotizaban sus vuelos cortos alrededor de las ramas. Sus descensos en picado para volver a alzar el vuelo sin esfuerzos. Pero por desgracia yo no era un pájaro. Era una mujer. Con un pasado que me había empujado a un presente incierto.

—Diles que sí. La cabeza de Barán lo vale —le contesté para acabar aquella conversación y poder pensar en ello como un hecho consumado.

Tener unos días para estar conmigo misma sabiendo lo que me esperaba. No tenía miedo. Tampoco estaba más triste de lo que solía. Había estado tan apenada tantas veces y de tantas formas, que ya no sabía poner mi tristeza en una balanza. Además, estaba tan cansada...

Íbamos a apostarlo todo a aquella última carta. Y si después de aquellos años de represión, de torturas y de muertes de inocentes nada cambiaba cuando surgía la oportunidad, es que no cambiaría nunca.

El pesimismo que sentía desde hacía tanto tiempo no me dejaba imaginar una revuelta popular tras el asesinato de Luco Barán. No podía imaginar a la gente saliendo de sus casas, a las mujeres liderando manifestaciones pidiendo un cambio, como había ocurrido en el pasado. Era consciente de que la situación en Eare no era la misma que cuando entró el TOTUM. Había ido viendo a través de los medios de Zorán que ahora todo se les estaba desmoronando: los pro-TOTUM se escondían por miedo a ser los siguientes que recibieran un tiro en la cabeza. Y sin embargo, las dudas me corroían por dentro.

No tenía miedo a mi destino, tenía miedo a que nuestra lucha no hubiera servido para nada. Miedo a que la gente se conformara con nuevas elecciones, dejando al TOTUM intacto y elegible de nuevo en el futuro. Si eso pasaba, aunque no ganaran las siguientes elecciones, continuarían siendo un partido político legal en una democracia muerta. Fascistas legales en un país lleno de mujeres presas, rapadas, muertas, sin derechos, con miedo. De migrantes ahogados mientras los poderosos negaban el porqué de su huida. De personas trabajadoras explotadas que perdían sus casas mientras la clase privilegiada ampliaba sus terrenos. De gente que éramos menos que nada por no adaptarnos a los mandatos del patriarcado, vidas que no valían porque no deseábamos ni queríamos a quienes el sistema y el TOTUM nos decía que teníamos que desear y querer.

Águila me miró y negó nerviosa con la cabeza. Se levantó y se acercó a mí.

—¿No vamos a pelearlo siquiera? —me preguntó, perdiendo aquella eterna calma autoexigida.

—¿Pelear qué, Águila? Cuervo lleva razón y lo sabes. No voy a pelear por salvar mi vida. Nosotras luchamos por otras cosas.

De alguna forma me decepcionó que pensara más en ella y en mí que en lo importante de verdad. ¿Para qué habíamos empezado a luchar si no? ¿Qué nos diferenciaba entonces del «sálvese quien pueda» que tanto daño había hecho? Águila agachó la cabeza, y creo que fue entonces cuando la vi avergonzada por primera vez en mi vida.

Águila había cambiado. Podía ver el miedo en sus ojos. La chica más valiente del mundo, más serena, más fría, se miraba los zapatos por no encontrarse con el juicio en mi mirada.

Quise abrazarla, consolarla. Pero no lo hice. Dejaría que ella sola llegara a las conclusiones que creyera oportunas. Yo la quería, pero me había esforzado en mentalizarme para no anteponer mi vida personal a la lucha.

—Faltan ocho horas y cincuenta minutos para que te vayas —dije cogiendo la muñeca de Águila y mirando su reloj de pulsera.

Estaba sentada a mi lado en la cama. La luz se estaba yendo por encima de los árboles. La noche se nos echaba encima sin darnos cuenta. Ella me miró con una sonrisa triste y asintió. «Ocho horas y cincuenta minutos», repitió para sí.

No pude evitar acariciar la curva de su cara. Una vez más, nos encontrábamos a contrarreloj. Sentíamos que faltaban ocho horas y cincuenta minutos para que el mundo explotara, porque en cierta forma así era: nuestro mundo iba a saltar por los aires. Nada volvería a ser igual. Si todo salía mal, quizás ella y las chicas pudieran huir. Intenté imaginármelas dándose a la fuga, pero no lo conseguía. Iba más con ellas quedarse en Eare y echarse a las calles con cualquiera que quisiera salir. ¿Me enteraría algún día de cómo había acabado todo o terminaría muriendo en un interrogatorio, como tanta gente?

No quería dedicar aquel tiempo que me quedaba con ella a vivir en el futuro que me esperaba. Me negaba a regalarle al TOTUM mis últimas horas. Aún estaba viva, y estaba con Águila.

—Greta —susurré.

Pronunciarlo por primera vez fue extraño. Como si hablara de otra persona, pero en realidad ese nombre contenía todo lo que ella era.

Águila me miró sorprendida, alerta. Fue un segundo, pero volví a ver a la guerrera que había conocido y de la que me había enamorado. Ella se relajó de nuevo y me sonrió con los ojos. Qué más daba ya. Pronto todo estaría volando por los aires.

—¿Cuál es tu nombre? —me preguntó tendiéndose en la cama y tirando de mi mano para que la acompañara.

Yo me dejé llevar. La miré fingiendo que buscaba en sus ojos motivos para fiarme de ella y confiarle mi secreto. Ella se echó a reír. Aquella noche aún era nuestra, y aunque todo tenía un poso negro, nos movíamos de puntillas sobre él, haciendo como que no existía, que mañana sería un día más y aquella noche una entre mil. Yo reí con ella. Y la besé una y otra vez.

—No, no, no —dijo apartándome—. No vas a escaparte. Tienes que decirme tu nombre.

Me encantaba su voz firme, su cara seria. Su papel de líder no era un papel, Águila era una líder. Alguien a quien acompañar todos los días que ella te permitiera hacerlo. Alguien con quien estar para que la vida pareciera menos sucia, menos irrespirable. Y deseé que su amor por mí no acabara difuminando aquellos rasgos tan característicos.

—Wanda —le dije.

Ella lo repitió en voz baja mientras me miraba curiosa. Frunció el ceño mientras se hacía a la idea. Intentaba encajar mi nombre en mí.

—¿Qué significa? No conozco a ninguna otra Wanda.

—Vándala. —Me encogí de hombros—. Eso decía mi madre.

—Bueno, Wanda, supongo que tu madre te conocía incluso antes de llegar a verte.

Sonreí en la oscuridad y me acurruqué en su cuello. Iba a echarla tan terriblemente de menos.

CAPÍTULO 32

Mi detención fue grabada por las cámaras que el operativo de la policía llevaba en sus cascos. En las imágenes se podía ver cómo me daban el alto al entrar en Eare en un coche con matrícula de Zorán.

Me detuvieron entre varios agentes que sostenían metralletas y me gritaban que saliera del coche despacio y con las manos en alto. Yo obedecí, pero saltaron encima de mí como si hubiera intentado huir. Me esposaron y me metieron en un furgón a empujones. La policía del régimen me atrapó gracias, supuestamente, a un chivatazo que Cuervo había recibido a través de la red de informantes que tenían en torno a la facción de la IdE. Para cuando su superior quisiera saber más sobre el chivatazo, ya sería demasiado tarde.

Barán pretendía culminar su rueda de prensa victoriosa con aquellas imágenes donde podía verse cómo me detenían y me tiraban contra el asfalto para esposarme entre varios.

El policía que me ingresó en la comisaría central de Deltia me escupió a la cara antes de cerrar la puerta de mi celda. No me importó. No encontraba la rabia por ningún sitio. Todo era preocupación y nervios. Respiré profundo para mantenerme firme. Si todo iba bien y Cuervo acababa con Barán, el interrogatorio tardaría en celebrarse debido al caos. Si no lo conseguía, aquella puerta se abriría en cuestión de horas.

Cuando al cabo de solo unas horas, oí cómo abrían el cerrojo de mi celda, el corazón se me paró. El mismo policía que me había escupido me sonreía con una mueca de asco mientras me esposaba. Cuando me agarró por el pelo para sacarme de allí, pensé que así empezaba mi interrogatorio, por lo que Cuervo no había podido matar a Barán.

Pero en lugar de eso, aquel policía me arrastró hasta una sala que parecía de descanso del personal de la comisaría.

En aquella sala desangelada, con varias máquinas expendedoras y una mesa amplia con sillas, había cuatro policías más que miraban un televisor anclado en la pared. El volumen estaba al máximo.

Vi por las ventanas cercanas al techo que había ano-checido.

—¿Quieres saber lo que es feminismo? —me dijo riendo el tipo soltándome allí en medio—. Ahora vas a ver qué es feminismo. Que sepas, rata, que a ti te ha atrapado una mujer.

Los demás se rieron. Uno me obligó a sentar-me frente al televisor que proyectaba las imágenes de un atril del TOTUM vacío y periodistas toman-do asiento. No podía creer que aquello me estu-viera pasando. Querían hacerme ver la rueda de prensa donde Barán se regodearía de haberme atra-pado. Querían «castigarme» con la imagen de Cuer-vo y el TOTUM alzándose vencedores. Miré la pantalla, asustada, dándome cuenta de que si Cuer-vo no lo conseguía, también iba a ver en vivo cómo el FFR caía. Y sería cuestión de horas que armasen el puzle de la organización a partir de ella.

Uno de los policías me apretó un pecho des-de atrás mientras me aseguraba que aquello me iba a encantar. Me volví furiosa. Un tipo alto con el pelo engominado me respiraba en el cuello. El res-to se reía al verme indefensa y cabreada. ¿Habría algo más divertido que una mujer esposada que no podía defenderse de una pandilla de abusadores?

Todos eran jóvenes, todos se creían de una raza superior, todos me producían un asco infinito.

Me dije que lo mejor sería no decir nada. No quería que la paliza que iban a darme empezara antes de tiempo y perderme la rueda de prensa de Cuervo.

Luco Barán salió a su atril. Detrás de él se situaron Cuervo y el inspector jefe.

Barán estaba pletórico. El pelo repeinado hacia atrás dejaba su frente llena de líneas al descubierto. Una chaqueta hecha a medida, por donde asomaban puños blancos y gemelos, se ceñía a su cuerpo. Miraba a las cámaras sonriendo, listo para darse un baño de masas. Cuervo, uniformada y seria, lo miraba desde atrás.

Barán comenzó a hablar: «*Les hemos reunido a todos hoy para darles una gran noticia. La mejor posible en estos tiempos que corren. De más es sabido que la izquierda no ha dejado ni un solo día de crear terror entre los earenses. No han cejado en su empeño de derrocar a este Gobierno con asesinatos a sangre fría contra los que no opinaban como ellos. No hace falta recordarles que para eso existe la izquierda y para eso existe el feminismo, para convertir cualquier democracia en una tiranía*».

Yo tenía la vista puesta en Cuervo. No podía seguir escuchando el discurso de aquel psicópata. Discurso que, además, estaba siendo jaleado por la caterva que me rodeaba.

Si no conseguía matarlo, estaba dispuesta a ahorcarme como fuera tan pronto me devolvieran a mi celda. No pasaría ni un día en manos de aquellos tipos. No podría soportarlo.

«Hoy es un día más seguro para los earenses. Gracias a nuestro servicio de inteligencia, que siempre ha trabajado de forma impecable y sin descanso, tenemos a la terrorista más buscada y peligrosa de la organización terrorista autodenominada Frente Feminista Revolucionario. Esta detención es solo el principio de la caída de esta organización armada. Después de estos años sufriendo una escalada de terror, puedo jurarles por Dios y por Eare que esto acaba hoy».

—¿Has oído, rata? —dijo el poli que me sacó de mi celda acercándose a mi oído por detrás y tirándome del pelo—. Te van a apretar bien para que largues. ¿Y sabes cómo conseguimos que hablen las ratas como tú?

No podía ver la tele con la cabeza en aquella posición forzada. Solo podía ver el techo de la sala.

Me quedé muy quieta para que no fuera a más y el tipo me dejara volver a mirar la tele.

«... *Ella sí es una mujer, como saben se llama Maia Katú, y ahora pueden hacerle todas las preguntas que quieran*», oí que decía Barán a los periodistas.

—Abre los oídos —dijo uno de los polis tirándome de una oreja—. Escucha a una mujer de verdad, puerca.

—Y tanto que una mujer de verdad —le respondió otro sin dejar de mirar a Cuervo—, me la follaría hasta quedarme sin polla.

Los demás rieron histéricos mientras yo seguía con la mirada fija en Cuervo. Pendiente de todos sus movimientos. Barán le había dejado libre el atril y se había situado a su derecha. Me pregunté cómo iba a matarlo ahora. Había tenido la oportunidad de hacerlo ya, desde atrás. ¿Por qué Barán no estaba todavía muerto? Me mordí tanto el labio inferior que me hice una herida. Noté el sabor de la sangre entrando en mi boca. Cuervo se acercó entonces a los micrófonos del atril. Me pasé la lengua por los labios y tragué saliva. Cuervo miró seria a las cámaras, la tensión en su rostro me recordó a la noche en la que Ánade murió.

Cuervo, con su voz grave y sus ojos llenos de rabia, se creció en la pantalla y dejó salir un grito imponente que me llenó de vida: «¡Viva la lucha de las mujeres!».

Desenfundó su arma tan deprisa que no pude verlo ni aun esperándolo. Cuando Barán giró la cabeza para mirarla, confuso, se encontró con el cañón de la pistola de Cuervo, que le disparó dos veces en la cara.

Ahogué un grito y me doblé sobre mí misma. Lo había matado. Había acabado con Luco Barán. Sentí una punzada insoportable de euforia contenida en el estómago.

Miré de nuevo la tele. El cuerpo de Barán se desplomaba como a cámara lenta, cayendo de la tarima hacia la primera línea de periodistas. Los gritos hicieron imposible oír nada más, y el revuelo de gente que trataba de huir de allí hacía que la cámara fija se moviera al ser golpeada. El shock fue tal que los escoltas tardaron en reaccionar incluso con Barán en el suelo. El inspector jefe, al otro lado de Cuervo, se había agachado, desconcertado. Aun así, fue el primero en actuar: sacó su arma y disparó desde su posición a una Cuervo que volvía a disparar a Barán una vez en el suelo. Y su cuerpo cayó como había caído el del presidente.

Cerré los ojos de nuevo. Quería llorar, quería gritar, quería huir de allí. Los policías a mi alrededor gritaban cosas que yo no lograba entender porque mi mente estaba fuera de allí. Mi cuerpo estaba inmóvil, y el corazón me latía tan fuerte que quise escupirlo. Los policías no tardaron en recordar mi presencia tras el impacto que les supuso ver a su líder tiroteado por Maia Katú.

Lo último que recuerdo fue un puñetazo en la sien que no vi venir y que me noqueó.

CAPÍTULO 33

Desperté en el suelo de mi celda. No sabía qué hora era, ni siquiera si ya era de día. Entonces noté el dolor del puñetazo que me había tumbado. Recordé a Cuervo, su grito, sus disparos a Barán, su caída.

Golpeé la chapa de acero de la puerta y grité para que alguien viniera. Aunque me apalizaran allí mismo, si conseguía la más mínima información del exterior valdría la pena.

Una mujer policía abrió una pequeña compuerta a la altura de nuestros ojos y cruzamos una mirada en silencio. Luego ella miró hacia el pasillo, nerviosa.

—Dime qué pasa, por favor —le supliqué.

Ella volvió a mirarme, dudando.

—Han asesinado a Barán —hablaba en voz baja.

—¿Y Katú? —pregunté con un hilo de esperanza.

Ella bajó la mirada.

—La compañera ha muerto —susurró, y tragó saliva.

Sentí una rabia inesperada en el estómago que no me dejó entender en un principio lo que implicaba aquel «compañera». Yo misma había visto cómo disparaban a Cuervo, pero me había agarrado a la esperanza de volver a verla. Hice un esfuerzo para no detenerme en mis preguntas o aquella mujer se iría antes de que pudiera pestañear. Ella me miró con detenimiento. Entonces aquel «la compañera ha muerto» recobró significado. Di por hecho que Cuervo tenía sus aliadas dentro del cuerpo, y aquella debía de ser una de ellas.

—¿Y en la calle? ¿Qué está pasando? —Tenía mi cara pegada al agujero que nos separaba.

La mujer tenía los ojos hinchados. ¿Habría llorado por Cuervo? ¿Cuánta ayuda podría ofrecerme si de verdad era una aliada del FFR?

—Nadie sabe qué va a pasar, ahora mismo todo es un caos. No puedo hablar más contigo. Lo siento... —Y volvió a comprobar que nadie venía por el pasillo.

—Espera, por favor, ¿puedes darme un teléfono? Por favor. Necesito hablar con mi hermana, necesito saber que está viva...

—Jana y tu tía están escondidas y están bien —dijo cerrando de golpe la compuerta.

Me senté en un rincón intentando respirar con calma. Pero era inútil. Mi familia estaba escondida y aquella mujer lo sabía. Me tendí en el camastro de mi celda y comencé a llorar. A ratos llena de esperanza, a ratos llena de dolor.

Las horas pasaban y no tenía ninguna noticia. Nunca pensé que sería tan difícil soportar aquello. Casi prefería el castigo físico de un interrogatorio que aquella incertidumbre.

No sé cuánto tiempo pasé esperando a que algo pasara. Se me hicieron eternas aquellas horas. Mi mente volaba de un sitio a otro, de una persona a otra, de un recuerdo a otro. Pensé en mi madre, en su forma de acariciarme el pelo, ajustando mis mechones detrás de las orejas. «Wanda, enseña tu cara, que es bien bonita», solía decirme. Y me besaba la punta de la nariz. La echaba tanto de menos. Daba igual el tiempo que hubiera pasado, la seguía necesitando como cuando tenía once años. Pero no estaba. Me seguía atormentando el hecho de que no estuviera porque mi padre así lo había decidido, y aquella noche me dolía más de lo que estaba habituada.

Cuando la mujer volvió y abrió la puerta de mi celda de par en par, yo la miré y ella me miró con unos ojos furiosos que me recordaban a Cuervo, a Águila, a mí misma.

—¿Quieres quedarte aquí o qué? ¡Vámonos, ya! —me gritó.

¿Aquello estaba pasando de verdad? Salí de la celda deprisa y subí detrás de la mujer unas escaleras que daban a la planta baja de la comisaría. No entendía nada, pero la seguía por inercia. Confiaba en ella. Sombras naranjas iluminaban las paredes del recinto. Cuando estuve a ras del suelo, noté el humo, que se me metía en la garganta y me hacía toser. Había un incendio. Las puertas de cristales estaban destrozadas y el suelo estaba lleno de botellas rotas. Olía muy fuerte a alcohol y las llamas se propagaban con rapidez. Otra mujer uniformada estaba sujetando la puerta de entrada de la comisaría, gritándome entre el crujir de las llamas y haciéndome señas para que saliera.

Salí junto a ellas a la calle. Allí todo era caos: varias chicas con el rostro oculto tras sus pañuelos lanzaban cócteles molotov contra la puerta lateral

de la comisaría. El sonido de camiones de bombe-
ros y de policía lo inundaba todo. Una furgoneta
policial venía a toda prisa por una calle peatonal
hacia nosotras.

—Toma —dijo la compañera de Cuervo dándome su móvil y su pistola—. Sal ahí como si fuera el último día, porque puede que lo sea, ¿vale?
¡Y corre!

Yo asentí y me marché corriendo de allí. La
calle principal de Deltia, llena de edificios oficiales
y comercios, ardía desde los cimientos. Cientos de
personas arrancaban los adoquines de la calle con
palancas de acero y los lanzaban contra los cristales del Ministerio de la Familia Tradicional. No
podía pensar con claridad. Los gritos de «Eare libre» y «Viva la lucha de las mujeres» se me metían
en los oídos, y el júbilo y las ganas de gritar me
impedían decidir qué hacer. Por primera vez en
toda mi vida estaba eufórica. Llena de esperanzas
reales y de fe.

Me refugié en un soportal y marqué el número de Águila.

—Creételo o no, pero una policía me ha dejado huir —intenté susurrar, pero me fue imposible,
y me salió un chillido.

—¡Lo sé! Es la pareja de Cuervo... —dijo con un hilo de voz.

Todo tenía sentido entonces. Y, a la vez, todo era un poco más gris. Cuervo no solo se había arriesgado a ser encarcelada por su pertenencia al FFR, sino por su vida íntima. Vivió ocultando su naturaleza cada minuto del día.

Águila se echó a llorar al nombrar a Cuervo. Otro trozo más de ella se rompía aquella noche.

—Dime dónde estás, voy para allá. Dime que estás en Deltia —supliqué.

—¿Dónde voy a estar? —dijo sorbiéndose los mocos y recuperando la compostura—. Estoy en la calle Alta, pero no sé a qué altura.

—Escucha, Águila, no me cuelgues, ¿vale? ¿Estás con las chicas? —grité para que me entendiera bien entre el ruido de sirenas, de cristales rotos, de gritos.

—¡Sí! ¿Dónde estamos, Alondra? —oí que preguntaba.

«¡Cerca de la Biblioteca! Dile que no podemos estar mucho tiempo aquí», oí que gritaba la voz de Alondra.

—¡No me cuelgues! —le recordé a Águila, y eché a correr buscando una calle perpendicular que uniera su calle y la mía.

Pero todo estaba envuelto en llamas. Contenedores, escaparates, edificios del Gobierno. El humo negro que levantaba columnas hacia el cielo me impedía ver bien en la distancia.

Cuando conseguí atisbar una bocacalle que subía hasta la calle donde me encontraría con mis compañeras, oí gritos que alertaban de la llegada de los militares. El corazón se me disparó. Solo tenía una pistola, que no me serviría de nada en una situación así. Únicamente escondiéndome podría salvarme. Pero antes necesitaba llegar hasta Águila y las chicas.

Empecé a oír tiros a lo lejos y a ver gente corriendo en dirección contraria a la mía. Tenía que alcanzar la siguiente bocacalle y cruzarla para llegar a la calle Alta antes de que ellas se fueran. Aunque eso significara correr hacia los militares que habían comenzado a disparar. Tenía miedo de tardar demasiado y encontrarlas muertas. O heridas. O no hallarlas. Corrí por la calle Baja pegada a las fachadas de los edificios. La bocacalle que debía alcanzar estaba a mitad de camino entre los soldados y yo, pero yo corría y ellos andaban con precaución, formando un corrillo de protección. Disparaban contra la gente que huía de ellos y dispararían contra mí en cuanto alguno me viera de frente. Vi mujeres caer al suelo, chicas como yo. Cerré los ojos e hice un último esprint para alcanzar la calle que cruzaba hasta la Biblioteca.

Corrí con todas mis fuerzas por una acera estrecha y casi vacía, y salí a la calle Alta. Frente a mí se alzaba la fachada de la Biblioteca Nacional. Había demasiada gente corriendo de un lado a otro y no conseguía ver a mis compañeras. Cogí de nuevo el teléfono y grité entre jadeo y jadeo.

—¿Dónde estáis? —Pero ya no se oía ningún sonido.

Intenté llamar de nuevo pero no había señal. Llamé a otros números, temiéndome lo peor y salí de dudas: habían cortado las comunicaciones.

También se aproximaban los militares por la calle Alta. Vi a lo lejos cómo las vecinas tiraban macetas y objetos desde sus balcones para alcanzarlos, y algunos soldados cayeron redondos al suelo. Los demás cerraron filas en torno a los caídos cubriéndose con sus escudos.

La gente gritaba: «¡Fuera fascistas de Eare!». Algunos soldados retrocedieron llevándose con ellos a los heridos, pero el grueso del operativo continuaba avanzando lentamente y disparando contra la gente. Me oculté detrás de un contenedor, aprovechando para mirar en todas direcciones, buscando a mis compañeras. Asomé la cabeza en un momento para ver si estaban muy cerca los soldados y vi cómo un militar caía al suelo de un disparo. Miré en dirección contraria, buscando al tirador. Mirlo estaba a solo unos metros de mí, en la carretera, con un pie hacia atrás para soportar el retroceso del arma, guiñó un ojo a través del punto de mira y volvió a disparar. Si no cambiaba de posición iban a matarla. Le grité que se cubriera, pero ella no me oyó. Seguía apuntando y disparando a los soldados que empezaban a cubrir al militar caído. Uno de ellos disparó en dirección a Mirlo. No le dio, pero a ella parecía darle igual haber estado tan cerca. Mirlo volvió a disparar y le alcanzó al soldado en la cadera. Aproveché y salí corriendo en su dirección. Me abalancé hacia ella y la tiré al suelo, haciéndola rodar.

—¡¿Estás loca?! —le grité y la arrastré con todas mis fuerzas detrás de unos maceteros gigantes que flanqueaban la entrada de un hotel.

Era la primera vez que la veía en un año y medio y ese estaba siendo nuestro reencuentro.

Ella gritó de rabia cuando la puse a cubierto.

—¡Le han dado a Alondra! —exclamó llena de furia, intentando ponerse de nuevo en pie.

Tiré de su camiseta y la obligué a agacharse.

—¿Dónde está? Agáchate o te van a volar la puta cabeza, Mirlo. —Estaba dispuesta a noquearla si hacía falta. Estaba fuera de sí.

—Cerca de los militares. La he visto caer. No sé dónde le han dado. ¡No lo sé! —Se quedó agachada a mi lado, pálida, los labios sin color le temblaban.

—¿Y dónde coño está Águila?

—Con el tiroteo hubo una estampida que nos separó.

Miré nerviosa tras los maceteros para asegurarme de la posición de los soldados, que comenzaban a retirarse. Mientras lo hacían, disparaban hacia los balcones desde los que continuaban arrojando macetas. Ya había más soldados heridos y muertos que en pie. No llegarían hasta nosotras.

—Que se vayan ya, por favor —suplicó Mirlo en cuclillas tras el macetero—. Que se vayan, hay que recoger a Alondra.

Busqué con la mirada a Alondra entre los cuerpos tendidos en la calle. Seguía oyendo disparos, pero no solo provenían de los soldados. No conseguí localizar a quienes disparaban, pero los escuchaba detrás de mí, también arriba, en los balcones. Las balas impactaban en los escudos de la policía, y temí que alguna le diera a Alondra. O a Águila, si también estaba herida allí.

—¿Cuánta munición tenemos? Yo solo tengo una pistola —le pregunté a Mirlo, intentando pensar.

—Yo tengo dos balas —dijo mirando su arma, que temblaba entre sus manos.

—Vamos las dos a la vez —le solté, aun sabiendo que poco atinaríamos en aquella tesitura.

Había que acelerar como fuera la retirada de los militares o Alondra se desangraría allí mismo. Ni siquiera pensé que pudiera estar muerta. Mi mente no llegaba hasta ahí. Se negaba.

La ansiedad me trepaba por la garganta desde el estómago. Mirlo tiritaba de nervios a mi lado.

—Apunta alto, no al suelo, ¿vale? —Ella asintió—. Ahora.

Aprovechamos el macetero de piedra que nos ocultaba para disparar sin ser vistas. Mirlo disparó una bala, no supe dónde llegó a dar. Yo esperaba llena de angustia y de rabia, aguantando la respiración. Aguardé a que uno de ellos quedara al descubierto en su retirada. Arrastraban a los suyos por el suelo mientras otros los cubrían con los escudos. Hubo un instante en que dos soldados nos dieron la espalda. Un herido se apoyaba sobre uno de sus compañeros para volver a los furgones, al principio de la calle. Ningún escudo los cubrió durante unos segundos y les disparé hasta que la pistola se quedó sin munición y produjo un chasquido inútil. Hacía un año y medio que no practicaba, pero vi cómo los dos soldados caían al suelo.

Los hice caer, pero no fui yo quien los mató. Alguien detrás de mí lo hizo. Seguían oyéndose disparos desde varios sitios, pero no eran ya balas enemigas. Los militares que quedaban con vida comenzaban a huir ante la imposibilidad de hacer frente a los tiros, a los objetos pesados que caían desde arriba y al peso de sus compañeros inmóviles.

CAPÍTULO 34

—¡¿Dónde está Alondra?! —gritó alguien a lo lejos, tras nosotras.

Águila nos miraba. Estaba agachada en un portal de la calle contraria. La pistola le colgaba de uno de sus dedos por el gatillo. Mirlo, al verla, rompió a llorar. Yo me quedé quieta unos instantes, mirándola. Buscaba alguna herida, alguna mancha de sangre, quería saber si estaba entera. Los furgones derraparon al emprender a lo lejos su huida y eso activó a un montón de gente que había permanecido escondida. Comenzaron a gritar nombres, a buscar en los rostros caídos a sus familiares. Mirlo echó a correr hacia donde había visto caer a Alondra. Águila y yo la seguimos.

Mirlo paró a las puertas de la Biblioteca y giró sobre sí misma, mirando entre los muertos que cubrían la calle. Hombres y mujeres tiroteados dejaban charcos de sangre oscura sobre el asfalto y las aceras. También los cuerpos de los soldados salpicaban aquella parte de la calle Alta.

Entonces la vi. Tendida bocarriba, con sus vaqueros de marca y una blusa blanca empapada de la sangre que le salía del vientre. Me puse de rodillas junto a ella y vi que su pecho se movía deprisa, pero su mirada estaba vacía. Nunca pensé que después de tanto tiempo sin verla, nuestro reencuentro sería así, que yo me encontraría intentando levantar su cuerpo pequeño e inmóvil. Mirlo y Águila me ayudaron. La primera le hablaba a Alondra para darle fuerzas. La segunda se negaba a mirarla mientras daba órdenes, fuera de sí, para que la cargáramos en el coche y saliéramos de allí.

Cargamos entre las tres a Alondra hasta el coche de Águila al igual que otros cargaban los cadáveres de los suyos: sin lágrimas, mirando alrededor, haciéndolo deprisa para no ser alcanzadas por una bala de quién sabe dónde.

Mirlo y Águila se sentaron detrás junto a Alondra y presionaron sobre la herida en su barriga. Arranqué y miré por el espejo retrovisor. Alondra estaba tan pálida que quise llorar. No podía morirse ahora. Conduje hacia la casa de Golondrina. Ella se encargaría de Alondra, todo saldría bien. Merecíamos sobrevivir.

Llegamos a la rotonda donde estaba el Ministerio de la Familia Tradicional y nos encontramos con la carretera cortada por un montón de manifestantes que lanzaban piedras y adoquines contra sus cristales.

—Da marcha atrás y gira antes, en la calle que nos acabamos de pasar. Sal de aquí —me ordenó Águila.

Lo hice tan deprisa como pude. Frené a la altura de la calle anterior a la rotonda, dispuesta a girar, y de frente nos topamos con un coche aparcado en la acera del que salían cuatro hombres de más o menos nuestras edades, repeinados con gomina y camisetas estrechas que dejaban a la vista sus músculos de gimnasio.

—Cuidado, nazis —dijo Águila.

Pasamos por su lado y vimos cómo sacaban escopetas del maletero y se las pasaban entre ellos para meter los cartuchos. Nos miraron alejarnos.

—Dios mío, van a por la mani —señalé horrorizada. La sangría todavía no había terminado.

—¡No podemos hacer nada! ¡Sigue conduciendo! —me gritó Mirlo.

411

Los ojos de Águila me miraban desde el espejo retrovisor. Ya no estaba nerviosa, parecía paralizada, incrédula de repente.

—¿Qué pasa? —exclamé mientras seguía conduciendo. Ella negó ligeramente con la cabeza.

Pisé el freno en mitad de una calle, asustada. Me giré hacia ellas. Todo estaba lleno de sangre. Mirlo seguía presionando la herida de Alondra. Sus ropas, sus manos y brazos estaban cubiertos de un rojo vivo que hacía difícil saber dónde acababa Alondra y empezaba Mirlo. Águila ya no presionaba. Estaba sentada muy quieta, mirándome, con las manos en su regazo. Mirlo me miró y gritó furiosa para que volviese a arrancar de nuevo. La cabeza de Alondra, que descansaba sobre el hombro de Mirlo, cayó hacia delante. Ella la miró, alzó su cabeza y vio sus ojos en blanco. Águila, ausente, desvió los ojos y miró a través de la ventana. El alarido que salió de la boca de Mirlo me rompió en mil pedazos. Águila cerró con fuerza los ojos.

—Ve tras ellos —me dijo Águila con voz hueca.

Me eché a llorar.

—No puedo —confesé.

Una tristeza devastadora me recorría, estaba atrapada dentro de mi cuerpo.

—Sal del coche —me pidió Águila bajándose del vehículo.

«No, no, no», me dije. Solo podía pensar en Alondra, en Mirlo, en mí. No podíamos enfrentarnos a cuatro hombres armados hasta los dientes. No así. Ella abrió mi puerta y me empujó hacia el asiento del copiloto. Como pude me acomodé allí. Mirlo repetía como una autómata un nombre: «Arís». Y lloraba desconsolada.

—No tenemos munición —dije con un hilo de voz.

—Pero tenemos un coche. ¿O quieres que haya cien muertos más que llorar hoy? —Águila chillaba, llena de rabia.

Solo con rabia podía encajar aquel momento. No opuse más resistencia porque no tenía fuerzas.

Ellos eran cuatro con mucha munición y nosotras éramos tres. O una. Quizás solo Águila estaba allí.

Águila callejeó a toda velocidad por las calles estrechas hasta volver a la avenida que finalizaba en el Ministerio de la Familia. Vimos claramente a los cuatro hombres en el momento en el que se dispersaban para atacar la protesta desde varias posiciones. Algunas personas los vieron y echaron a correr.

Vi que dos de los nazis formaban una línea desde nuestra perspectiva, y los señalé. Águila ya los había visto y aceleró todo lo que pudo, pero ya habían comenzado a disparar contra la muchedumbre.

Cuando el primer tipo miró hacia atrás ya era demasiado tarde, su cara se estampó contra la luna delantera y nos pasó por encima. El segundo oyó el impacto e intentó huir. Pero Águila lo alcanzó y le atropelló.

—¡Agachaos! —nos gritó Águila mientras daba marcha atrás.

La rotonda estaba llena de gente que corría hacia todas partes. No entendí su orden hasta que escuché el impacto de una bala en el capó. Los otros dos hombres nos estaban disparando. Me agaché y miré al asiento trasero para asegurarme de que Mirlo estaba bien. Ella estaba agachada sobre Alondra, protegiendo su pequeño cuerpo con el suyo. En silencio, con los músculos tensos y la respiración entrecortada.

No nos hizo falta huir de los dos hombres que nos disparaban. Un grupo de manifestantes fue en su busca y les lanzaron adoquines y botellas de cristal consiguiendo que cayeran antes. Les robaron las armas y les dispararon con ellas mientras nosotras nos alejábamos sin nada que decir, sin nada que celebrar.

Tumbamos a Alondra sobre la cama de Golondrina. Mirlo se sentó junto a ella e intentó limpiarle la sangre con un trapo húmedo. Águila y yo permanecimos de pie, mirándolas. Me resultaba una imagen imposible. Alondra estaba muerta. No podía creer que no fuera a acompañarnos hasta el final. Fuera cual fuera.

—Ya no tendrás más pesadillas —murmuró Mirlo para sí mientras le despejaba la frente de cabellos ensangrentados.

Águila se tapó la boca al oírla. Cerró los ojos y se echó a llorar, en silencio. Me senté en el suelo de la habitación con las piernas cruzadas y mis manos entre ellas.

«Arís», recordé. Mirlo conocía el nombre de Alondra. Por primera vez me pregunté por las vidas íntimas de las integrantes del FFR. ¿Qué lazos, más allá de los visibles, nos unían? ¿Qué confesiones nos habíamos hecho entre nosotras, y en qué momentos de miedo, de desesperación o de amor?

Miré mis dedos, mis palmas. Estaban llenas de sangre seca. Había matado a varias personas con aquellas manos, pero no había acabado con la vida de quien nos destrozó la existencia a mi madre, a Jana y a mí. Nunca había dejado de pensar en él. Cada hombre que había matado llevaba su nombre, tenía su cara.

Mirlo fue al baño a enjuagar el trapo manchado de sangre. Águila tuvo que desviar la vista de Alondra y me devolvió una mirada triste, agotada.

—Dime que al final todo esto habrá valido la pena —suplicó.

—Volvamos a la calle —le dije poniéndome en pie lentamente, al borde mis fuerzas—. El final está aún por ver.

EPÍLOGO

Las calles no se vaciaron. Las mujeres lo llenaban todo con pancartas que recordaban a Maia Katú y pedían la vuelta de Oma Linde, la secretaria general de la ilegalizada IdE.

Mirlo, Águila y yo dejamos las calles solo para comer algo e intentar dormir en casa de Golondrina.

El teléfono e Internet no funcionaron durante días. Fueron semanas de salir a combatir a ciegas, de formar parte de las masas que esquivaban a los militares y ocupaban los edificios del Gobierno.

El ejército, tras varias jornadas tratando de reprimir las protestas, se encontró con que había demasiados focos que apagar y se veían, día tras día, sobrepasados. Éramos más, estábamos mucho más enfadadas y salíamos a riadas por cualquier sitio y a cualquier hora.

Las protestas se sucedieron en todo el país.

Fue palpable desde el principio que parte de la gente que apoyó al TOTUM en sus inicios había ido abandonándolo a lo largo de los años. No por un cambio en su ideología, sino por ver sus propias vidas empeoradas. El partido de Luco Barán, tras una campaña electoral llena de falsas promesas a la clase trabajadora, había demostrado durante su mandato que, como buen régimen fascista, nada le importaba menos que la situación de los menos poderosos.

Sin embargo, continuaba teniendo apoyos incondicionales entre la población, y algunos salieron a las calles para contramanifestarse y disparar a matar, como aquellos hombres que hicimos caer entre todos aquel día. Pero si el ejército se vio sobrepasado, lo que ocurrió con los grupos de reaccionarios que quisieron acabar con las masas hubiera hecho llorar a Luco Barán.

Grupos organizados por antiguos militantes de izquierda que habían seguido haciendo trabajo de masas en la clandestinidad durante el mandato del TOTUM, jugándose la vida, ocuparon edificios gubernamentales e incendiaron comisarías como hicieron con aquella en la que había estado yo.

Quienes salíamos a la calle no confiábamos en las noticias que daba la televisión. No lo habíamos hecho antes y no lo hicimos entonces. De hecho, fueron las cadenas de los poderosos quienes se volcaron sin éxito en dar altavoz a políticos de varias formaciones que pretendían controlar el país aprovechando la confusión. Pidieron a la ciudadanía, desde todos los platós que les cedieron, que volviera a su casa y se mantuviera segura. Pero fueron ignorados en cada uno de sus intentos: esas formaciones habían bailado el agua al TOTUM durante todo el mandato con tal de no ser ilegalizadas. El plan de los partidos que no pelearon contra el TOTUM para contener a las masas prometiendo paz y mesura solo consiguió que las manifestaciones continuasen, pero con un nuevo lema que gritamos con todas nuestras fuerzas: «No hemos llegado hasta aquí para que nada cambie».

El Gobierno llevaba desaparecido desde la muerte de Barán. Sus ministros, sin un líder al que seguir, habían optado por salvar el cuello. Aunque sí buscaron apoyos internacionales para poder volver al Gobierno. La petición de intervención extranjera para apaciguar la situación fue ignorada. En el caso de Zorán, por principios; otros muchos países, por no ser aliados de Eare en el terreno global; pero incluso estados que habían colaborado estrechamente con el gobierno del TOTUM se abstuvieron, por considerar la situación de Eare un caso perdido.

En pocos días el ejército aceptó su impotencia ante una población sin miedo y decidió no enfrentarse más en las calles: dieron el paso de retirarse a las bases militares y se limitaron a protegerlas.

Tras dos semanas donde las masas en la calle dejaron de encontrar oposición, se hizo evidente que había un clamoroso vacío de poder. Y aquel fue el punto de inflexión que todas esperábamos: ya no estábamos luchando contra el Estado porque no había ningún Estado.

Oma Linde y un grupo de militantes de la IdE, junto a revolucionarias sin filiación previa, dieron el paso y se presentaron como gobierno de transición. Eran personas que, durante la represión, habían seguido construyendo resistencia y se habían organizado clandestinamente a pesar de la prohibición del TOTUM de que se formaran grupos con más de diez mujeres. Se jugaron la vida tanto como nosotras y su recompensa fue la confianza de las que salíamos a la calle cada día.

La prueba de la legitimidad democrática de Oma Linde y las demás que la acompañaban fue que

las masas entonces sí se apaciguaron. Los disturbios
duraron algunas jornadas más, pero su número e intensidad disminuyó a pasos agigantados.

El gobierno de transición, encabezado por
Oma, empezó suprimiendo inmediatamente las
leyes represivas y discriminatorias del TOTUM
y reinstaurando las leyes feministas y LGTBI que
el IdE había implantado años atrás durante su único gobierno. Además, estableció un sistema de
acogida para las personas que llegaran a nuestra
costa, y propuso la creación de una alianza con
otros estados para la gestión de la crisis de personas
que buscaban refugio.

El gobierno de transición se hizo cargo de la
necesidad de combatir el cambio climático, y lo
reconoció como motivo de la migración forzosa,
poniendo de relieve que si no se luchaba contra él
y sus causas, Eare también sería pronto un país de
emigrantes en busca de refugio.

La gente quería ser protagonista de la Historia, y el entusiasmo popular de la revolución se
extendía por todas partes. Así se fueron creando
comités a nivel local que iban gestionando la vida
en los barrios y ciudades. El gobierno de transición,
fiel a sus principios obreros y feministas, les dio

las responsabilidades que estos grupos locales pedían, y aceptó implícitamente un papel de mero «coordinador», respondiendo a las demandas de los consejos locales.

La vuelta de los sindicatos y las ganas de lucha en Eare impulsaron un aumento del control obrero de la producción. La clase trabajadora tuvo mucho más peso en la gestión y las condiciones en los centros de trabajo. Se disminuyó el número de horas de trabajo, al igual que en Zorán, y se eliminaron muchísimos cargos intermedios.

La presidenta del gobierno de transición, Oda Linde, realizó una purga en la policía, en la guardia costera y en la judicatura para que ninguno de los implicados en el encarcelamiento o las muertes de inocentes volviera a tener a ningún tipo de autoridad sobre la sociedad.

El gobierno de transición aprobó una amnistía para todos los grupos que habían estado trabajando contra el fascismo, por entender que la defensa de los derechos humanos infringidos durante el mandato del TOTUM no podía hacerse por otra vía.

Bajo esta perspectiva, tras meses de entusiasmo e implicación creciente de las masas, el gobierno provisional anunció nuevas elecciones. Los partidos que se presentaron tuvieron que aceptar como propios los avances que habían ocurrido.

El futuro de Eare dependería así de su gente: no de lo que votaran cada cuatro años, sino de cómo de intensa fuera su lucha para seguir siendo los protagonistas de la Historia, independientemente de quién fuera elegido. Aprendimos, como ciudadanía, que dejar de pelear cada día en la calle por el poder que nos correspondía, dejaba nuestras vidas en manos de quienes buscaban nuestra explotación para acumular riqueza.

Ahora la Historia la escribiremos nosotras, las personas de a pie, para que nunca más vuelva a ser falseada. Para que las generaciones venideras también sepan que sus derechos tienen que ser defendidos cada día, con uñas y dientes.

Viva y comenzando a respirar, visité a Jana y a mi tía. Fueron ellas quienes me dijeron que mi padre había muerto en las revueltas. Por fin era libre.

ÍNDICE

Este libro
se terminó de imprimir en España
en el mes de enero de 2020